MISS JANE
超凡脱俗的鸟

Brad Watson

〔美〕布拉德·沃森 著
黄建树 译

图书在版编目（CIP）数据

超凡脱俗的鸟 /（美）布拉德·沃森著；黄建树译
. — 北京：北京联合出版公司，2020.6
ISBN 978-7-5596-3634-8

Ⅰ. ①超… Ⅱ. ①布… ②黄… Ⅲ. ①长篇小说—美国—现代 Ⅳ. ①I712.45

中国版本图书馆CIP数据核字（2019）第263024号

北京市版权局著作权合同登记号：01-2020-1612号

Miss Jane: A Novel
Copyright © 2016 by Brad Watson
Simplified Chinese edition copyright © 2020 by Beijing United Creadion Culture Media Co., LTD
This edition published by arrangement with W. W. Norton & Company, Inc.
through Bardon-Chinese Media Agency
All rights reserved

超凡脱俗的鸟

作　　者：（美）布拉德·沃森	译　　者：黄建树
出 品 人：赵红仕	出版监制：辛海峰　陈　江
责任编辑：喻　静	版权支持：张　婧
产品经理：刘雅娟	特约编辑：徐馨如
封面设计：DarkSlayer	美术编辑：任尚洁

北京联合出版公司出版
（北京市西城区德外大街83号楼9层　100088）
北京联合天畅文化传播公司发行
万卷书坊印刷（天津）有限公司印刷　新华书店经销
字数 201千字　880毫米 × 1230毫米　1/32　10.25印张
2020年6月第1版　2020年6月第1次印刷
ISBN 978-7-5596-3634-8
定价：52.00元

版权所有，侵权必究
未经许可，不得以任何方式复制或抄袭本书部分或全部内容
如发现图书质量问题，可联系调换。质量投诉电话：010-57933435/64258472-800

谨以此书纪念我的姑姥姥
玛丽·埃利斯·"简"·克莱

我敬爱的母亲
邦妮·克莱·沃森·柯林斯

我的外公
S.S.克莱

以及我各方面都出类拔萃的妻子
内尔·汉莉
谢谢你,亲爱的

> 母亲的子宫里,胚胎正在发育,
> 各种薄膜与组织巧妙堆叠,排成褶皱。
> 它们彼此环绕,毫不悲伤、毫不犹豫地探索着
> 拓扑空间的种种可能。
> ——拉尔斯·古斯塔夫松,《伟大随喜而至》[1]

> 她像别人一样,有过她的恋爱故事。[2]
> ——福楼拜,《一颗简单的心》

---

[1] 拉尔斯·古斯塔夫松(1936—2016),瑞典诗人、小说家、学者。其写作的一大主题为人的身份问题。《伟大随喜而至》("*Greatness Strikes Where It Pleases*")是作者创作的一篇短篇小说,该小说讲述了一个智力低下的男孩长大成人的故事,作者以此表达了对智力障碍人群的关注与敬意。——译注(全书脚注若无特殊说明,均为译者所加。)

[2] 出自《福楼拜小说集》分册《三故事》中的同名篇目,上海译文出版社2017年9月出版,李健吾译。

目 录

序章
· 1 ·

炼狱
· 5 ·

断奶
· 40 ·

天色渐亮时的光
· 60 ·

荒野中的格蕾丝
· 91 ·

感官享受
· 102 ·

终有一死
· 116 ·

死亡保险
· 131 ·

理性却可憎的声音
· 162 ·

基本正常
· 170 ·

你喜欢眼前的一切吗？喜欢你自己吗？
· 180 ·

别的鬼魂
· 196 ·

拿着相机的男孩
· 214 ·

合乎本性
· 227 ·

追求者
· 237 ·

关于爱情
· 246 ·

遗忘
· 256 ·

铜币
· 266 ·

蠕虫
· 279 ·

超凡脱俗的鸟群
· 289 ·

尾声
· 308 ·

致谢
· 316 ·

序　章

　　你也许觉得，一个饱受折磨的人不会也不可能心情愉悦，而是常常陷入忧郁或痛苦的情绪。她很早便掌握了应对自己的生活、应对各方各面的办法。随着年岁增长，她几乎无所畏惧，这点显而易见。也许，她只怕马，以及自己难以名状的某种东西，某个陌生且危险的、不属于这世界的幽灵。

　　她不怕导致哥哥威廉在三岁时被夺走性命的某种热病，那时她尚未出生。在她看来，他命该如此，这与她无关。

　　她不怕蛇，连毒蛇都不怕，她相信，只要自己不碰那些蛇，它们就不会咬她。蚊子也不会咬她，尽管她并未采取任何防蚊措施，至于个中原因，只有蚊子自己知道。

　　她不怕鸡，人们口中的鸡很笨，她却觉得它们精明得让人忍俊不禁。她也不怕猪，虽然它们总是很恐慌——这种恐慌频繁出现，很突然、很混乱，又很奇怪，像是精心组织过一样，且异常喧闹——一开始她觉得害怕，可后来又觉得很好笑。这种恐慌来得突然，消失得也突然。奶牛显然不会威胁到任何人，除非你去恐吓它们的幼崽。公牛被单独关在一小片草地里,非常安全。

她不怕夜晚时分在旷野中嚎叫的郊狼,也不怕偶或在森林深处吼叫的黑豹。她喜欢跪坐在敞开的窗前,聆听郊狼的嚎叫,猜想它们在对彼此嚎叫着什么,这些嚎叫对它们来说又有何含义。她不介意它们把老鼠、兔子和松鼠撕成碎片,不介意它们追逐那些刚出生的小鹿。她也不介意黑豹有时叼走刚出生的牛犊。她以前莫名害怕某种无名的野兽——某种我们觉得是虚构出来的生物——因为她曾在夜里听到这种生物在房子附近发出隆隆声响,当时的她简直吓坏了。

她不怕夜里一直尖叫的猫头鹰,不怕在林子里散步时可能会突然碰到的猪,也不怕那些偶尔游荡在牧场上的野狗——大家都觉得它们比郊狼、黑豹和熊更可怕,因为它们不惧怕人类。她不怕狂暴的浣熊和狐狸,也不怕她父亲的枪支——一支10铅径[1]的霰弹猎枪,另一支是温彻斯特步枪。她不怕用来砍掉鸡脑袋的短柄小斧,不怕用来屠猪的长刀,不怕用来宰杀偶尔捕获的鹿和剥皮的小刀,也不怕用来锯这些动物的骨头的锯子。她不怕那只用来烧水洗脏衣服、在院子里做肥皂的黑色大水壶——小的时候,人们告诫她要远离这只壶。她不怕地狱,虽然巡回

---

[1] 铅径(gauge)是度量霰弹枪膛径的单位。铅径是直径为所测枪膛径的铅制球体的以磅为单位的质量的倒数,也就是一磅的铅可制造的直径为所测枪膛径的球体的个数。10铅径相当于19.69毫米。

传教的牧师曾警告人们地狱的确存在,她还是不怕那永不熄灭的烈火,也不怕恶魔,甚至是魔王本尊。在脑海中想象这一切时,她觉得很滑稽。小时候的简连镇上都很少去,她难以想象横穿全国是怎么回事、地下世界又是怎么回事,自然也无法想象下地狱是怎么回事。

她不怕风暴天出现在昏暗的、如胆汁般墨绿的天空中的旋风,这些旋风折断橡树的枝干,掀翻松树的树冠,让房屋与廊台的铁皮屋顶"砰"的一声猛然裂开,发出呻吟似的声音,在屋顶边缘向上弯折。她不怕把铁皮砸出坑来的冰雹,这冰雹如铅弹、似雨点般落下。她不怕闪电,这闪电将整棵树劈开,任其烧焦的残骸在潮湿的焦土里闷烧。她也不怕上帝,上帝既狡猾又靠不住,不知是仁爱多过愤怒,还是愤怒多过仁爱,抑或两者不分上下,可他又充满好奇心,把自己变得很脆弱,并化身为迷人却也让人痛苦的耶稣,混迹在像她这样的凡人中。

她害怕马,因为当它们猛地抬头望天、转动眼珠时,她猜想它们比她更清楚,在空中,在这个无法逃避的物质世界中,到底有些什么可怕的东西。她不怕骡子,父亲曾向她解释,骡子比马聪明,它们的行为比马好预测;后来她得知骡子没有后代,这深得她意。年岁尚小时,出于某种原因,她很怕静止的水域,她觉得它们深不见底,是父亲治好了她的这个心病。他带她去家里的池塘钓鱼,哄她下水去凉快一下,去安心地感受水下的泥泞土壤。即便如此,她也一直没有学会游泳。

母亲更像一个谜团,而非一种威胁,她常说一些很难听的话，可看起来，惹她生气的更像是她体内的某种存在，而非他人。简学会了忍受那些刺耳且恶毒的话，它们只是掠过她身旁的一阵令人讨厌的微风，这世上的风多种多样，风势也各异，但对于生活而言，它们只是过眼云烟，没有任何影响。

失禁让她苦恼，她讨厌这一点，并希望自己长大后不再失禁，可她最终明白，不论它多么令人讨厌，它都是自己生命的一部分。她决定尽自己最大的努力，像其他女孩那样去生活；无法做到这一点时，她又顺势调整自己的生活，使之适应具体的情况。所以，她不怕自己的奇怪之处，哪怕在成长过程中，她越发觉得自己很奇怪，对这种奇怪之处的认识也越发深刻。

最终，随着年岁的增长，这个身形瘦弱、有着一头深色黑发和一双蓝色眼睛的女孩的美会有所变化，她会变得更加美丽。从外表上看，这些变化表明她与众不同、自食其力；与此同时，这些变化也向世人展示了一些潜在的含义：她坚如磐石地活在这个世界上，就连自身的意志也无法动摇这种状态。

炼　狱

1915年，她出生于密西西比州中东部的一座农场，这座农场是将一片长满松树和阔叶树的林子砍掉后建起来的，在那样的年代，没有任何措施可能缓解她的病情，也没有任何医疗手段可以进行矫正。人们只能表情严肃地接受这一事实，就像接受庄稼歉收、债务、贫穷以及婴幼儿因热病及其他疾病而频繁死亡等事实那样。

她母亲当时已经三十九岁了，无意再要一个孩子。五年前，她失去了一个孩子，她以为那个孩子会是她最后且最小的孩子，那是个叫威廉的男孩，他因为染上了热病而夭折。第二年，她又意外怀上了一个孩子，是她第二个女儿，可那个孩子生来就是个死胎。威廉的墓碑上刻着这样的文字："我们家多么凄凉，就因为失去了他。"那个女婴的墓碑上则简单地写着"奇泽姆家的婴孩"。两人的墓碑上都刻着各自的出生与死亡日期。

怀着简的头几个月，她都在假装自己没有怀孕。她觉得这是一次假孕，是她的身体在戏弄她，跟她开了个邪恶的玩笑。

她子宫里的这个孩子是子虚乌有，迟早会离开，就好像是上帝或魔鬼出于某种她无法参悟的缘由而带来的暂时性感官紊乱。可是，等到第四个月时，她感觉到肚子里的胎儿变活泼了；怀孕五个月时，胎儿开始在她肚子里动来动去，有时候挤来挤去，有时候踢来踢去，有时候还做起拉伸运动。于是，她便没办法再假装肚子里装的是其他东西。怀孕七个月时，她开始跟胎儿说话。"我不会亏待你的，"她说，"只要你保证也不会亏待我。千万不要比我早死。千万不要带着缺陷出生，因为那注定不会幸福，或者早早死掉。"

每当她跟那胎儿说这番话时，胎儿都会非常安静，仿佛一边听着她说话，一边考虑着她提出的条件。

她破水的那一晚，她的丈夫叫来了那位名叫埃玛莱尼·哈里斯的助产士。哈里斯一家是他们家的佃农，租了四十英亩[1]地。他让埃玛莱尼帮忙照看妻子，他去把汤普森医生请来。他的两个儿子已经快成年了，正在北方的州立大学里努力求学，所以他必须亲自去一趟。他怕出现一些并发症，毕竟妻子的年龄偏大，而且精神状态不稳定。

埃玛莱尼在卧室的角落里等着医生，靠着卧室另一侧墙边的小型柴火炉发出的火光照得房间忽明忽暗。她已经烧好了一壶水，并且准备好了一篮子干净毛巾。她看着奇泽姆太太躺在床上，流着汗，面色苍白，眼含泪水。她默默地祈祷，祷告着"上

---

[1]英美制地积单位，1英亩约合4046.86平方米。——编注

帝呀，请让这个孩子好好活着吧"。奇泽姆太太望向了远处的埃玛莱尼，仿佛能听见她的心声。这时候，埃玛莱尼转过身去，忙着检查开水和那一小沓整齐的干净毛巾是否都已准备妥当。

房间里的一个漆黑角落，奇泽姆家的大女儿格蕾丝坐在一张小凳上，她一言不发，看着地板，肘部搁在向外张开的膝盖上，她非常安静，几乎是个隐形人。格蕾丝眨了眨眼，埃玛莱尼才注意到她，有些吃惊，仿佛这个女孩因为眨眼而突然有了血肉之躯，显现出了自己那闷闷不乐的身形。

汤普森医生住在奇泽姆家农场以南的数英里[1]处，此处位于喧闹的小城墨丘利的市郊。奇泽姆在凌晨两点到来时，医生还醒着，月光透过书房的窗户洒了进来，他坐在昏暗的月光下难以入眠。听到路边传来了马蹄声，接着这声音又到了自家的前院，他便穿着睡衣走到了屋前的走廊上。

奇泽姆骑的马没有装马鞍，他一言不发，帽子胡乱地戴在脑袋上，穿着宽松的棉质工装，瘦削的肩胛骨像肿块一样隆起。

"大晚上的，你不觉得冷吗，奇泽姆？"

"对我来说，天冷不算什么，真的，先生。"

医生在卧室里尽可能轻手轻脚地拿起昨天穿过的衣物。他裤兜里的硬币"叮当"作响，他的妻子发出了呻吟声，在睡梦中翻了个身。于是他回到书房换衣服。奇泽姆在院子里把大块

---

[1]英美制长度单位，1英里等于5280英尺，约合1.6093千米。——编注

头鲁弗斯拴在轻便马车上。

医生穿好衣服，检查了一下自己的医疗箱，然后一边往外走，一边轻声将身后的门关好。奇泽姆站着，他的一只手抓着自家骡子的缰绳，另一只手牵着鲁弗斯。医生拖着瘦长的身躯慢慢挪进马车，打点好行装，点燃烟斗，又把一条旧毯子盖在自己的腿上，用来抵御严寒，然后他们俩驾着马车，朝奇泽姆家一路小跑。

鲁弗斯是一匹块头很大且去了势[1]的密苏里狐步马，它步态流畅，性情招人喜欢，是夜间骑行的好伙伴。医生本可以开着他的福特车，想想还是把车留到需要他出远门、一天内得停歇好几次时再用。他把那匹马唤作鲁弗斯，虽然它外表高贵，可是，从它的眼神和性情中看得出来，它大概很喜欢开玩笑。"鲁弗斯"这个名字似乎很适合它。

能出这趟门，医生感到很开心，这种开心却不合情理。一位朋友即将死去，这个念头无端地从他脑子里冒了出来，挥之不去，如同烟斗里冒出的一缕青烟。有那么一小会儿，他想服用一点儿可卡因让自己提起精神来，但他忍住了。他清楚得很，那种东西得省着点儿用，留到自己筋疲力尽时再用。他转而渴望喝点儿什么。奇泽姆酿了一批很棒的威士忌，是装在一个橡

---

[1]原文为geld。去势，意为除去动物的生殖系统，使其丧失性功能。

木桶里的陈酿，他将木桶的内部烤焦[1]，就像田纳西和肯塔基那些新潮的酿酒厂那样，这样一来，威士忌便能呈现出一种好看而醇厚的棕色。每一批酒他都会亲自尝一尝浓度，斟酌着往里头加一些清水——医生推断，这样差不多可以将酒稀释至近九十度[2]——然后通过粗棉布将酒过滤至陶罐中，再用枫香树枝条削成的瓶塞[3]将这些罐子封住。总而言之，这一系列操作堪称具备一流水准。

医生哼起了一首歌，那歌词萦绕在他的脑海中："请让我叫你甜心，我已深深——爱上——你。"马车在泥泞的宽阔大路上一路小跑，他身后的那个男人和骡子都化作了蓝色的剪影。"鲁弗斯，跑起来。"他一边说着，一边轻轻敲打着勒在马儿两侧的缰绳。

他走了那条狭窄的小路去往奇泽姆家的农场，在星星与月光的映照下，勉强能够看清那条路。他穿过如隧道般的寂静林地，林地旁是一片牧场，牧草因沾上了一层夜霜而泛着银光，烛光般的月光照在牧草上，宛如发蓝的银色粉尘。他继续向前，来到架在小溪上的吊桥。他听见奇泽姆的骡子突然偏离了大路，

---

[1]橡木片用酸浸泡处理再经过烘烤，木片中的异味被全部去除干净，只留下橡木特有的香味，才适合做威士忌等酒的浸润使用容器。
[2]此处指美制酒度。美制酒度（Degrees of proof US）用酒精纯度（proof）表示，一个酒精纯度相当于百分之零点五的含酒量。转换成中国常用酒精度数（标准酒度），为四十五度。
[3]原文为stobber，经查，不存在此单词，疑为作者将stopper（stopper有一含义为"瓶塞"，符合此处的语境）误写为此词。

另辟捷径,进了林子里。他放慢步伐,准备通过吊桥,这个由橡木板构成的狭窄平台仅靠几根被劈成方形的原木支撑着。小溪很安静,水很浅。奇泽姆曾不止一次驾着马车从吊桥上跌入小溪,因为他过桥时太过仓促、太不小心,使得车轮从吊桥上滑落。医生也不止一次被叫去仔细检查奇泽姆放大的瞳孔,确认他是否出现了脑震荡,或将他脱臼的肩膀接好;医生还曾三次接好他的断臂,确保断掉的肋骨没有刺穿肺部或其他至关重要的器官。每每发生这种情况时,奇泽姆脑子都还算清醒,在医生离开之前,他会让家人将一罐子新酿的酒放到医生的马车后座上,压在一只饲料袋下面。奇泽姆的妻子则会确保,医生在离开之前胃里已塞满了鸡肉、饺子,或玉米面包和绿叶蔬菜。回家的路上,医生会小口喝着罐子里的酒,他无须承担任何严重后果,只有他的妻子会暗自为此觉得丢脸。他的妻子之所以如此,一是因为喝威士忌这种行为本身,再者也是因为油腻的食物外加威士忌总是会让医生肠胃胀气,这使得她只能下床睡到后屋空荡荡的卧室里,大发脾气,辗转反侧,为自己这个乡下医生之妻的命运而感到沮丧。因为这个原因,医生早就习惯了熬夜。他会一直小口喝酒到深夜,舒服地躺在自己办公室或是壁炉前的沙发里,边做着美梦,边打着盹儿度过夜晚余下的时间。这时的他无拘无束,虽然依旧有些胀气,却不用操心如同外交一般的婚姻中的那些细枝末节。

他把车慢慢停靠在奇泽姆家的廊台旁,注意到那头骡子已经被拴在柱子上。他刹住马车,爬下车。此时,奇泽姆家堂屋的侧门开了，一道长方形的黄色微光洒到了有着屋顶的过道上。奇泽姆那张瘦削的长脸从屋内探了出来，随即又撤回到屋内。这栋房子[1]比大多数同类型的房子更大、更气派，房子的状况良好，收拾得很干净。医生刚到时吠个不停的猎犬已经离开，不知所踪。他一走到过道，便能闻到一股正渐渐消失的气味，这气味来自厨房里的炸猪肉、炖蔬菜、油炸面包以及糖浆。他穿过巨大的公共休息室进了屋，听见从喉咙里发出的低沉呻吟，他觉得房内的空气让自己的身体产生了一种强烈的不适和恐慌。他闻到了分娩的气味，还闻到了汗水、鲜血和粪便的气味。他惊讶地发现，奇泽姆太太在打着滚上床等待生产前，已经差不多做好了晚餐。他很高兴这不是她头一回生孩子。

奇泽姆弓着身子坐在壁炉前的一把直背椅上，他那瘦骨嶙峋的长手拿着一根卷得很松的烟，烟头都快烧到指关节上了。他头也没抬，冲壁炉里的火焰点点头，仿佛是在冲医生点头。在他那双因日晒雨淋而褪色的工装靴旁边，医生看到一只上了釉的罐子正在阴影中闪烁。

医生走进了卧室。一只小小的柴火炉靠在卧室北面的墙上，炉子上搁着一壶冒着气的热水。助产士埃玛莱尼握着奇泽姆太太的一只手，另一只手搭在太太的左腿上，盖在太太身上的被子被

---

[1]原文为dog-trot house，国内暂无对应翻译。此种风格的房子常见于19世纪与20世纪的美国东南部，其主要特色是贯穿于房子中部的巨大过道，这种过道带有屋顶，每当天热时，屋顶都可发挥遮阴降温作用。通常，此种房子都为平房，至少有两个房间。

扔到了一边。一只像黑咖啡一样黝黑的手按在太太的皮肤上,那皮肤苍白得就像是得了白内障的眼睛一样。在乱成一团的被褥之中,在这个可怜女人瘦骨嶙峋、张得很开的大腿中间,一个婴儿的头顶露了出来,他希望这是奇泽姆夫妇最后一个孩子。

屋内远处一个黑暗的角落里,大女儿格蕾丝坐在一张凳子上,她表情冷漠,眼里什么也没有。医生进来时她没有抬头。他猜她现在十岁左右。但看起来她要比她的实际年龄再大上几岁。

他走到床边,跟助产士说起话来。

"给我端一盆热水来——这水是你烧的吗?很好——还得拿一块肥皂,再拿几块像这样干净的碎布,放在那条长凳上。把床边那张桌子上的灯笼点亮,在那儿呢。"

埃玛莱尼走到炉子旁,一分钟后,她拿着热水、肥皂和碎布回来了。她把这些东西放在床脚的大箱子上,又擦了一根火柴,点燃了灯笼里的灯芯。

他跟奇泽姆太太说起话来。

"准备好了吗,太太?"

她抓着浸透了汗水的止血带紧紧握住了医生的手腕。她的声音很低,如同耳语,言语里透出了她的绝望。

"你这究竟是怎么回事?"

"老样子,去了一趟炼狱。"

他把她的手从自己的手腕上移开,给她注射了接近安慰剂剂量的鸦片酊,洗了洗自己的手和额头,然后继续一边工作,一边唱独角戏似的继续着跟奇泽姆太太的对话,仿佛他正在包扎一个简单的伤口。通常来讲，这么做有助于让病人冷静下来，让他们分散注意力，进而让他们稍微镇静点儿。

她是个老手了。大部分的困难工作已经完成，她在十五分钟内便生下了孩子，不需要缝针。他剪断脐带，仔细打量着那个孩子，孩子醒了过来，已经哭了有一阵子了。他一言不发，看着助产士。助产士眯着眼睛盯着孩子，嘴巴紧闭。他把孩子递给助产士去清洗，将自己的注意力集中到胎盘上，又用温水和消毒剂把奇泽姆太太的身子洗干净。助产士帮他把裹在她身上的脏床单和湿布抽了出来，拿走胞衣，放到了一只桶里，又拿来新床单，帮着医生把床单垫在她身下。助产士把一床新被单盖在奇泽姆太太身上时，他又一次清洗了自己的双手和前臂。他把一盏灯笼拿到哭泣的婴儿面前，婴儿躺在小小的婴儿床里，垫着一床折起来的被子。婴儿紧握着自己的手，哭声响亮，头侧向一边。医生凑近了看，用手指碰了碰婴儿，他戴着眼镜，借助着微弱的光凝视着这个小家伙。他从马甲的口袋中抽出一个小小的笔记本，在上面写了几行字，把本子放下，然后拿着一个钝器做了些检查。他又拿起笔记本，在上面写了起来，接着他在一个空白页上画了一幅草图。他看了看那孩子，又看了看他的草图，然后把本子收了起来。

"这是什么？"奇泽姆太太问。此时的她靠着床头的枕头，因精疲力竭而昏昏欲睡。

医生听见有人走到了他背后，他回身看到那个叫格蕾丝的女孩环顾四周，目光越过他的肩膀，眼神无力地看向了那个孩子，接着她便离开了。他听见她开门走到了外面，在堂屋里跟她父亲说了些什么。医生小声地跟助产士说话，让她给那孩子穿尿布。

待在另一个房间里的奇泽姆朝这个房间里望了望。他那张马脸有一半被掩藏在阴影之中。

医生抱起穿着尿布的婴儿，那婴儿此刻正用力地哭着。

"到底怎么了？"奇泽姆站在门口问。

"呃。"医生说，"先让奇泽姆太太喂奶吧，然后我们来聊一下。"

"聊什么？"

"嗓门挺大的啊，嗯？"

医生把婴儿抱给奇泽姆太太，她看着医生，仿佛他是某种威胁。不过她还是把婴儿接了过去，然后露出一只乳房，让婴儿吃起奶来。婴儿起劲地吸着奶，一双浑浊不清的蓝眼睛一直盯着她的母亲，那双眼睛很深邃，既美丽，又脆弱，那是只有婴儿才会有的眼睛。奇泽姆太太看起来却仿佛觉得这个婴儿是某种有潜在危险的生物。

奇泽姆的妻子终于将孩子喂饱哄睡了，她自己也打起盹来。助产士将婴儿抱回摇篮里，奇泽姆这时候走到摇篮前看着孩子。他松开尿布，轻轻抬起婴儿的臀部，身子侧向一边，以免遮挡住光线。医生看着他，但没走到他面前。

"天哪。"奇泽姆说，"我们是不是遇到大麻烦了？是不是也给这世界添了个麻烦？"

"你跟奇泽姆太太确实遇上了麻烦。"助产士说,"可我猜,孩子遇到的麻烦更大,可怜的小东西。"

奇泽姆并没有看向助产士那边。他凝视着那婴儿。医生很安静。

"我想也是。"奇泽姆说。他柔声呼唤着他的大女儿格蕾丝。那女孩懒懒散散地走了进来。

"给医生端盘吃的来,我之前交代过你的。对了,再倒点儿咖啡。"

他又对医生说:"我等会儿在你车上放点儿东西,你回家时带上吧。"

医生点点头,一只手指轻触额头,以示感谢。

奇泽姆喝光了一罐酒。他披上工装夹克,从门旁钉子上取下挂着的灯笼,走到屋外,站在走廊上。天空此刻只有些许微光,但再过一小时应该就会全亮了。在微光的映照下,他看见房子西边那些树的黑色剪影,看见南边的田地,看见牲口棚的黑色轮廓,还有棚屋。房子后头有两条小路通往林子,他点亮灯笼,向其中更窄的那条走去,却又突然转向了一条更窄也更不显眼的路——顶多算是一条兽径——这条路通往他堆放制作材料和其他杂物的地方。日光开始像微微发光的尘埃一样在落到树上。他勉强能够看清树干上各式各样的粗糙树皮和主枝上的节疤形成的朦胧而精致的图案。那些细软的树枝轻轻擦过他的工装牛仔裤,仿佛某种失明生物的柔软触手注意到他正在通过,又给他放行。小溪附近的一小片空地上有一间低矮的蒸馏室，还有他用未经加工的木材搭建起来的简陋小棚屋，他给棚屋装了一扇厚实的门，还配了一把锁，但大多数时候，他都不会上锁。当地人知道他习惯性地保持着警惕。他放下灯笼，取下那把没扣上的锁，开了门。他从棚屋架子中间某一层挑了一只罐子，把它放在火坑附近的一截粗树桩上。他回到屋里，又拿了一小桶浸了煤油的锯末，抖了些到火坑里发黑的柴火上，把桶放回去，关上了棚屋的门。他从紧挨着火坑的一小堆树枝中取了一些叠在一起的，把它们放在火坑里原有的柴火上，用一根火柴点燃锯末，看着火势渐大，烧着了新放入的树枝。他拿起罐子，坐在树桩上，拔出罐口那根削尖了的山毛榉木棍——那是他标志性的软木塞——喝了一大口，努力把酒咽下去。他一阵咳嗽，把木棍塞回去，又把罐子放到身后的地上，让它远离火焰。威士忌酒那令人悸动的热浪充斥在他的胸膛，溶于血液之中，涌上他的心头，为他打开一小扇门，只露出一点点儿缝隙。他喘了一口粗气，从工装裤里拿出烟草袋和卷烟纸，卷了一支松散的烟，他捡起一根细长的木棍，放到火上烤了会儿，用它点燃了烟，然后吹熄了木棍，放到一旁，抽起烟来。

　　真见鬼，他不记得那件事发生的确切时间了。他觉得自己当时应该一直在喝酒，否则不会产生那种想法。他们没必要也不想再要一个孩子。那时候要是有别的地方可去，他肯定就去了。肯定是这么回事。时间太晚，无处可去，突如其来的欲望战胜了一切。他心里想："难道我不应该老到没办法要孩子了吗？"

后来他又觉得，如果真是这样，那可能倒是件好事；可随即，他又希望自己永远不要老得要不了孩子。

他又猛灌了一口酒，抽完了烟，把烟头丢到火里，火焰此时温暖着他的小腿和膝盖，黎明时分很是寒冷，寒意弥漫在脆弱的松针树冠以及树叶稀疏的阔叶树枝之中。他坐了一会儿。光线在树林中变成了烟雾。他喝了一口酒，把酒吐到火里，看着火焰瞬间猛然蹿起，又喝了一大口酒。这口酒让他的嗓子直冒烟，肆意地涌上他的心头。他把罐子封好，卷了一支烟，然后想，事已至此，无法挽回。

他听到身后有些声响，便转过身去。

是它的猎犬，它沿着他走过的路漫步至此，仿佛过来陪他一起叹口气。

"你这张脸看起来真是既无聊又悲伤。"他对狗说。

那条狗并没有不高兴。它走到他的左脚旁，"扑通"一声趴了下来，沉重地叹了口气，仿佛今晚遇到这么多麻烦的是它。

其实，奇泽姆太太也不记得到底是怎么怀上这个孩子的。天啊，多年后，当她成为寡妇，觉得自己这辈子的回忆就像烟雾一样在脑海里飘来荡去之时，她对简说："我不记得了。"

可说真的，她给简的答复实在过于敷衍。医生以前给她开过一定剂量的鸦片酊——他特意强调——这东西只能在她精神状况最糟糕时使用。那年深冬的一天，大多数人都蜗居室内，无所适从，外面下着细细的冷雨，她却匆忙跑去菜园子里采摘那些为数不多的最为新鲜的绿叶菜（她称之为"鬼鬼祟祟的绿叶菜"，它们比人们想象中的"晚"还要晚很久才会出现）。她将菜装罐，准备晚餐，还在餐桌上和奇泽姆为了钱的问题而争论不休。之后奇泽姆戴上帽子，穿着外套在那样的天气出了门，去了他那间蒸馏室旁的小棚屋，喝酒抽烟，乱骂了一通。她以为他会整夜外出，或者说至少是回不了家，于是便服用了一剂鸦片酊来帮自己入睡。

之后，她只记得自己在天还要很久才会亮时便醒了过来，心里觉得发生了什么事，她非常沮丧，只能默默地流着泪下了床。她重新点燃了堂屋里的壁炉，又点燃了巨大的厨灶，煮了咖啡，坐着喝了一杯。与此同时，培根正煎着，玉米粉在冒着泡，她试图在他醒来以前让自己重新振作起来。后来她煎了蛋，把餐盘摆在他面前。然后，那天早上，在无情的深冬苦雨之中，她又一言不发地忙起家务来。心烦意乱的她觉得自己的身体已经起了变化，她的身体再次不属于自己，正在孕育另一个生命，并要将它带到这个难以预测的世界上来。

医生吃完饭，将杯盘放到水池里，便回到了卧室。助产士还在那里，安静地站在柴火炉旁。

他问助产士："奇泽姆先生呢？"

"在炉子旁。他去放制作材料和其他杂物的地方了，一分钟前刚回来。"

医生走进房间时，奇泽姆抬了抬头。

"所以说，我们到底生了个什么？"他问。

"一个小女孩，我觉得是。"

"你觉得是？"

"我得给我一个在巴尔的摩的老朋友打个电话，问些问题，他是位专家。如果有空，我明天还会来一趟；如果没空，我就后天来。"

奇泽姆一言不发，冲他眨着眼。

"请确保孩子能正常排泄。"医生说，"如果她不能，尤其是如果她的下腹部有任何肿胀，你就马上派人来找我。"

奇泽姆点点头。

"我没看到任何肿胀，也就是说，目前看起来还没什么问题和危险。"医生说。奇泽姆盯着他，皱着眉头，似乎没能理解他的这番话。

"好吧，别担心。"医生说，"明天下午我再来一趟。"

他在随车带着用来盖在腿上御寒的毯子下面发现了那只罐子。他从容不迫地穿过了迎来破晓的村子，每走大约四分之一英里，便喝上一会儿酒。当把马车停在家里的车道上时，他对眼前的一切感到沮丧。他筋疲力尽，微醺，在那儿坐了一会儿，好让自己接受眼前的一切：一辆四轮马车，两匹盖着毯子的骡子，一辆轻型卡车，一辆破旧的马车；站在走廊上的一小撮人，还有坐在一辆破旧的马车里的两个人，都是在等他的。几匹背部凹陷的马排成一列，被拴在山下猪圈的栅栏上，离房子有一段距离。他把之前盖在腿上的毯子盖在他两脚间的罐子上,然后爬下车,活动了一下僵硬的身体,简单的动作仿佛在拉扯一只倔强的动物或拖拽重物。

他把密苏里狐步马拴在柱子上,匆忙地拿起了自己的医疗箱。

他喊道:"来个人把我的车赶到棚屋里,顺道把我的马安顿好。"

一个小男孩从走廊上跳下来,跑到他面前。

"先给你一分钱,然后你再去干活。"

"谢谢你,汤普森医生。"

医生向前一步,离小男孩更近了一些,然后小声说道:"注意毯子下面的罐子。"

那男孩咧嘴笑了起来,像个可爱的傻子。

"明白,先生。"

"你自己可别碰它,它会让你生病的。"

这男孩咯咯笑着,笑得很奇怪,简直是欣喜若狂,仿佛心里的某种东西受到了刺激,让他心情舒畅,最后他发出奇怪的哼哼声,斜眼看着医生。"天哪,到底是谁教这孩子的?"医生想。

他走上走廊,站在那群缺乏活力、衣衫褴褛的人中间。

"你们在这儿等多久了?"

"天一亮我就在这儿了。"一位老妇人说,她的甲状腺已经肿得有一只西葫芦那么大。她没有牙齿,说起话来就像嘴里塞满了东西一样。这幅情景既矛盾又古怪,医生早已熟视无睹。可是他如此疲惫的时候,感觉总是更为敏锐。

"我太太招待你们了吗?"

"她一小时前拿了些咖啡和饼干过来。"那位甲状腺肿大的老妇人说,"我们很感激。她说她得再去睡一会儿,因为她很早就起来等你了,可把她给累坏了。"

"好吧。"

走廊上还有一个男孩,他的一只胳膊骨折了,因为梦游时从自家的走廊上摔了下来;有一个男人,他的一个踝关节看着有些肿,也许骨折了,因为踩到了地鼠洞;另一个男人身子前倾,紧紧捂住自己的胸口,也许是心脏病犯了;还有一个男人的额头上有一个青黄相间的巨大肿块。

"这些可怜人打娘胎里出来时一点儿问题也没有,"医生一边环顾四周,一边想,"造化弄人,谁又能说得清楚呢?"

"你怎么了?"他拎着包往屋里走,问起那个头上有个肿块的男人。

"我用他的枪的枪管打了他。"坐在那男人旁边的那个女人说。那男人一言不发,茫然地凝视着前方,眼睛失了焦,看起来有些神志不清。

"他说我下手太重,他眼睛都瞎了。"那女人说,"我本来想开枪打死他,但枪没上膛,我也不知道他把子弹放在哪里了。"

"永远都不会知道。"那男人悄声说,他的脑袋一动不动,那双貌似瞎掉的眼睛也一动不动。

"你最好还是希望我别知道。"那女人说。"他又喝得烂醉回家。要是我有钱,我就自己买把枪,至少给这把枪买些子弹。

每次他这副样子,我就想用匕首捅他,但我又怕没捅成,反倒被他给捅了。"

"够了,别说了。"医生说。

他朝那个紧紧捂住胸口的老人做了个手势。"扶他到我办公室去,我一分钟后就到。"

他走进屋里,把包放在书房的桌上——书房类似于办公室的候见室,他在那里接待病人——然后将少量的可卡因溶液注入皮下注射器。他轻手轻脚地做完这一切,以免吵醒他的妻子。他将溶液注射到自己胳膊的血管中,把注射器收好,又把衣袖放下来。他在桌旁站了几分钟,好让可卡因在自己的体内四处流动,睁大了眼睛,然后拿起包走进办公室。在那里,那个老人坐在椅子上,一个年轻人站在他旁边。医生将听诊器置于老人的胸口。老人的头发很僵硬,看起来就像一只受到惊吓的白母鸡那竖着的羽毛,他凝视着前方,从张着的嘴里轻轻呼出一口气来。

"这是怎么回事?"医生问那个年轻人。

"今天早上,我们在去牲口棚的路上发现他就这么坐在院子里。"那年轻人说,"我得帮他站起来。"

"你去哪儿了,医生?"老人低声问道。

"去奇泽姆家,接生去了。"

一时间,老人一言不发,然后他又低声说:"难道她年纪还不够大吗,怎么现在还能生孩子?"

"我觉得,如果奇泽姆能行,他太太又能怀上,那就能生孩子。"医生说。

"嘿。"老人喘着气说。然后他又说"哎呀",仿佛大笑伤着了他。

"放轻松。你有些心律不齐。我的意思是,你的心脏跳动得不太规律。我给你开点儿东西让你的心脏安静点儿。"

"好吧。"

"他能活下来吗?"年轻人问。

"当然了。"医生说,"到底能活多久,这才是大家一直在问的问题,不是吗?我见过你这么大的年轻人因为心脏不好而去世,也见过心脏不好的老人活了很久很久。"

他做完皮下注射,给了年轻人一些药片。

"这些是硝酸甘油片。一定要让他把药片随身带着,如果他觉得胸口疼,就在舌头下面含一片。如果他知道他要去做一些剧烈运动——我的意思是,苦活儿、累活儿——他可以在事前几分钟吃上一片,这样也许能化险为夷。另外每天早上记得吃一片阿司匹林。"

"要是他又像今天一样筋疲力尽,那该怎么办?"

"那就让他卧床休息,直到他觉得好一些了为止。熏猪肉得戒掉。"

"他基本上就只吃熏猪肉了。"年轻人说。

"我刚刚想到,还得多吃蔬菜、玉米面包,可以少吃点儿后腿肉。少做家务,多休息。杜绝夫妻生活。"

"什么?"老人问。

"男女之间的那点儿事。"

"噢。"

"如果你要同房,事前也得吃一片这种药。"

"嘿,我可不像奇泽姆那个老家伙。"

"如果你还能行,那就好好享受吧,这说明你还好好地活着。"医生说。

"到底是个什么?"

"什么到底是个什么?"

"奇泽姆他们生的是个男孩还是个女孩?"

医生一时间没有回答,然后才说:"是个女婴。"

"还挺健康的吧?"

"我想是的。"

"嗯,愿上帝保佑他们。"

"我会转告他们的。"

然后他帮着年轻人将老人扶出办公室。此时,那个额头上有肿块的男人脸色更加苍白了,肿块也更大了。医生示意那男人的妻子扶他进办公室。

"他自己能进来。"那女人说。

"随便你吧。"医生说,"要是他死了,我跟你说,县里的治安官可能会指控你犯了谋杀罪,因为你用枪管打了他。"

"那是他活该。"医生把他身后的门关上时,那女人还在那儿小声地抱怨。他让那男人坐下,随即检查起他的肿块来。

"我得把这个肿块里的脓水挤干净,要是我能做到的话。"医生说。

那男人什么都没说。

"你应该是脑震荡,但我怕你脑子里正在出血。"

那男人还是什么都没说。过了一会儿,他忽然开口缓缓地说道:"你就跟治安官说她在说谎。就说我在劈柴的时候,斧头砸到自己了。"然后他眼睛一闭,断了气,却依然直挺挺地坐在椅子上。

"哎,该死。"医生说。他检查了一下男人的脉搏,又用手指摸了摸他的颈动脉。

"你得进来一下。"他对依然坐在走廊上的那个女人说。她死死地盯着他看了一会儿,然后站了起来,跟着他进了屋里。她看着自己的丈夫坐在椅子上,已经断了气。

"他死了吗?"她说。

医生点点头:"他说你在骗人,还说是他自己在劈柴的时候被斧子砸到头。"

"好吧。"沉默了一会儿,那女人说,"你这里需要帮手吧?比方说,做做清洁,以及诸如此类的事情?我有个女儿能做这些事,花不了你多少钱。"

医生几乎有些难以置信地盯着她,然后说:"眼下我什么都不缺。我到时候问问验尸官,看他需不需要帮手。"

"谢谢了。"那女人说完后离开了办公室,然后爬上了一辆背部凹陷的骡子拉着的平板车的座位。医生让之前那个还没有带着他那生病的父亲离开的年轻人搭把手,帮他把那个死掉的男人抬出去,小心翼翼地搬进那女人的车座上。他解开缰绳,越过骡子，把缰绳递给那个女人，她看起来仿佛不知道它们是什么东西。然后医生回到走廊上，示意那个甲状腺肿大的女人去他办公室。关上身后的门之前，他对走廊上的其他人说："那女人刚刚说的都是疯话。那男人亲口承认，是自己劈柴的时候被斧子砸到了头。结婚久了就是这样，你们都清楚得很。"

走廊上的所有人都点点头，小声说着话。其中一人说："天哪，确实。"

"嗯，你们这些剩下的人自己去理清吧。"

应付完所有病人后，他又一点儿也不觉得累了。于是他去了镇上，发了一封电报给他上医学院时就认识的朋友埃利斯·亚当斯，亚当斯现在是约翰·霍普金斯的泌尿外科医师。然后他等了一小时，给亚当斯打了个电话——长途电话。通话时，他借着笔记和素描，描述了奇泽姆家那个婴儿的情况，并且问了一些问题。接着他又回了家。谢天谢地，这时候没有病人等着他了。

他的妻子莱特正在客厅喝咖啡。他坐了下来，她给他端来一杯咖啡，坐到了他旁边。她很高，这一点跟他一样，有一头棕色的长发，她一直把那头长发漂漂亮亮地别好。她的美，就仿佛一块带有小盒式吊坠的浮雕宝石，又恰似用象牙雕刻一般，如此栩栩如生。可她看起来很疲惫。如此美丽，但是疲惫。他也很疲惫，就在此刻，筋疲力尽。

"我猜你昨晚也没休息好。"他说。

"是啊。"她放下自己的咖啡杯，轻轻敲了敲自己的婚戒，她烦恼时总习惯这么做，"埃德[1]，你就再也没想过在镇上开一家诊所吗？或者跟某个人一起干？并不是所有人都还在提供上门服务，你也知道的。"

他抿了一口咖啡。咖啡直接融入了他的血液，仿佛某种强效药。

"我不知道该说些什么好，莱特。我早就跟你说过，放弃这里的工作，尤其是这种工作，似乎有些不道德。"

"好吧，那就找个人替你。我之前也建议过的啊。"

"我之前也解释过，那些最年轻的医生——那些不喜欢提供上门服务的人——他们再也不想做这一行了。而那些年长一些的医生也早就安定下来了。"

"好吧，埃德。"

"是啊。"

"如果你大晚上出诊，等你回来的时候，发现我不在家，那你肯定明白我已经去我母亲家过夜了。我不喜欢在你外出的时候自己一个人待在镇子边缘的这座大房子里。有一段时间，我不觉得这是件烦心事，可后来我又慢慢开始这么觉得了。醒来时，我要是发现你出门了，就再也睡不着了。"

"起床，穿好衣服，赶车或者坐车去镇上，然后叫醒你妈妈——这么做就能帮你入睡了吗，莱特？"

---

[1]此处的"埃德"（Ed）为"埃尔德雷德"（Eldred）的简称，汤普森医生的全名为"埃尔德雷德·汤普森"（Eldred Thompson）。

"这跟睡不着觉一点儿关系也没有，埃德。问题在于那种孤身一人的感觉。"

他注意到她的手在轻微地抖动。她见他察觉到了，便把一只手扣在另一只手之上，然后走到窗前，面向窗外。

"昨晚你到底睡觉了没，莱特？"

他注视着她那又高又瘦的身躯，她那美丽的脖子露了出来，还有一半掩藏在斜射进来的光线投射出的阴影之中。突然，他对她心生不安。

"我很少一出门就好几个小时吧，一般都没那么久。"

她单手做了个手势，仿佛已无力应对自己的沮丧。

"我可以给你点儿东西来帮你入睡。"他说。

她转过身来，看起来就快哭了，这让他吃了一惊。

"你是说鸦片酊吗？不需要，谢谢。"

"不是的，莱特。是某些草药。"

"它们对我起不了作用。"她看着地板，摇了摇头。

"那就跟我一起去吧。至少有些时候可以跟我一起去。"

她转身面向窗户，似乎僵住了。

"你也知道，我不喜欢和有病的人待在一起。说起来很惭愧，但事实就是如此。我想，我就不该嫁给医生。"她一边说，一边试图一笑而过。但她的笑声很短，也很假；他只能尽可能温柔地注视着她，同时也清楚，这段时间以来，她对他已经越来越没感觉了。他本希望她会一直爱他，而此刻他却发现，她已经没那么爱他了。

第二天下午，他驱车又去了一趟奇泽姆家，开的是他的福特T型车。他走进房内，给那个孩子做了检查，问了奇泽姆太太几个问题，出门回到车上，拿起一个冲洗工具，又回到了房内。艾达·奇泽姆似乎有些反感这个东西。

"你有这种东西吗？"他问她。她摇摇头，活像一匹被一只苍蝇纠缠不清的马。"好吧，那这个给你。务必让她一直保持干净——我是指内部。你肯定也不想让她的排泄物——她的粪便——进入她身体的其他部位吧。粪便似乎全都淤积在一起了，这孩子就是这么个情况。我来教你怎么用这个东西。"奇泽姆太太一动不动。"过来啊，快点儿。这很重要。孩子足够大的时候，得有人教她自己用这个，还得用得勤快点儿。不然她肯定会经常出问题。"

"什么样的问题？"

"根据我自己的经验以及别人告诉我的信息，我相信，如果不这么做，孩子可能经常受到感染。你也不希望我每隔一天就来这里给孩子看一次病吧。"

那女人警惕地走过来，一边看，一边听他说。他抬头看了她一会儿，看到她眼里闪烁着泪光。

"会没事的。"他说。

"这可是你说的。"她说。

"行。"他说。在这之前，他一边仔细地看着她，一边试图揣摩她的心态。"好了，听我说。我知道，如果能帮得上忙，我们通常不会让婴儿仰卧着睡觉。但是，如果她睡觉时臀部能稍微抬高一点，那就好了。这可能意味着要经常去检查她的睡姿，这我当然知道。但这么做有助于避免那种可能导致感染的情况。白天,她在婴儿床上的时候,也得这么做。她直立时,被人抱着时,或出现诸如此类的情况时,都不会有问题。"

她没说话,而是茫然地看着躺在婴儿床里的孩子,看着医生叠好并垫在孩子臀部下面的小尿布。

"你听明白了吗,艾达?"他直呼她的名字,以引起她的注意。

她只是点了点头。然后他就出去了。

奇泽姆正在工棚里给圆盘耙磨边。他走了出去,在棚外屋檐下的阴影里见了医生。医生摘下帽子,用手拨开头发,检查着帽子,仿佛在查看它是否有裂缝,然后重新戴上了帽子。

"孩子看起来挺好。"他对奇泽姆说,"看起来很健康,我觉得。虽然不是该有的什么都有,但只要她还能排泄,只要你们让她一直保持干净,就不会出现什么碍事的东西,她应该没事的。"他看着那男人,"我已经跟你的妻子解释过了。"奇泽姆好奇地回头看着医生。"过一段时间以后,这个女孩会有些什么样的进步呢?我们拭目以待吧。不过我相信她不会有事的。她现在吃奶吃得挺好。"

"所以,是个女孩?"

"嗯。"

奇泽姆盯着医生看了好一会儿,一边以医生的方式打量着他,一边努力领会着他所说的一字一句。

"那……不需要什么特殊的东西吗?"他问,"不需要药物或者特殊的食物吗?"

医生摇了摇头。

"不过,我还是会跟你实话实说的。"他说。

奇泽姆一言不发地等待着。

"事情的真相是这样的,如果会出问题,很有可能在最开始几周,甚至最开始几个月。要是她没有像别的孩子那样经常弄脏自己的尿布,或者如果她一整天都没有弄脏尿布——尤其是出现后面这种情况时,你就赶紧去找我。留心她的下腹部是否有任何肿胀。或者是否有任何看起来很奇怪的凸起物。你放心,我暂时还可以经常过来看一看。我不会收你钱的。我们就当每个人都能从这段经历里学点儿东西,尤其是我。我是说,作为医生,我可以学点儿东西。"

奇泽姆只是点了点头,他还在盯着医生看,仿佛希望医生能多说几句。然后他扭头看向了别处。

医生打了个哈欠,用手揉了揉脸。

"最近几天,我感觉自己像是给县里一半的人看了病,真不骗你。我今早回家的时候,已经有一批人在焦急地等着我了,后来我又去镇上给一个朋友打了电话,他比我更了解这种情况。然后我又回到家,希望能打个盹儿,结果我还没躺下来,就有一个男孩骑马过来,大声说他爹在锯木厂把自己给弄伤了。后来我在来你家路上的路旁一棵香枫树下睡了一小会儿。我很感谢你送的那份礼物,确实能提神醒脑。"

奇泽姆点点头,勉强笑了笑,笑容看起来有些狰狞。

"还要吗？"

"我现在很好，谢谢。先生，我相信你的产品能媲美肯塔基州的任何瓶装产品。你真是个艺术家。"

奇泽姆差点儿咧嘴笑了起来。"只要你到这附近来，医生，你就不用跟我客气，随便喝就行。"然后他说，"我想，我还有个问题。"

"问吧。"

"这孩子生下来怎么会是这样的呢？"

医生夹克里的肩膀耸了耸，像是打了个寒战。他实在是太累了。

"我是这么看这件事的：大多数人都很幸运，怀孕期间没出任何问题。有时候，我简直不敢相信，大自然大多数时候都不会犯错。我见过一些事情，你可能觉得它们都不是真实的。那些情况下，大多数的小生命出生时要么有问题，要么不正常，出生后很快就死了。有时候，等我回过头来检查他们时，我非常确定，他们都不是自然死亡。"

奇泽姆盯着医生看了好一会儿，医生却一直看向田地之外的远方。

"反正，"奇泽姆说，"你觉得这是个女孩，就因为，我猜，就因为很明显她不是个男孩。"

"据我所知，"医生说，"她只不过是个没有发育完全的女孩。不管是因为什么，反正子宫里有东西阻止了她的发育。就是这么回事。谁也没错。这很罕见，但当下来说，我觉得这不会危及性命。"他顿了顿，"有很多孩子在某种程度上是雌雄同体,但这孩子不是这种情况。我听说,这种情况只会出现在女孩身上,不管怎样,不可能是男孩。"

奇泽姆看着他。

"你说,雌雄同体?"

医生扬起眉毛点了点头,摘下帽子又看了一眼,眉毛皱了起来。

"不可能没有性别。"他说,"生下来以后,要么是男孩,要么是女孩;你得等一等,看看哪个性别最终脱颖而出。有时候确实是雌雄同体。"

奇泽姆看着他,试图领会他说的那番话。

"嗯,我想不到这种事情竟然会发生在一个孩子身上,我们还真够走运的。"

"考虑到各方各面,"医生说,"我不得不同意你说的这句话。"

"而且什么都做不了。"

"这我倒是不信,不一定。不过,再过一段时间,谁知道会怎么样呢?如果行得通,你可以朝着某个目标一步一步来,一点一点地积累,万一哪天就能治好了呢。"

他们俩又站了很久。然后医生轻轻拍了拍奇泽姆的肩膀。"她会成为你和你太太的掌上明珠的,我一点儿也不怀疑这一点。"他说。

奇泽姆点点头,回到棚屋里,又开始锉起圆盘刃来。医生离开后又到所负责的这片区域的其他几户人家出诊。下午越来越冷,十一月下旬即将来临。他在天快黑透时到了家,屋子里空空荡荡,但炉子里尚有一丝火光在闪烁,炉子的保温装置上有一只锡制餐盘,上面盖着一块干净的布。厨房餐桌上有他妻子留的便条。她去镇上看她母亲了,可能会在那儿过夜,不用担心。

他走进书房——他把奇泽姆给他的那罐酒留在了那里——给自己倒了一些酒在一只空咖啡杯里,他点亮办公桌上一盏小小的灯,写起了日记。窗外的走廊上,一只雨蛙在唱着歌,歌声响亮、持久且刺耳;这只一英寸[1]长的两栖动物宛如来自歌剧团的女高音歌唱家,唱出了一个几乎震耳欲聋的音符,这音符莫名其妙地引出了另一个与之相关的无声音符,令人忧郁。

那孩子的脖子刚有一点儿力气,她母亲便让大女儿格蕾丝帮忙照看。格蕾丝将婴儿裹在一条临时凑合着用的背巾里,背着她走来走去,仿佛婴儿是她断掉的第三只胳膊。每当婴儿饿了,她就把婴儿交给母亲,然后走到外面,先是快步走,后来干脆跑到农场上的某个地方,蹲下来,藏起来,咒骂着,哭泣着,尽情地宣泄着。偶尔,她会带上用玉米穗轴和藤茎做成的烟斗——这是她自己用水果刀做的——抽起她从父亲那儿偷来的烟叶。这种叛逆行为虽然微不足道,却让她有种满足感。

后来,冬天过去,婴儿也能像蹒跚学步的小狗一样爬来爬去,格蕾丝便尽量多把她带去户外。只要那孩子还有力气,还有兴致,她们俩便会尽量朝远些地方游荡,只有在她太靠近动物或机器时,格蕾丝才会把她抱起来,然后把她转向另一个方

---

[1] 英美制长度单位,1英寸等于2.54厘米。——编注

向，仿佛她是个发条玩具。她长出了一头浓密的黑褐色头发，格蕾丝替她扎了个小小的蝴蝶结盘在头顶。她确实很可爱，连格蕾丝也不得不承认。

不过她还是始终坚信：做母亲这件事永远都不适合她。

三月的一个下午，她走出厕所，站在灰蓝色的阳光下，那天风很大，一阵狂风将她紧紧抓着的木门吹得左右摇摆，扬起了院子里的灰尘，摇得树上正在长叶的细枝嘎嘎作响，激荡着牧场上牛池的水面。家里的大门开了，她母亲的胳膊伸了出来，把一块卷起来的尿布扔到走廊外的院子里。格蕾丝看着躺在那儿的尿布，蒸汽像薄烟一样，从尿布的褶皱中冒了出来。

医生的福特车"嘎吱"响个不停，停在了尿布前，仿佛它是一个最奇怪的交通标志。他现在已经习惯了每周至少拜访奇泽姆家一次。她看着他下车，用他那双微微弯曲的长腿绕着车走了一圈，低头看着冒着热气的尿布，然后越过尿布，看了看站在厕所敞开的门前的格蕾丝。他没戴帽子，前额上有一缕秀发，这让他看起来温文尔雅，他双手插在口袋里，仿佛在研究一些值得思考的事情。她只是看着他。与这个世界相处时他颇为放松，也比较自在，自在里有股子书呆子气，却也显出了他的魅力来，这些都激怒了她。他居然有胆量给她一个浅得不能再浅的微笑，仿佛他被逗乐了。格蕾丝可没被逗乐。

她跟着他进了屋，在他检查婴儿的时候站在客厅门口，然后给婴儿系上新尿布，又跟着他一直走到厨房门口，听着他跟她母亲说话。

"现在已经四个月了。"他们坐在桌旁,医生正在讲话,"如果有什么严重的病变出现,相信我们应该早就看到相关的迹象了。"

她看着坐在那里的医生,看着他那看起来有些像贵族的古怪容貌,他一根白头发都没有。她突然想到,他也许比她想象的年轻。

"格蕾丝,别这么没礼貌,给我们烧一壶咖啡去。"她母亲说。

她懒懒散散地走了过来,拿起咖啡壶,去屋后面的水泵处把壶冲洗干净,又往壶里倒了些水,然后把它拿回屋里。她在壶里装了些咖啡,放在炉子上,又往火炉里扔了一大块木头。医生和她母亲的谈话一度中止,她瞥了一眼医生。她看到他正在看着她,他的表情虽有些困惑,但也很可笑,她突然一惊。她皱了皱眉,回到门口,站在门外,仿佛没在听他们说话。

他接着说,奇泽姆太太应该继续确保婴儿身上不会出现古怪的肿块,他还说,要是她不介意,他会继续定期过来看一看。

"谢谢你。"她母亲说。不过,她的语气有一些怀疑,还有一丝憎恨,她无疑觉得自己欠他人情。

咖啡煮好时,格蕾丝回到屋里,给医生倒了一杯。他抬头冲她笑了笑。

"谢谢你,格蕾丝小姐。"

"不客气。"她咕哝了一句,感到非常愤怒,因为自己居然脸红了。

他说,要是他们不介意,他想到他们家后面的林子里散散步,然后再上路。她母亲苦笑着说当然可以,并请他自便。医生奇怪地朝她笑了笑,眼神里透露出一丝顽皮,然后拿起咖啡杯,从厨房那扇门走了出去。

"这到底是怎么回事?"格蕾丝问。

"他这个人可能喜欢在林子里散步吧,我猜。"

"哦,我觉得也许他只是想在咖啡里加点儿甜味料吧。"

"别这么不懂礼貌,"她母亲说,"他做了这么些事,却没向我们要一分钱,不管这些到底值多少钱。"

"为什么不要呢?"

"我没问。"

之后医生离开时,经过奇泽姆家那条长长的车道的拐角处,朝大路驶去。格蕾丝正站在路边,在一棵奇形怪状的松树的阴影中,看着他从自己身边驶过。他没朝她那边看,而是从方向盘上伸出一根手指,算是稍稍对她表示感谢,也算是向她挥手告别。汽车在车道上扬起了灰尘,这时,她冲着汽车竖起了中指,算是对他的回应。

埃利斯·亚当斯,医学博士
约翰·霍普金斯医学院
马里兰,巴尔的摩

亲爱的埃利斯:

这里的冬天真够忙的,满是疟疾以及肢体暴力所带来的种种恶果,人们与他们选择的敌人被禁闭在狭小的空间里,孕育和承受着这些恶果。我相信你会觉得这一切都很有趣。

没有出现并发症（我不得不说，我以为会出现一些并发症，但你似乎是对的，因此我必须描述得足够细致），所以我已经有一段时间没给你写信，跟你谈一谈我那位年轻的病人。尽管她的泌尿系统的情况显然在可控范围之内，但这些情况依然值得关注。如你所料，没有因为阻塞、瘘管或其他状况出现明显险情。这个案例的确值得关注，事实证明，这个孩子身体很健康，哪怕并非如此，至少也很正常。

孩子的母亲似乎找到了应对方法。她的大女儿不上学的时候承担了大部分照顾孩子的责任。那女孩有些古怪，话不多。我感觉，她就像某种野猫，被家庭和自己的职责牢牢拴住，仿佛被紧绷的链条拴在了树上。唯一的问题是，到底她带来的麻烦会不会比她遇到的要更多。

说到应对，最近，我的莱特貌似待在镇上陪她家人的时间要比待在家里的时间更多。不见得说得对，但看似确实如此。感觉我见到我们的管家——那个年纪轻轻的海蒂——的次数都比见到我妻子的次数要多。我之前从没想过，一个文雅的城市女孩，嫁给了一个男人，那男人因故最终成了一个老派的乡村医生，这件事对她来说居然会如此难以承受（而且一点儿也不好笑）。我猜，她希望我能像你一样，到头来能去做做研究，或者在城里开一家高级一点儿的诊所，像银行家那样忙忙碌碌，而不是修复那些头脑简单的农夫断掉的四肢和破碎的头骨——那些农夫经常血淋淋地出现在门口，闻起来有一股动物和泥土的味道。我相信，她要是看到一个男人或女人拿着一个南瓜灯似的治疗牙齿的仪器,一定会非常沮丧。

当然,请尽可能运用你的聪明才智,随时留意与此案例相关的任何研究的进展,若有相关研究正在开展,请尽快通知我。如果我手头上的这个案例/情况真像你觉得的那样罕见,那么我想知道,杨以及其他人是否真如我们所说,会为了促进科学发展,有兴趣做这种公益性检查。如果你能设法让其他任何人关注此事,请直接告诉我。我相信,你的同事杨医生会继续在这个领域取得巨大进步。请和这个人继续做朋友,不要在参加社交聚会或其他类似活动时犯傻,你我都知道,这位杨医生有点儿故作正经,在战争中服役时,他还参加过反对卖淫等活动,仿佛对他来说,卖淫要比整套设备被德国炮兵的炮弹炸掉或击成碎片更糟糕——但是,不好意思,我偏题了。换句话说,如果你愿意,请尽量谨慎对待你的其他习惯,大医生。顺便代我向玛丽·凯特和孩子们问好。

无论如何,春天来了——风很大,我总觉得这种天气让我很兴奋。鸣禽们乐不可支,异常好斗。我该做些什么,才能让这个季节永不结束呢?可话说回来,快乐若总在身边,我们便会不再珍惜,诗人不是做过这种暗示吗?即使我们懂得珍惜那些快乐,到最后,也许这一切还是会变得平淡无奇。

讨人厌的埃尔德雷德

断　奶

艾达·奇泽姆给婴儿断奶时，那孩子就快满一岁了；像其他孩子一样，没长牙齿的她先是一脸困惑地吃着由豌豆和红薯熬成的糊状物，之后又狼吞虎咽起来。格雷丝没去上学的时候，都会默默揽下照顾婴儿的责任。十一岁的她，言谈举止间就像一个被生活压得快喘不过气来的愤怒的十六岁青年。她仿佛想加快进度，缩短自己听命于人、被迫照顾婴儿的时间。她努力地训练着自己的妹妹，先是训练她使用便壶，后来又训练她用屋外的厕所，还教她如何将自己洗干净。但很快，她就意识到了一个问题，并且抱怨"突发状况"出现得太过频繁。医生曾经跟她说过，一旦确认妹妹失禁，她只有两个选择：要么让那个婴儿跑去厕所，要么脱掉她的裤子（也就是她一直穿着的宽松尿布），不管她是站在院子里、牧场里、林地边缘，还是牲口棚旁，不管在哪里，都必须如此。她还只是个孩子，而且她不喜欢弄脏自己，想和其他人一样走来走去，于是他们便允许她随时脱裤子。她也真的这样试过了。她是个脾气很好，甚至很快乐的小孩。她看起来足够聪明，但并不任性，不会做出危险的事情来，所以格蕾丝任由她光着脚在房子里和院子里自由地走来走去（冬天除外），就像一个至少要再年长一两岁的孩子那样。家里人和佃农常常看到这幅景象，看到这个骨瘦如柴的小家伙露出她那瘦削的屁股，随时随地解手，就像他们饲养的某只动物一样。

在屋前走廊上操作搅乳器时，在屋后走廊水泵旁的水槽里清洗盘子时，或是走出厕所时，格蕾丝都在注视着这一切。她以她自己的方式，沉溺于自己的小情绪之中，她不自然地微笑着，一边喃喃自语、低声轻笑，一边摇着头返回自己的工作岗位，漫不经心地照料着那个婴儿。简活像是动起来毫无规律可言的发条玩具，直到晚饭后的某个时间，在"发条停止转动"，她脚步沉重、累到趴下来时，才会停下来喘口气。然后格蕾丝会给她洗澡，安顿她上床睡觉。

不用照顾妹妹、有空休息时，格蕾丝会悄悄溜到牲口棚，在里面转来转去，抽上一根"好彩牌"香烟。她把烟藏在了一根承重柱上的宽松裂缝中。她喜欢香烟喜欢得不得了，以至于开始在晚饭后也偷偷地抽上一根。她在暗处观察，等到没人用洗脸盆时，便匆忙地洗脸、刷牙，然后上床睡觉，其间她一言不发，也不看任何人一眼。他们对此早已习以为常。

年幼的简看上了西尔斯公司[1]产品目录里的一款布娃娃,格蕾丝便用手头的材料给她做了个:她找来一只面粉袋,用锤子敲碎了一些硬玉米粒,将它们塞进面粉袋里;她让简帮忙用墨汁画了一张脸,之后用蓝色的线把它缝到了"娃娃"上;姐妹俩还为它做了一条小裙子,又在它不怎么好看的脚上画了一双拖鞋。

几年前,格蕾丝仍然把自己的娃娃——很像她为简做的那个——装在书包里带在身边,突然有一天,她对此感到尴尬,甚至讨厌自己,便把它扔到了路边的灌木丛里。现在,她虽然依旧年轻,却因童年已逝而感到痛苦,她试着让自己坚强一些,好应对这种痛苦,又一次起了离开的念头。可是,她再也没办法让自己变得冷酷无情,因为她对这个小女孩怀有感情,她可是自己的小妹妹,也是家里唯一那个在她身边时自己还会感到一丝欢喜的人。格蕾丝黄色的头发和蓝色的眼睛,曾经令她觉得自己是个被人调包的丑陋小孩,被遗弃在这个脾气暴躁的女人和阴郁的男人的家门口。但是现在出现了这么一个孩子,她古怪,有缺陷,像他们的父母一样黝黑,一双蓝眼睛甚至比自己的还要蓝。她不想爱她或是它——有时候她会这么称呼这个孩子——但她想:"我得爱点儿什么。"

简快满三岁时的那个秋天的某个下午,格蕾丝坐在走廊上,

---

[1]西尔斯(Sears)公司是西尔斯·罗巴克公司(Sears, Roebuck and Company)的简称,西尔斯公司曾经是美国也是世界最大的私人零售企业。它的创始人理查德·西尔斯(Richard Sears)在1884年就开始尝试邮购商品,专门从事邮购业务,出售手表、表链、表针、珠宝以及钻石等小件商品。

看着简先是走到院子里，又晃到车道对面的棚屋附近，然后停了下来，蹲下身子。让格蕾丝没想到的是，她看到简伸手捡起了什么东西，然后一边走，一边双手忙个不停，仿佛用某个东西缠住了双手。简在走廊边停了下来，举起双手，睁大眼睛，眼里藏了个秘密。

"啊，那是什么？"格蕾丝问。她在一旁看着这个奇怪且美丽的孩子，她那双大眼睛像会说话似的，仿佛比她想象中的还要睿智和博学。

年幼的简摊开双手，一条小青蛇突然出现在她的手中。它的大小不如一条蚯蚓，长度也不及一根织针，它蜷曲着缠在简手上，仿佛是多出来的一根手指发了狂地扭动着生出来的一个怪东西。格蕾丝站了起来，如临大敌般地异常警惕，她不知是该把蛇从那孩子手上打下来，还是碰一碰运气，认定这条蛇没有毒。

"把它放下，快点儿。"她尽可能冷静地说。可是简闭上了眼睛，大笑起来，然后打她身边跑过，进了屋子。不一会儿，她听见母亲的尖叫："快点儿把那东西弄到屋外面去！"

后来，她在一旁看着他们的父亲给简上了一课，告诉她哪些蛇安全、哪些蛇不安全。他画了一些图，上头是毒蛇有的宽大的三角形蛇头；又拿来一条之前在院子里被杀死的响尾蛇的尾巴，在简的面前抖起来。"要是听到这个声音，"他说，"你就停下来，一动不动地站着，弄清楚声音从哪里传出来，然后往后退。你再看看这条蛇，它叫食鱼蝮，要是碰到它，你就赶紧跑。"他一边描述，一边画了一条食鱼蝮，告诉她这种蛇有哪些颜色、哪些形状。他还跟简谈起了一首与珊瑚蛇有关的短诗："红配黄，杀人狂；红配黑，无所畏[1]。"简很喜欢这两句押韵的诗，甚至模仿起她父亲读诗的口吻来，逗他露出了罕见的微笑。

他说："不管怎么样，你要是看到这些蛇中的某一种，就赶紧逃走。如果你拿不准，可别去冒险。"

她问父亲能不能把那条蛇尾给她，她想用绳子把它拴起来，挂在脖子上。

他似乎被她这番话给逗乐了，但还是说，他觉得不行，因为这么做可能会引来别的蛇。

"好吧。"她说着，把蛇尾还了回去。她父亲把它放回了壁炉架上的一个小盒子里，盒子里还放着一颗熊的牙齿，以及简某天在院子里闲逛时发现的一个小小的鼹鼠头骨。

父亲和简离开后，格蕾丝走到壁炉架前，取出那条蛇尾，用它给自己做了一条项链：她在蛇尾首端戳了一个洞，穿过这个洞，给蛇尾系上了一段浅色的线。她把项链做得足够长，这样蛇尾便可以藏在她的上衣里。她用一根手指钩住它，轻轻晃了一下，那声音里有些别致的东西，让她心跳得更快了一些。

一天，年幼的简听到那个声音，她非常兴奋。"你做了一条响尾蛇项链！"她说，"爸爸就不会让我这么做。"

---

[1]原文为Red touch yellow, kill a fellow；red touch black, friend to Jack。直译过来为："红色搭配黄色，能要了人的命；红色配上黑色，那是人类的朋友。"为了保持原文的韵脚，故如此处理。

"我知道。"

"他说这么做也许会让一条真蛇紧跟着我。"

"我不信。"格蕾丝说,"想不想要?"

简似乎在考虑这个提议,然后她摇了摇头,一脸神秘地咧嘴笑了笑。

一天,母亲问格蕾丝,她脖子上戴着的那条线上到底挂着什么。

"没什么。"她说。

"我能看到绳子上挂了个东西,就在你的上衣里面。你走动的时候我也能听到某种轻微的声响。"

"除了我那颗又小又老的心脏发出的'嘎嘎'声,其他什么也没有。"格蕾丝说。她母亲看了她一眼,她却没理睬母亲。

把孩子交给了大女儿照顾这件事,让艾达·奇泽姆能够稍微回避自己那些阴暗的想法,但还是无法完全杜绝。有空休息时,她便坐在房前的走廊上,吸上几口鼻烟——她明知这种行为有些罪过,却还是照做不误,反正她自出生起便已堕落,再添上一点儿恶习也不会改变现有的状况——她一边把口水吐到院子里光秃秃的泥土里,一边尽全力清空自己那乱哄哄的脑袋。乌鸦倾斜着掠过牛池边的松林和阔叶林,张开毛茸茸的翅膀,飞回牲口棚附近的美洲山核桃树,停靠在粗糙的树枝上,就像拍打着翅膀的黑影落入了由难以理解的想法构成的树叶之中,她没办法也懒得费心去探究这些想法。深秋时节,黑鹂鸟一拨又一拨地从院子边的橡树上空飞过，叫声震耳欲聋、响亮刺耳、嘎吱作响，宛如疯狂鸟类交响曲里传出的不和谐音调。它们的叫声将艾达·奇泽姆的悲愤之情拨出心脏、引向空中，在漫长而觉慰藉的时刻中将这种情绪一扫而空，给人一种类似于宁静的感觉。偶尔，迁徙的椋鸟会聚在一起，好似流动的液体，她还是个孩子时，曾目睹过这幅奇妙的景象；而今，它再度唤起了她体内某种奇怪的感觉，让她有种不祥的预感。

她没对任何人说过，她有一种感觉：简这个孩子的身体状况之所以如此，可能是因为她怀上简的方式很罪恶。这跟男女是否是夫妻无关。如果身为一个妻子都不知道自己已经怀孕，那么对这个女人而言，这便是一种罪行、一种恶劣的行径；惩罚她的并非死亡，而是某种挥之不去的东西，它让你想起自己曾做过什么，抑或你曾允许别人做过什么，非此即彼。在上帝的眼中，谁该负责就真的如此重要吗？谁又能说，她之所以让自己陷入如此境地——他能在她还没明白过来时做那档子事，甚至不用征得她的同意——是因为不愿意承担责任呢？作为一个男人，在他看来，他们往日的那番誓言已足以证明她允许他么做。怀着这样的想法，她越发愤怒，却又无法表达，以至于觉得自己都快瞎掉了，于是她来到屋外的柴火堆前，劈起引火柴来，直到她能再看清为止。她点燃了自己周围的那些厚木块，仿佛柴火堆已经爆炸，她只能干站在那里。发泄完怒火后，她把斧头埋进木块里，怒火未平地走出后院，沿着林子里的主路走到了鱼塘边。她站在那里，望着鱼塘平滑的褐色水面，双臂笔直地垂放在身体两侧，她觉得自己可以回去拿一块有些分量的破铜烂铁和一根绳子，把它们绑在腰上，走入水中，直到全身被浸没，竭力让带有泥沙的水灌满她的肺部。她在脑海中想象了这一幕，就在这一刻。然后，她再次流下愤怒的眼泪，脱掉衣服，把鞋子留在岸边，走进水中，让水淹至颈部，让自己浸在水里，然后游向更深处。她尽可能久地屏住呼吸，然后长出一口气，她的身体在水下越沉越深，直至惊慌失措起来让她拼了命地游向水面、冲出水面，她一边在水中上下快速游动，一边踩着水[1]。她把挡在眼前的头发随意拨到一边，便看见她丈夫站在她下水处的岸边。他的双手无力地搭在身体两侧，就这么看着她。她也看着他，感觉自己像是一只野生动物，在野外被一个奇怪的人形生物给逮住了。后来，她看着他转身向上走，走上堤岸，走到小径上，消失在视野里。直到那时，她才游上岸，把衣服穿在湿淋淋、黏糊糊的身上，双脚在湿透了的鞋子里发出"咯吱咯吱"的声音来。此时的她，情绪稳定了一些。在她看来，他目睹了这一幕，这至少像是一种警告，一种情感上的报复行为。虽然无法洗净心灵，但她的身子被洗得干干净净。

1918年秋，传来了流感肆虐的消息。墨丘利出现的几起案例引起了人们的警惕，后来，本地的某个小孩疑似也染上这种病，官员们关闭了学校，格蕾丝便不用上学，专职照料起她的妹妹来。

---

[1] 踩水，也称"立泳"，实用游泳姿势之一，借助两腿向下踩蹬，使人体浮立在水中。

趁此机会,艾达·奇泽姆埋头在林子里,采了一大筐紫锥菊和人参。她偷偷跑到邻居的农场,想讨要一点儿对方的石榴,却扑了个空,于是她私自把一些果实塞进围裙的皱褶里,像一个绝望的小偷一样匆匆逃走了。她用草药做了茶,又往石榴子里倒了一点点她丈夫视为珍宝的苹果白兰地酒,搅拌成一定剂量的药用糖浆,然后喋喋不休、慷慨激昂地劝家里人喝下去。格蕾丝和简做着鬼脸抗议,可她却不顾她们俩的感受,皱着眉头,冷冰冰地告诉她们俩,要么喝下去,要么就去死。"在我死之前,我可不会让死亡再次造访我们家。"她的这番话说得有些不吉利。她抬起头,看见自己的丈夫正在另一间房里看着她,他看起来有些谨慎,也许甚至还有些担心她那种似乎有点儿魔怔的做派。"哟,他觉得我疯了,那就随便他吧。"她想,"家里总得要有个人具备正确的常识。"她起身走到他面前,拿起他用来喝威士忌的锡杯,往里面也倒了一些她做的药用糖浆。她看着他的眼睛,说:"喝吧。"他耸耸肩,照她说的做了。

他们确实一直都很健康,她却挑衅似的看着他们,因为她觉得他们缺乏信念。深秋时节,学校重新开学了,可她不让格蕾丝立马回到学校,因为她说自己不相信那些号称"最糟糕的时候已经过去了"的人。汤普森医生某次造访他们家时,也说他不否认她的这种想法。

"我宁愿失学一年,也不愿冒生病的风险。"他说,"我见过得了这种流感的人,也见过他们因此丧命。儿童得这种流感的风险似乎比年轻人要小。""如果我是你,"他又对西尔维斯特·奇泽姆说,"每次去城里做生意时,我都会戴口罩。"

"口罩?"奇泽姆问。

"牲畜围场的家畜拍卖会上总是人山人海的,难道不是吗?"

医生去车里取了包,从包里拿出一个方形的医用口罩,口罩上还系着细绳。他把口罩递给奇泽姆先生。艾达·奇泽姆看着这一切,仿佛见证了某种仪式的开头,她耸着肩膀,仿佛在提防坏运气或不祥之物。

"把它洗干净,绳子别在耳朵上方,然后系在脖子后面。"

奇泽姆面露怀疑,他用食指和拇指捏起口罩的一根绳子,检查起来。

"我考虑考虑。"他说。他把口罩递给他的妻子,但她后退了几步,摇了摇头。

医生说:"这可不是你知道的那种常见的疟疾。"他探着身子,露出严肃的表情,"这种流感会要了人的命。这里的状况是比镇上好些,镇上也没大城市那么糟糕。可要是得了这种流感,你照样还是会遇到大麻烦。"

不到两周,他们听说医生的妻子也成了流感的受害者——她经常待在墨丘利,准确地说,是经常和她的娘家人待在一起,而且据说,她还参加了一些社交聚会之类的活动。汤普森医生和镇上正规医院里的医生以及护士一道照料着她,但病情未见好转。

"现在你们知道这种奇怪的新药对身体有什么好处了吧。"艾达·奇泽姆说。

葬礼在汤普森太太娘家的教堂举行。葬礼过后,她被葬在了镇子东边的公墓里,所有参加葬礼的人离开以后,西尔维斯特·奇泽姆朝医生走去,艾达·奇泽姆不情愿地跟在他后面,她宽大裙子的褶皱几乎淹没了年幼的简。简挣脱了母亲,跑到父亲身旁。医生伸手抱孩子时,艾达觉得有些心寒。医生微笑着,把简的一缕头发拨到她耳朵后面。

"我会好起来的。"医生对奇泽姆说,"谢谢你们今天来参加葬礼,也很高兴这个时候能看见这个小天使。"

"说谢谢。"奇泽姆说。

"嗯。"简说。

"你得说谢谢。"他说。

"没事。"医生说,"她的眼睛已经说了'谢谢'。下次你来镇上的时候,要不把她也带上吧。我让我们的海蒂做个馅饼。她还可以跟海蒂的儿子一起玩。"

艾达·奇泽姆想说点儿什么表示抗议,却只发出了几不可闻的沙哑声音。

"他叫什么名字呢?"简问。

"他叫米斯特。他跟你一样大。"

"好吧。"最后她失望地说了这么一句。只有孩子才会这么说话。

"小家伙很活泼开朗。"医生说,"我总是希望莱特和我能有个孩子,不过我现在觉得,还好我们没要孩子。"

"米斯特是你的儿子吗?"简问。

听到这话,医生和奇泽姆笑了起来,简也跟着他们俩一起笑了起来。医生看了看艾达·奇泽姆,她正在离他几英尺[1]外的地方愤怒地看着他。

"感谢你们都来了。"医生一边说着,一边越过艾达,朝远处坐在奇泽姆家马车的拖斗上的格蕾丝望去。她像她母亲那样,穿着一套黑色的连衣裙,戴着一顶黑色的帽子,帽子遮住了她的脸。"那位小姐看起来不太高兴。"

奇泽姆看着大女儿,咬着牙说:"她倒是同意和我们一起参加葬礼了,不过恐怕她不适应这种场合吧。"

当天晚上,医生在书房里坐着,手里拿着一杯加了冰的孟菲斯波旁威士忌。早些时候,他在黄昏悄然离去时站在走廊上,听到一只幼小的反舌鸟从屋后的原始森林里传来的叫声。他猜,这只鸟一定是在求偶。不会孤单很久的,不会的。他漫不经心地走在林中小径上,一路穿越原始森林,来到了湖边,仿佛他是跟着自己臆想出来的夜行鸟,穿过大树下月光照耀着的灌木丛,离开天蓬似的树荫,偶然间走到一片开阔的水域,邂逅了一只正在鸣叫的潜鸟。可是,他也害怕这种行为会让自己深深陷入悲伤的情绪之中而无法自拔。年轻的女佣海蒂给他在炉子的保温装置里留了份晚餐,他吃掉了锡盘中的食物,海蒂受雇来料理家务和做饭时,他和莱特事实上已经分居,这一点显而易见。很多时候,他回到家,发现没有人为他准备晚饭,壁炉和做饭用的炉子也没点

---

[1]英美制长度单位,1英尺等于12英寸,合30.48厘米。——编注

燃，屋子里的灰尘积成了球，像精力充沛的小动物一样在踢脚板上滚来滚去。这个海蒂是助产士埃玛莱尼的女儿，她带着她那私生子一同生活。他既同情海蒂，又很欣赏她显露出来的那种令人钦佩的自尊，她虽然年纪轻轻，却已经先同龄人一步，懂得了自尊为何物。有一天，他接待了一位病人，那位病人看到海蒂的孩子米斯特独自一人在院子里玩耍，然后说了些"有色人种不顾家"之类的话。有时候他很震惊，他居然总是会忘记，有些人已经无知到了残忍的地步，他们出生在一个小村落里，长在那里，也将死在那里，除了那里，他们哪儿都没去过。他也不是不知道，还有很多所谓的久经世故之辈，他们的态度也是如此。他曾说："我说赫克[1]，你知道吗，你身上最灵光的部位，也许就是你的阴茎了吧。"甚至连赫克自己听到这话以后也大笑起来，他当时恰好在接受淋病治疗。

他把盘子放在水槽里，站在卧室门口，看着空荡荡的床。透过卧室的窗子，他看见炊烟从那间村舍的烟囱里升起，村舍就在山下那片林子的边上，他曾经帮海蒂·哈里斯把那里收拾得很整洁。讽刺的是，原先住在那里的是奴隶。烟囱里飘出的烟在他那片林子里的树上方慢慢散开，顺着草木丛生的长长斜坡一直飘到那个隐蔽的湖面，消散得无影无踪。此刻没有鸟鸣。在喧闹的午后和转瞬即逝的黄昏之间，他小憩了片刻。妻子走

---

[1]此人的名字"赫克"（Heck）疑似是作者一语双关，这个名字在英文中也作为感叹词使用，意指"该死；见鬼（表示稍感恼怒、吃惊等）"。

后——并非只是离家出走,而是不在人世——家里的气氛有些凝重,这种感觉突然让他难以忍受,他站在那里,默默地流泪,让泪水模糊了眼前的一切。他如同一个疲惫的新生婴儿看着这一切。他就这样站着,一直站到眼睛不再止不住地流泪,眼眶里的泪水早已干涸,脸颊上的泪痕也都已风干,他甚至觉得自己的皮肤也紧绷起来。是啊,人终有一死,这只是一件小事。

简出生的头几年,她那两个比她大很多的哥哥会在夏天从州里的大学回到家里搭把手。他们俩在大学里的实验农场干活,身体精瘦而结实,褐色的皮肤像印第安人那样,跟他们的爸爸很像。那时候的简最开心,这两位她知之甚少的哥哥已经成年,他们俩会逗她玩,开她的玩笑,小西尔维斯特还会挠她的痒痒("别这样对她。"他们的妈妈会说),还有围绕着餐桌进行的谈话。两个儿子在身边时,简的父亲似乎能够更好地控制住自己不喝酒。

如今,两兄弟长大成人,离开了家,有了属于自己的家庭,家里只剩下她、格蕾丝,以及他们的父母。小西尔维斯特和贝尔蒙特各自结婚后,带着他们的妻子一路去了怀俄明——那地方远得让人难以置信,也让人难以理解——先是在一个大牧场里工作,后来又找到一块地,把地买下来自己开了个牧场。小西尔维斯特给家里写了一张明信片:

这里很大。得够大才行。在这里养一头牛得要家里十倍大的草地。冬天很难,很难,很难熬。夏天像天堂一样,不过春天（六月前后）会招来蚊子，跟它们比起来，家里的蚊子看起来就像是螨虫。有人说，这里的蚊子可以站起来和野生火鸡交配，哈哈。活儿干个不停，人都很能吃苦。贝尔蒙特和我正在努力存钱，希望再过几年能买一大块地。如果你们想见我们，你们得出来转转。爱你们的儿子，爱你们的哥哥。小西尔维斯特。

"我们再也见不到他们了。"她母亲说着，把明信片扔进了炉子里，又"铛"的一声把盖子合上，"翅膀硬了就跑得远远的，啊？"她父亲一言不发，仿佛没听见这番话。

那时候，农场里的日子似乎要过得慢一些。拂晓时分，每个人都起了床，开始干那些日常活计：她和格蕾丝挤奶；母亲在厨房准备早餐；父亲去检查牲口，确认前一晚有没有牲口死掉、受伤或得病。来源未知的光线落在远处的树上，落在院子里被双脚扬起的灰尘中。简帮着母亲撒碎玉米粒喂小鸡，并查看它们的窝和藏身之处是否有鸡蛋。吃完早饭，格蕾丝赶在上学前打扫了卫生。与此同时，她母亲开始准备午餐和晚餐，过道上很安静，不过听得见她要么在厨房忙活，要么在扫地，要么在没长草的一尘不染的院子里搅拌那些要洗的衣服——用一个沉重的水桶在屋后走廊处的水泵里打水，把水倒进一口黑色的大锅，放在火上加热，拿一根又粗又长的山核桃木棍搅动那些脏衣服。午饭时分，她父亲进来吃饭，然后又出门工作，家里一阵喧闹；接着，打扫卫生时传来了叮当作响以及用力刷洗的声音；接着，是漫长而炎热的寂静午后；接着，简很高兴，因为格蕾丝放学回家了；接着，开始准备晚餐；最后，大家说话时轻言细语，动作变得迟缓，只听得见沙沙作响，这声音一直延续到入夜，直到每个人都入睡后才停下来。

没多久，家里给她安排了去喂家禽和猪的活计。猪有自己的猪圈，很大，就在工棚下头，简手头上没什么活儿时，常常悄悄溜去看那些猪。它们漫无目的、一摇一摆地走着，看起来很奇怪，又会突然变得活泼起来，吓得那些猪崽子一边尖叫，一边绕着猪圈跑，仿佛某种肉食动物在追逐着它们，但实际上，这只是它们的臆想而已。她明白，这是一种玩闹。此后，她再也不想吃猪肉了，于是人又瘦了一圈，要知道，他们每天都会吃猪肉，偶尔才会吃鹿肉、兔肉或松鼠肉。实际上，她没办法一点儿猪肉也不沾，因为他们所吃的每一种蔬菜基本都和猪肉一起炖了好几个小时。

她把桌上那点儿残羹剩饭喂给两条狗吃，没剩饭吃的时候，它们会自己去捕猎，或是在垃圾和废物中找吃的。不知何故，可能是出于自我保护，它们知道不能去追逐那些鸡。那两条狗，一条是猎犬，另一条是身体瘦削、皮毛乱蓬蓬的杂种狗。杂种狗的鼻子很长，笑起来很自然。那条猎犬眼睛周围长着黑色的毛，杂种狗的眼睛周围则是白色的毛。她把后一条当作自己的狗，给它取名为"托普"。"你怎么会起这么个名字的？"他们问。"因为它是条很棒的狗[1]。"她回答。他们一阵大笑,甚至格蕾丝和她母亲也笑了起来。那条猎犬没兴趣跟着简,但托普是简走到哪儿,它就跟到哪儿。它允许简盯着自己看,也会反过来看着简。它没露出笑脸,看起来很专注,满怀期待,仿佛能感觉到她对它的感觉。大多数狗,特别是那些四处游荡的流浪狗,你在看它们的时候,它们都会扭头看向别处。她父亲说,那是因为它们内心深处的某个地方依然保有野性。可是,托普却更像个人,至少它不怕她。有时候,如果她没有给予它足够的关注,它就会跑到她面前,把它的鼻子搁在她的胳膊或腿上,叹着气,眼巴巴地看着她;如果她心不在焉,不去爱抚它,它便会轻轻地舔一舔她的手或前臂,然后再次把鼻子紧贴在她的胳膊或腿上,直到她挠挠它的耳朵,揉揉它的头顶或后背。有时候,它会翻过身来,四脚朝天,让她把耳朵放到它那毛茸茸的胸口,听它的心跳,哪怕是在看起来最为镇定的时候,它的心也跳得特别快。她想,如果一条狗不准备像人活得那么久,就得赶紧让自己的心脏跳个不停。

她最喜欢凉脱脂奶的味道;第二喜欢的是刚烤好的抹了黄油的饼干;第三喜欢的是刚出炉的抹了黄油的玉米面包;第四喜欢的是炸鸡;第五喜欢的是苹果派,以及很少才会吃到的自

---

[1] 此处原文为 He's Top Dog。简给狗起名为"托普"(Top),实为一语双关。在英文中,Top 除了可以做人名,作为形容词使用时,也有"最重要的;头等的;顶级的"等含义。另外,top dog 这一词组亦有"领军人物;优胜者;主要人物"之意。

制冰激凌；第六喜欢的——也是后来才喜欢上的——是油炸自家池塘里的欧鳊。尤其是欧鳊那脆脆的、用盐腌过的尾巴。

四到五岁间，她开始确信，自己是家里睡得最晚的那一个。作为最后一个醒着的人，她观察倾听这世界慢慢入夜，陷入一片宁静与漆黑，这让她觉得更安全。其他人的呼吸声、鼾声和梦话让她觉得更清醒，更加充满生气，这同样给了她某种安全感。一只猫头鹰在山下的林子里鸣叫，她希望没人会死。她在黑暗的房间里端详着她那苍白的手掌。那里的皮肤发出一束光，像照在桦树皮上的星光那样柔和。人的手掌居然可以如此私密，人居然可以对它了解得如此透彻。如果她能用言语表达出来上述感受，也许早已说出来了吧。

她是这个沉睡的家庭的守护者，只有她一人能意识到这一点。扮演这个角色让她感到安慰，她终于可以安然入睡。可是，某天晚上，她刚陷入那漫长且黑暗的虚无世界之中（在那里，在某个未知的时段，你不复存在，也许你永远无法从那里回来——她发现，很难将这个念头从脑海里抹去，因此她每天晚上都会祈祷："如果我在醒来前就死了，我恳求上帝，带走我的灵魂。"），便听到了某种东西发出低沉的咆哮。那声音来自某种生物，听起来它体形巨大、移动缓慢、生性凶猛，恰好从她房间的窗子下面经过。这是某种无法用言语去形容的怪物。她的心中一阵悸动，大声喊了出来。格蕾丝从床上坐了起来，四处张望着，想知道到底是什么东西让她妹妹发出大叫；接着，先是她母亲起了床，然后她父亲也起了床，两人一路小跑着穿过了过道。母亲来到她的床边,父亲待在通往过道的门口,皎洁的月光斜照在未上漆的门板上。她父亲拿着灯笼在房子周围寻找蛛丝马迹。可什么也没有,他们说,没出现任何野兽。

"我什么都没听见。"格蕾丝说,"她开始大叫前,我一直睡得很沉。"

"你怎么会想出这么吓人的东西来呢?"她母亲问。

"可能是只熊吧。"格蕾丝说。

"如果真是那样,那我们不仅会听到响声,"她父亲说,"还一定会闻到味道。没有什么东西闻起来跟熊的臭味类似。"

格蕾丝却让简吃了一惊:她躺在简身旁,一直到简再次入睡。她甚至用自己编的一首摇篮曲逗简玩:"嘘,小女孩,就是现在,别害怕;你听到的,是一只老熊,不是别的啥。"那曲子逗得简咯咯笑,她很快放松下来,进入了梦乡。等她醒过来时,格蕾丝还在她身旁,穿着睡衣,睡在床罩上面,轻轻打着鼾。她一直看着格蕾丝,直到格蕾丝眨了眨眼,醒了过来。格蕾丝四下看了看,又发起脾气来,小声向自己抱怨了些什么。然后她说:"这么说吧,如果你从来没见过熊,也没听过熊叫,你怎么会知道熊到底是什么样呢?"

"是你说那是一只熊的。"简说,"你见过熊吗?"

"我见过比熊更可怕的。"格蕾丝说。

"比方说?"她很好奇,于是问格蕾丝。

"你没见过吗?"格蕾丝故作神秘地问,"没在梦里见过吗?"

"没有。"

"你会见到的。"

可她只会做一种噩梦,那些噩梦将会与她听到的那只无名野兽有关,睡着时的她,在脑海里将那只野兽想象成千奇百怪的样子,可她一醒过来,将什么也不会记得。

天色渐亮时的光

即将满六岁那年的晚春,她意识到自己跟别人不一样。这种更为复杂的意识开始在她脑海中驻扎,如同林子深处的某种奇怪植物的根部。有些时刻,她觉得自己像是一个神秘且安静的隐形生物,无影无踪,比起某个人、某个小孩,或某个小女孩的鬼魂,更像是某种未知生物的鬼魂。她曾不止一次地感受到母亲的手轻轻敲打在她的后脑勺上,同时有个声音说道:"振作点儿,喂,你聋了、哑了、瞎了吗?"片刻间,仿佛某种和她一样不属于这个世界的生物、某个残酷且心怀叵测的守护天使粗暴快速地将她抓住,把她带回了那个与她的本性相冲突的世界之中,然后张开隐形的翅膀"嗖"的一声飞走了。

她开始思考上学到底是种什么感觉。她明年没办法上学,因为她十一月底才出生,可渐渐地,她特别想知道,跟那些不了解她的陌生孩子以及大人待在一起到底是种什么滋味。她母亲或者父亲会告诉他们,她是谁吗?这样一来,一切就会步入正轨吗?

有一天，她和米斯特，也就是医生那位女佣的儿子，在医生家屋子后面的走廊里玩起了国际跳棋[1]。在此之前，他们一直看着院子里医生新养的那些孔雀；米斯特看得有些烦了，便提议玩跳棋。她问："他是什么时候弄来这些孔雀的？"

"我不晓得。"米斯特说，"最近吧。这种鸟很奇怪。"他们看着那些鸟，看着其中几只在院子里啄来啄去，不时地站定开屏。"他说他挺喜欢看着它们。妈妈说，他老婆死后，他有些寂寞。"

他是个瘦得皮包骨的男孩，头发修剪得整整齐齐，紧贴着头皮，穿着表兄弟穿旧了留给他的宽松衣服。

"它们确实挺漂亮。"简说。她能看见它们脖子那里光亮的深蓝色羽毛在阳光下闪闪发光。

米斯特取来棋盘和棋子。她只大概知道跳棋的规则，于是，当米斯特将他的一个棋子变成王的时候，她便执意要把她的一个棋子变成后。

"跳棋里面可没有'后'这种东西。"他说。他们在屋后的走廊上，就在厨房外头；米斯特的母亲海蒂密切留意着他们的举动。

"如果你能变成王，我就能变成后。"她说。

对此米斯特回答道："棋不能这么下。你得一直走啊走，走

---

[1]国际跳棋（checkers，又名draughts），是一种古老的棋类游戏，由各国的民族跳棋演变而来。其历史源远流长，远在古埃及法老时期就已存在，现代国际跳棋是在12世纪定型的。国际跳棋着法简单、内容丰富，既有助于开发智力，又能培养顽强进取的精神。

到对方阵营的顶端。人们把这些棋子叫作'兵',所以当你把一个'兵'走到对方阵营的顶端时,它就变成了'王'。对了,你有股臭味。"

"啊?"

她早就对自己的"突发状况"习以为常,有时候甚至不会立即处理这些状况,除非是在公共场合。

然后海蒂从屋子里出来,走到他们面前,让米斯特安静点儿,还说他不讲礼貌。

"好吧,可她确实有股臭味嘛。"米斯特坚持道,这招来他母亲的一通责骂,还被轻轻地敲了一下脑瓜子,等到简充分意识到米斯特话中的含义时,她萌发了强烈的自我意识,也闻到了自己身上的味道。她起身冲向屋里,跑进了医生的室内厕所,一把扯掉了尿布,把自己洗干净。她在浴缸里放上水,给尿布抹上肥皂,用力揉搓,将它冲洗干净,又尽力把它拧干,洗好手,接着重新把它穿在裙子里面。那尿布又冷又湿,紧贴着她的皮肤。然后她把浴缸冲洗干净,关掉了水。

米斯特在锁着的门外叫道:"你怎么在里面待了这么久?"

"安静点儿,米斯特。"她听见海蒂小声说着,然后又听到她不顾米斯特的抗议,把他拉了出房间。她在屋前的走廊上一直等到医生出完急诊回来,然后让他送她回家。

"你没事吧?"他问。

"没事。"她只答了这么一句。可从那以后,她就不愿意和米斯特玩了,医生主动提出带她去他家做客时,她还会表示抗议。

有时候，她会问他，能不能开着车带她去兜风，或是驾着马车带她转一圈儿，因为她不希望让他觉得她不喜欢他了。如果他得外出看诊，她就跟着一同前往，待在外头，一直等到他诊完病人出来，然后带她回家。如果周围还有其他孩子，她便会待在汽车或马车里；他们邀请她一起玩的时候，她都会回绝掉。

她父母以及家里其他成员已经到了从不跟她谈论她的"问题"的地步，他们只会在她忘记换衣服时悄悄地提醒她记得换衣服，尤其是在餐前，或是有人路过他们家、顺便过来拜访一下的时候。

可如今，她总在想这件事，从冬天一直想到春天。她跟别人有什么不一样。她越来越深刻地意识到，自己生来就跟别人不一样，是如此的与众不同。她还意识到，自己很奇怪。她已经习惯了那种让人脸红的羞耻感，那感觉说来就来，会让你满脸发烫、头皮发麻，让你想哭。

夏天来得很早，接下来的六月很难熬。天气非常炎热。她养成了好些新的习惯，比如穿轻便的连衣裙，不穿尿布；一天当中大多数时间都待在外面的阴凉处，当感觉身体里有什么东西要出来时，她就迅速跑到一片灌木丛或一棵树后，而不是像年幼时那样直接在露天解决。她随身带着一本产品目录，有需要时就撕掉其中一张来用，然后丢掉。每次做这件事的时候，她都会羞红了脸，脑海里也会充满某种奇怪的感觉。自从那天和米斯特下国际跳棋以来，她养成了自己去小溪边洗尿布的习惯，不再让她的母亲或是格蕾丝来处理。等其他内衣被取走之后，她才会把自己的尿布放进母亲用来给洗过的内衣消毒的沸水锅里。

那年十一月，她满了六岁，她突然想到，还没有人提到过她明年可能会上学的事。

她去找她母亲，对方正坐在屋前的走廊上补衬衫。

她母亲抬头看了看站在走廊上的她。

"怎么了？"

"我猜，我明年不会像其他孩子那样去上学了吧。"

她母亲放下了手中的活儿，又低下头盯着手中那件衬衫看了会儿，才同她女儿对视。

"是啊。"她说，"我不觉得送你去读书有什么意义。"然后她像是自言自语道，"对大多数女孩来说都一样，我觉得，不管怎么说，这都是在浪费时间。"她再次看向了简，盯着她看了很久，然后说："到时候我们再想想，看你能做些什么。"

她母亲和格蕾丝教她一些简单的缝纫技巧，她母亲会时不时地对她进行简单的口头指导，纠正她的指法，格蕾丝则会手把手地教她。简的手又小又笨拙，还会刺伤自己，她忍着不哭的时候，下嘴唇都在颤抖着。她母亲说"耐心点儿"，她试着照母亲说的去做，有了些进步。他们的想法是，如果到时候她没了母亲，没了父亲，只剩下农场，农场还有可能被她的哥哥姐姐们卖掉，这门手艺可能会派上用场。不用说，格蕾丝很快也得靠自己凑合着过日子，要么嫁人，要么去镇上找份工作。

她的缝纫水平越来越高，很快便喜欢上了这门手艺，她以孩子特有的盲目，全身心地投入到了这项工作中去。一开始，她做的是将开线处重新缝好、给被子打补丁之类的活计；后来，她终于可以操作机器做简单的罩衫以及短裙，接着又学会了做连衣裙。她喜欢上下快速踩动机器踏板让缝针一直工作，引导布料通过机器的那种节奏感。她必须站起来才能够得着机器。其他一切都从她脑海里消失。比起母亲来，她更像父亲。父亲不介意干活儿，也很容易集中精力去完成一项工作。

也许是为了安慰她无学可上，家人给了她充分的自由，让她能够随心所欲地到处闲逛。她沿着小路穿过林子，林子里静得出奇，各类植物以及正在腐烂的树叶下面的肥沃土壤散发出香味，这些都让林子令人着迷。她沿着小路走到了海狸出没的那个池塘。池塘在一个树木繁茂的峡谷之中，比他们家南边牧场边上的露天牛池要漂亮得多——牛池周围都是牲畜蹄子劈开的泥泞堤岸。她走出来，坐在林子上方的小山上，看着田野和下头林子交界处那群肮脏的流浪狗，她猜，它们就是人们曾让她务必小心的野狗。它们三五成群、安静地绕着田野的四周走来走去，舌头耷拉着，然后再次消失在灌木丛里，仿佛它们是一群幽灵，只存在于她的脑海之中。

一个周六的下午，趁着欧鳊到了产卵期，父亲带着她到海狸出没的那个池塘去钓鱼。他们慢悠悠地走在小径上，父亲拿着两根竹木钓竿的竿尖处，穿过沿路的树枝、树苗和灌木丛，坐在鱼群产卵上方河床的树荫下，用钓竿拽起了十多条身形宽大、鼻子扁平的太阳鱼,那些鱼被钓起时还在扭来扭去。都是些蓝腮太阳鱼,还有些个头较大的鱼,父亲称之为小冠太阳鱼。渔线被猛扯了一下,就仿佛有一股电流沿着渔线和钓竿径直传入她体内,宛如长距离的静电脉冲,她非常兴奋,一下没忍住,弄脏了自己。父亲只是微微一笑,让她把内衣放到一边,掀开裙子,去池塘沿岸找个水很清很浅的地方蹚蹚水,让自己凉快凉快。看她有些犹豫,父亲又说:"那里很安全,去吧。"她母亲之前禁止她独自去池塘,还说水很危险,这令她对这件事似乎产生了一种病态的恐惧。父亲走到她面前,找来一根棍子,然后告诉她,踏进草丛之前,先用棍子敲一敲草丛边缘附近的草地,吓跑可能在那儿休息的蛇。她重重地敲打着草地,等了一会儿,看着平滑的褐色水面,再次心生犹豫。"快去吧。"她父亲又说了一遍。她小心地踏入水中,水没到了脚踝。她的皮肤接触到了冰凉的塘水,她的脚趾压扁了塘底那冰凉的泥巴,这种感觉让她开心。

"现在感觉怎么样?"他问。

"棒极了,爸爸。"她回答道。上岸时,父亲用一只胳膊轻轻地抱了抱她,这种表露情感的方式很少出现在他们家中,这让她再次感到开心,眼眶里还泛起了泪,为了掩盖眼泪,她走到池塘上方的一座小山丘上去摘野花,把它们带回来送给了父亲。

"很好。"他说,"你妈妈可以把它们插在晚餐时的餐桌上。"

当天晚上,他们吃了很多酥脆的炸欧鳊,他父亲还教她怎么一点点地咬欧鳊那用盐腌过的酥脆尾巴。格蕾丝说那样很恶心，但他们没有理睬她。细嫩的白肉很容易便从细细的鱼骨上剥掉，你可以把整个骨架和鱼头同鱼肉分离，这事如此简单，看起来几乎像一个奇迹。

"为什么我们以前没这么做过呢？"她问。她父亲说，他猜，他之前只是"戒掉"了这个习惯，很快他们还会再这么吃一次的。

"我觉得你妈妈有些厌恶这些鱼。"他说。

"呃，也许是厌烦了把它们洗干净吧。"他们的母亲一边说，一边因为有人提到自己而皱了皱眉。

她父亲起身，独自待在一边，格蕾丝和母亲开始清理餐桌和清洗餐盘。她则坐在那里，看着自己的餐盘，餐盘上躺着两个非常对称、被吃得干干净净的鱼骨，鱼骨上裹着一层厚厚的、凝固了的油脂。她突然觉得鱼是一种特别奇怪的生物，一种可以生活在水下的东西。不知怎么回事，它们居然能在水里呼吸，如果有哪个人傻到试着去水里呼吸，那他一定会丧命；可她也好奇过，她能不能小心地用嘴唇把水过滤掉，从而在水中呼吸。她给她父亲提过这个想法，他的父亲听到后脸色突然变得苍白，然后说："千万别这么干。"

此时此刻，她多希望自己曾在母亲洗鱼、掏空鱼的内脏——那些小而精巧的器官——时能多留意一下，多希望她曾注视过这其中所蕴含的奥秘。她希望，母亲能允许自己留下其中的一个鱼头，这样她就可以近距离地仔细看看那些鱼鳃——它们就是用鳃替代了肺——她父亲说，它们的鱼鳃带有充满血液的奇怪细丝，很明显,那就是它们具有如此神奇生存能力的秘密所在。

她很好奇,要是一条鱼生下来没有鳃,它会怎么样?它会不会浮出水面死掉呢?

她父亲会把各种各样的事物指给她看。他知道大多数树的名字,例如橡树、榆树、美国梧桐、北美枫香、山毛榉、松树、山胡桃树、枫树、美国紫荆、山茱萸、冬青树、木兰、鳄梨树[1]、樱桃树、柏树,以及美洲山核桃树。也知道一些灌木的名字,例如光叶七叶树、夏蜡梅、美洲黑越橘、漆树,以及玉铃花。还有一些花的名字,例如铃兰、紫藤、紫泽兰,以及天南星。

对于那些"栖息"于肥沃土壤之中,或是生长于活着与腐烂的树皮上的蘑菇,他只会说,有些人是知道哪些蘑菇能吃的。可是,他有个叔叔,以为自己很懂蘑菇,但有一天,他失手了,然后就死掉了。"离它们远一点儿。"她父亲说。

有时候,为了采摘那些可以用在菜肴和药剂里的植物和药草,她会和母亲一起专门进林子一趟,找寻例如菊苣、蒲公英的嫩叶、报春花的根部、野草莓、蒜头,以及野葱;冬青树果、山毛榉坚果、黄樟、黑莓、蓝莓,以及用来做茶和果冻的蔷薇果。母亲教简如何处理这些食材,她们俩在厨房准备正餐时,她会念出每种植物和药草的名字;如果简记不起它们的用处和

---

[1] 原文为 swamp bay,拉丁文写作 Persea palustris,归樟科,鳄梨属。国内无对应官方译名,故此处模糊译为"鳄梨树"。

处理方法。她有时会走到简面前，拔掉简头上的一根深褐色头发，然后说："你肯定不希望因为功课没做到位而秃了头、成为别人的笑柄，是吧？"

午餐过后的正午时分，她光着脚独自走进林子，她试着回忆起那些树、灌木以及花的名字来。她着迷于那些蘑菇，着迷于它们或干燥或黏滑的顶部，以及它们那顶小伞下面脆弱的根茎和菌褶。她喜欢伸出脚趾，去触碰那些会突然喷发出橙色尘埃的蘑菇，看那些尘埃弥漫在无风的空气之中。不过，最有意思的还是那些安安静静、外表最为朴素的蘑菇。如果它们不想让你看见，你就找不着它们。它们在阴暗潮湿的环境中度过了一生。你路过它们时，它们会颤抖；若你碰巧注意到它们，蹲下来仔细看一看，甚至伸手去摸它们时，它们又会变得特别安静。一天，她偶然间遇到了一只奇怪的蘑菇，那蘑菇的外表一点儿也不朴素，它长得又高又直，顶部还有一顶小伞。她捏住蘑菇的根部，把它摘下来带回了家，想给父亲看看，可先看到这蘑菇的是她母亲。母亲一把将蘑菇从她手上抢了过来，扔进了泔水桶里。

"那到底是什么啊？"简问，"我还从来没见过像这样的蘑菇呢。"

"如果你再看到这种蘑菇，离它远一点儿。"她母亲说，莫名地带着股怒气。

"它叫什么名字？"

"它叫臭喇叭,"她母亲说,"这名字起得还挺形象[1]。"

后来,她在某次和父亲散步时,问起了这种蘑菇,问他为什么它会长得那么笔直,而其他的蘑菇要么又矮又圆,要么平坦得像树皮上长出的肥大叶子。父亲说,有些人把这种蘑菇叫作"恶魔号角",还有些人叫它"死人手指"。"这种蘑菇还有很多别的样子,跟你找到的那只不一样。"

等她再次见到汤普森医生的时候,也向他打听起臭喇叭来,还问他为什么母亲会对这种蘑菇有如此反应。

"你妈妈不高兴,是因为她是个端庄的女人。而碰巧的是,臭喇叭这种蘑菇长得很像男性身体的某个部分,用于生殖的部分,就是用来生孩子的部分。"

"确实是个大家伙。"

医生一言不发,只是揉了会儿嘴,似乎在用力地托着下巴,然后摘掉遮光眼镜,用衬衫的袖子擦了擦镜片。

"嗯,事实上,"他说,"也有很多看起来和女性对应身体部位很像的植物,这种相似还挺耸人听闻的。"

她不知道那些词的意思。什么叫"对应"?什么叫"耸人听闻"?

"就像我身体的那部分吗?"

---

[1]原文为stinkhorn,学名为鬼笔,此处为了更加形象,按照单词的字面含义译成了"臭喇叭"。因为其英文名stinkhorn可以拆分为stink与horn,前者做名词时,有"臭味"之意,后者做名词时,有"喇叭;号角"之意,正好与该植物的气味和外部特征相吻合。

"不。"医生说,"不是的。"

"那就是像我本该有的样子咯?"

"也不完全是。"医生说,"只不过是人类发挥了一下想象力。不过话说回来,大致还是挺像的。"

他告诉她,等她再大一点儿,他会更详细地跟她解释到底是怎么回事。

"为什么不能现在说?"

他不停地摆弄着口袋里的烟斗,又拿出来,却只是把它拿得远远的。他看着烟斗,仿佛在检查它有没有什么瑕疵。然后斜视着她。

"快了。"他说,"时机成熟时就告诉你。"

她愤然走到一旁,有些心烦意乱,但一会儿又折了回来。

"我需要你告诉我,我为什么会是这个样子,我为什么不一样?或者说,我怎么就不一样了?为什么我没办法控制自己?"这么些年来,她早就把"控制自己"这个谨慎委婉的说法用得滚瓜烂熟了。

他久久地看着她,眯着眼,显得有些疲惫。他的眼里有一粒尘埃,又不仅仅是尘埃,更像是某种存在于他的心灵而非双眼的东西。然后他点点头,说:"那好吧。"

他们坐在地上,他尽自己所能,跟她说起了大多数女孩以及女人所拥有的,而她却不具备的那部分身体结构。"首先,没有什么'为什么'。你生来就是如此。在你的身体内部,"他说,"我相信,哪怕你不是什么都有,但至少别的女孩有的,你也都有。但在外部，你没有她们所拥有的一切。你体内的一切都塞到了一块儿，藏了起来。你所缺的那一样东西，是一块小小的肌肉，它可以让你控制住自己。它是块可以挤压的肌肉，明白吗？如果你有那块小小的肌肉，当你需要上厕所的时候，你就可以挤压它，让它保持这种状态，直到你走进厕所或浴室，或是能让你躲在里面的一大片灌木丛，你懂吧。"

她点点头，看起来很严肃。她正试着在脑海中描绘一幅她身体内部的构造图，以某种方法，让那幅图像与她从外表所能看到的自身情况相匹配，就像试着去想象某种非常复杂的蘑菇。

"你的那些内脏跟其他人的内部构造同样复杂——我的意思是，它跟堪称奇迹的人体一样，也是一种奇迹。可是，在你出生前，那些内脏没能合成一个整体，也没能完成使命，让一切各就其位。也许我该这么说，在某个时刻，不知怎么回事，那些内脏停止了生长工作，没能变成它们本应该变成的样子。"他顿了顿，发现她也在看着他，眉毛耷拉地皱着，"在你这个年纪，我大概只能给你解释这么多了，珍妮[1]。我希望我说的这些能对你有一点儿帮助。谁都没错，当然也不是你的错，这种事也没什么好羞耻的。你只是跟别人不一样，仅此而已。唯一麻烦的是，你得以一种特殊的方式去生活。没办法自由自在地上学，以及诸如此类的事。但这并不意味着你是个不正常的小女孩。跟大多数小女孩相比，你只是个需要处理更多事的小女孩。

---

[1] "珍妮"（Janie）为对简（Jane）的爱称。

它会让你变得坚强。其实这已经让你变得坚强了。"

"你能解决这个问题吗?"

"我希望有一天有人能解决。但眼下,我不知道。嗯,我知道终有一天他们会解决的。我只是不知道到底要等到什么时候。我也知道他们一直都在为解决这些问题而努力工作着。"

简点点头,仍然试图在脑海中勾勒出某种有意义的画面。她有了一些想法,尽管她不知道这想法到底是太过荒诞,还是与医生所知的信息相差无几。

她常常拿着一面镜子,把镜子放在她身体下方,长时间地盯着镜子,研究自己身体的那部分。她见过母亲裸体的模样,也见姐姐的,不过从未近距离观察过。她可不能要求去检查——用医生的话来说,这叫"检查"——别人的裸体。

不过她还是很渴望去做这件事。要是她能仔细观察格蕾丝,然后再仔细观察自己,那就好了,这样一来,她的好奇心便能得到满足。于是,有一天,她鼓起勇气,直言不讳地问格蕾丝,她能不能看一看格蕾丝的下面。

"我说的是好好地、正儿八经地看一看,"她说,"来检查检查。"

格蕾丝看起来有些生气,甚至有些困惑。

"如果你想玩扮医生的游戏,就去找个跟你一样大的女孩。"她说完话后便扭头朝她藏烟的牲口棚走去。

有时,她会短暂地感到害怕,怕得厉害,仿佛某种恐慌的情绪就要牢牢控制住她；她便会跑起来，跑个不停，一直跑到比那种情绪还快，或是耗尽了它。她会发现自己不知不觉间已经跑了好远，正身处牧场的中心地带，一头好奇且有些惊讶的母牛停止反刍，正看着她，好像她是某种它从未见过的生物。然后，她注意到其他的奶牛，正在咀嚼着什么的它们受到打扰，全都转过身来看着她。有些奶牛的嘴里挂着长长一把草，瞪着褐色的眼睛看着她，仿佛想知道：她，一个来自别的世界的小生灵，怎么会突然出现在它们中间。它们等待着，想看看她会做些什么。她会觉得，在那个时刻，她想做什么就做什么。她会慢悠悠地行动，抓起一根长长的约翰逊草，咀嚼酸酸的草尖，让它垂挂在嘴边。奶牛会注意到这一幕，她会很安静地站着。等她再次动起来，它们便会吓一跳，仿佛她突然变回了人。

然后，冷静下来的她会自己走进林子里去。

她最喜欢在林子里待着，那里很安静，光线很朦胧。如此宁静，只听得见地上的鸟与森林里的动物的啄食声、翅膀的振动声，偶尔还能听见在树上玩耍的松鼠上蹿下跳的声音。春日的花蕾即将绽放，它们无声地舒展开来，让人难以察觉。在那里，她觉得很舒服。仿佛在那个地方，一切事物都是自然的产物，它属于这个世界，却又与世隔绝。

那里有数不清的幽暗小径，父亲说那都是兽径——动物走的路。它们的存在感很弱，就像动物经过后留下的那种迟迟不去的"鬼影"。那里有一块特别的小空地，她觉得是她——只有她一个人——发现了那块空地。天晴时，金色的阳光洒满了那里，空地上茂盛的草中藏着报春花和野生的向日葵。她把这片草地看作只属于她自己，是她自己的天地。所有那些看不见的野生动物的目光都聚焦在她身上。时间停止了，或者说，它并不存在。她可以由着自己的性子，想在那里待多久就待多久。她踏进那块空地，后来又从中醒过来，等她从那里归来时，时间一点儿也没流逝。那感觉就是这样。

如果她没在那片草地中，那草地就没有存在过。

春日与夏日的风暴既吓人又刺激，还伴有突如其来的强风、滂沱的大雨、足以震碎骨头的惊雷，以及闪电。闪电让一切事物在瞬间看起来宛如被装在一个满是蓝色亮光的巨大玻璃碗里；有时它会噼啪作响地贯穿天空，仿佛想在上头凿开一个通往天国的洞；有时它会在离地面非常近的地方突然炸开，让林子里或田野边缘的树木冒起烟来。她父亲把一片林地留给了牛群，好让它们在暴风雨中藏身。雨水淹没了平坦的院落，在之前看似并无天然洼地的地面处形成了河流。风在房子周围咆哮着，发出长久、曲折的呼啸声，如同泛滥的洪水向房子袭来，她害怕这风会把整栋房子猛然吹走，拽离那些作为基石的圆形支柱。风暴过后，院子以及外面的田野上总是散落着从树上吹落的树枝和树叶，还有树木的碎屑与残骸，全拜这短短时间内出现的大量雨水所赐；院子里还经常散落着一些淹死的动物，例如某只因困在风暴之中而死的流浪在外的家猫，或是一只死鸟，抑或是一只死掉的负鼠。

她常一个人坐在猪圈附近一棵山核桃树上的树枝上，看着那些公猪、母猪以及猪崽子。往远方看去，牛群驾驭着自己庞大、缓慢且笨重的身躯，在池塘边的牧场上吃着草。它们的表情既愚蠢又谨慎，它们很容易受惊。

她见过猪圈里的公猪骑在母猪身上。那些公猪似乎会先试着温柔地讨好母猪，它们会用鼻子碰一碰母猪的屁股，在母猪身旁蹭来蹭去，轻轻地碰一碰母猪的头，几乎像是某种亲吻方式。此时，公猪那有着卷曲尖端的粉色玩意儿便会露出来。头一回看见这一幕时，她的眼睛睁得挺大。它们看起来不像臭喇叭。等到公猪骑到母猪身上时，公猪似乎不怎么动，只是时不时地撞击着母猪的屁股，它那袖珍的滑稽的后腿笨拙地动来动去，就像用两条腿跳一小支舞似的往母猪身上够。母猪只是尽其所能静静地站着，看起来有点儿像在盯着前方，耳朵也向前倾斜。后来，等公猪从母猪身上下来，它们看起来有几分像是依偎着彼此，再后来，另一头好奇的母猪或公猪出现，才会打破这一"魔咒"。

当她问起这件事时，她母亲看起来有些诧异，还有些震惊，可其他人只是笑对她提出的那些问题。

当然，她也见过狗做这种事。一只母狗常常跑到隔壁农场外头，让一小群公狗没精打采地跟在它后面，用鼻子嗅一嗅它。那只母狗看起来总是略有些闷闷不乐，仿佛在说：我猜我已经准备好了，不过我也不确定是不是准备好了。它想逃避，但实际上也不会逃走。公狗总得跟在母狗身边，既耐心，又不耐心，同时还很殷勤，一直等到母狗一动不动地久久地站着，让公狗有时间骑到母狗身上。然后，很快就结束了，目的非常明确。

公狗的眼神有些涣散，到底是很开心，还有些走神；母狗则看不太出来。母狗的眼睛侧向一旁，仿佛正在思索些什么，却想不出来个所以然来。

她从没见过他们家的猎狗或者托普做这种事。她并没有意识到，猎狗们都太老、太愚蠢，也太懒惰；托普原本是条流浪狗，它早被它的上一任主人——不管那人是谁——给阉了，它还没来得及被人放走，或自行逃走，就已经被阉了。

鸟儿聚在一棵树的树枝上一起拍打着翅膀，然后四下散开，振翅飞走，看起来有些困惑。这些鸟儿压根不了解它们自己的这种强烈欲望。她觉得，它们刚做完那事后，也许真的会立即忘掉自己到底做了些什么。她觉得，鸟儿是这世上最容易走神的生物。她觉得这很可能是真的，毕竟是鸟类的大脑。公鸡也是如此，它们蹦跳着骑到母鸡背上，母鸡看起来像是在给公鸡鞠躬，抬起了自己的尾巴；公鸡抓挠着、扭打着、拍打着翅膀，拼了命让自己冲向那些母鸡。你其实看不到太多细节，因为它们的羽毛到处都是，你能看到的，只有它们剧烈地扭来扭去的样子。如果他们让那只母鸡留下自己的蛋，就会收获一些小鸡。

她从来没偶遇过猫做这种事。它们对此遮遮掩掩，也很神秘，就像它们做的别的事一样。虽然发情的母猫似乎真的饱受发情之苦。那些母猫并不希望需要发生的事情真的发生，但如果这事不发生，母猫很快便会发疯。可是，这种事总是会在某个地方、某个时间发生，毕竟母猫会消失，人们再也看不见它悄悄地、缓慢地经过院子，耸着肩膀，咆哮似的发出哀号。你也许能听到它们在林子里的动静，它们尖叫起来就像是体格娇小的黑豹。后来，一些小猫咪便出现了。

一有机会，她便趁着格蕾丝和她母亲洗完澡穿衣服的空当，暗中观察她们。如果她们看见她，她们会僵在那里，然后转过身去或是关上门。后来，她会把有泵水槽上方那面挂在墙上用来刮脸的镜子取下来，拿进林子里，把它放在地上，掀开自己的裙子，检查起自己来。她对格蕾丝和她母亲的了解还不够多，看不出她们与她有何不同，但她仍然知道，自己与众不同。嗯，她很早以前就知道自己与众不同，但她想知道得更多。

她让医生多给她透露些信息时，医生一开始看起来有些恼火，后来又说，他会设法对她做一些说明。

第二天他又来了，还带来一本书，书中有一些女性生殖器的图画。他让她研究一下这本书。她问了一些细节问题，他坦率地进行了作答。她看着书，看了几分钟，看着那幅画。然后她合上书，说"我过会儿就回来"，便拿着书，跑去取那面刮脸用的镜子。在林子深处，她蹲在镜子上方，来回地看着镜子里的样子和书上的图。这一刻，她多半是被自己眼前所看到的景象给迷住了。当时的她并不觉得震惊，也没有任何不好的感觉。她合上书，把镜子放回原处，回到了医生等着她的地方。她把书递给了他，又谢了谢他。

"现在够清楚了吧，啊？"他问。

"我猜是的吧。"简说。然后她又说："我想像其他人那样去上学。"

"我知道。"

"帮我想想该怎么办吧。"

"行。给我几天时间,让我好好想一想。"

他开始往回走,然后又转过身来。

"你知道吗,简,到时候可能会有人捉弄你。"

她只是看着他,眼泪在眼眶里打着转,她眨了眨眼,把眼泪憋了回去。她点点头。

"我早就知道了。"她说。

艾达·奇泽姆太太
1号公路,老波尔丁街

亲爱的奇泽姆太太:

我们曾谈到,令爱简(以及您)很担心,她在大马士革学校开始自己的公共生活时,该如何应对自己的失禁状况。您若觉得有必要采取额外措施以确保她的心理健康,同时避免意外发生,我建议,在用完晚餐后,孩子应避免进食与饮水。早上第一件事,在厕所里多待一点儿时间。早餐从简(绝对不能喝咖啡,因为这对于她这个年龄的孩子来说没有半点儿好处,此外,咖啡还是利尿剂,会增加排尿频率,还可能增加排便频率),午餐从简。她白天应该喝一点儿水,以免脱水。她回家后应该吃一点儿健康小吃,并且痛快地吃一顿晚餐。确保她在下午时喝足够多的水。我不会允许她喝冰茶或热茶。

我相信,她已经跟您说过,我亲自跟她讨论过这一切。她似乎听明白了。您很清楚,您有个聪明的小女孩。

总的来说,她是个健康的孩子,此种养生疗法最多在初期会给她带来一些轻微的不适,我相信,她很快便会适应这种疗法。

埃德·汤普森,医学博士

于是她欣然谨遵医嘱。在家中,他们准备了一个双人厕所,厕所中间有一堵墙。于是,她早上第一件事就是去厕所,一边在那待着,一边听着肚子发出咕噜的叫声,一直待到她觉得自己的肚子已经完全排空。她几乎注意不到厕所另一边那些人的来来往往。没人跟她讲话,也不会打扰到她集中精力让自己变成一个空空的容器,让自己的身体变成一个肉制的空房间,干燥且洁净,如同一条内脏掏空后的鱼的内部。然后她走出厕所,走到院子里,感受她脚下以及脚趾间的尘埃,仿佛她走在月亮的表面。有时候仍然看得见月亮,它苍白而暗淡,就在树顶正上方。

她的衣服缝得很松,用肩带固定着,不会束紧腰部,也不会让她的防护性内衣显得很扎眼。在像他们这种规模很小的学校一样的小天地里,确实毫无秘密可言,但人们也自发表现得很谨慎。她母亲给了她一小瓶廉价香水,让她轻轻地拍在手腕和内衣上,这样一来,若出现某种不可避免的"突发状况",香水的味道还可以——至少能暂时，或在逃跑时——掩盖一下因此而产生的任何气味。即使是年幼的简也能感觉到，这种姿态既可悲，又无用，哪怕她在余生中大部分时间都会喷一点儿香水。

尽管这种香水总是散发着甜得发腻的淡淡香气，但让她着迷到几乎要被催眠的，却是学校教室特有的气味。多年前孩子们用过和传下来的铅笔芯、蜡笔、写字板用纸以及课本用纸，还有写黑板字用的粉笔；学生们吃着从纸袋、饭盒，或（一些最穷的学生使用的）厨房毛巾包着的桶里的午餐时，那一开始越来越重，后来渐渐消散的味道；男孩的发油和女孩的爽身粉；以及马和骡子的粪便——一些年长些的孩子会骑着马和骡子上学，然后把它们拴在屋外的一根拴马柱上。这一切合在一起，形成一种混合气味，在她的记忆中，这气味总是意味着"学校"。

那是所很小的学校，社区里的孩子们可以在那儿从一年级一直上到高中毕业，而且入学人数不多，所以学校里人和人的关系都相对比较亲近，在某种程度上，学校就像一个规模过大的大家庭。孩子们似乎彼此认识，也彼此理解，就像兄弟姐妹一样，不管他们是对彼此怀有好感，还是抱有敌意，抑或是故意去无视这个或那个人。

她在这个小天地里安顿了下来，也得到了大家的热情接纳，她的脾气很随和，但脸皮也很厚——这要拜他们家人的惯常行事方式以及她母亲经常性的刻薄言辞所赐。她知道，格蕾丝正在远远地关注着她，但格蕾丝一直都是如此：只是远远地关注她。早些时候，她在课间休息时发现有人在取笑她，有人说"她穿着尿布呢"。校长兼高中老师迪恩老师主动监督起了那些年纪较小的孩子们在小操场上的一举一动,她训斥了那些取笑简的孩子。

"你们不应该因为一个人原本的样子而嘲笑那个人。"迪恩老师用镇静、平稳,但又阴沉的语气对他们说。她是位个头很高的女士,老练世故,脸很长,下巴方方正正,还有一双闪闪发亮的犀利的绿眼睛。她成长于密西西比州的首府杰克逊市,然后嫁给了她在州立农业师范学院里遇见的一个当地农场主。

"听好了,史蒂文。"她说。听到她叫自己的名字时,那男孩立即红了脸,红里还透着粉。"因为你挖鼻子、吃鼻屎的习惯很恶心,我们就该一起嘲笑你吗?还有你,摩根,因为你喜欢暗地里啃铅笔上的铅,我们就该嘲笑你吗?你知道那会让你变成蠢蛋吗?还有你,玛乔丽,因为有一次你笑得特别厉害,在自己座位上尿了裤子,我们就该建议你穿尿布吗?还有你,博比·兰德,因为你害怕一个人去厕所,结果把屎拉到了身上,弄脏了自己,我们就该嘲笑你吗?"

所有人都陷入了尴尬的境地,他们突然沉默下来。又新来了两三个孩子,他们走上前来,咯咯笑着,可是,当迪恩老师将目光转向他们时,他们也陷入了沉默。没有人比简更惊恐。她希望迪恩老师不要说话,让这件事就这么过去。

"不好意思,让有些人觉得难堪了,"迪恩老师说,"但也许你们都学到了一课,那就是,不能因为别人不是完美的人就去嘲笑他们。毕竟没有人是完美的。"

简对迪恩老师又爱又恨,恨她是因为她有些小题大做,简宁愿自己来处理这件事。

她看见格蕾丝一边摇着头,一边走回了校舍。

自此以后,别的孩子取笑她的次数明显减少了,又过了一段时间,便没人取笑她了。简身上有一种其他人渐渐开始欣赏与尊重的自尊,虽然确实还有些女孩似乎在暗地里憎恨她,仿佛觉得她有些高傲自大。但事实并非如此。实际上,到中午的时候她常常有些迷糊,因为自前一天晚上起她就一点儿食物未进,滴水未沾。

可是,不管别的孩子看起来有多么不乐意尊重她,又有多么努力地假装不知道她非常神秘地需要穿尿布(谁又说得清楚,通过谣言,他们到底知道多少,抑或自以为知道多少呢),也不管她通常情况下有多么不在乎这一切,她都非常清楚自己的与众不同。这才是别人觉得她很奇怪的真正原因。这本身也足以让她心生悲伤,让她觉得胸口发沉。只要她身边有其他人,她就没办法不去这么想,也没办法去摆脱这种奇怪的自我意识。于是,不久之后,她便开始怀疑,上学这件事,以及努力活得和别人一样这件事,是否真的值得她花这么大的气力。悲伤与尴尬的情绪混在了一起,是如此的古怪。

她甚至不止一次发现格蕾丝用一种看起来可以算是真正同情的眼神看着她。比起她在别人身上感受到的那些情绪,这一点更令她难以承受。

此外,因为一整天都又饿又渴,她发觉自己很难集中精力。她厌倦了假装吃过午饭,而实际上,她只会吃一点儿玉米面包和饼干——她用餐巾纸把它们包着装在兜里,就像一块碎掉的护身符,这么做是为了避免别人过于好奇地关注她。她知道,就算她吃了午餐,也没什么好担心的——在她回家之前,什么事也不会发生——可是,她就是太担心会出岔子了。

圣诞假期前最后一天上学时,她让格蕾丝在前面走着,没去跟上格蕾丝的步伐,也没让她走慢一些。她抄近路穿过林子,绕过房子,来到美洲山核桃林里,在空无一物的天空的映衬下,细长的灰色树枝看起来很丑陋。一种她甚至无法准确描述的孤独感如此迅速地涌向她的心头,直到感受到脸颊上冰冷的泪水,她才意识到自己哭了。打她很小的时候算起,这是她头一回让眼泪流个不停,模糊了自己的视线,让自己那种痛彻心扉的感觉越来越浓。哭完后,她继续着前进的脚步,回到了家中。她母亲正站在屋后走廊上,似乎在等待她的出现,母亲什么也没说,看起来却仿佛知晓了一切。于是简去了自己的房间,独自待在房里,一直待到晚饭开饭时。他们无疑知道发生了什么,所以也让她自己待着。

埃利斯·亚当斯,医学博士
约翰·霍普金斯医学院
马里兰,巴尔的摩

亲爱的埃利斯:

奇泽姆会定期给我一些非常不错的自酿烈酒,偶尔还会有四分之一夸特[1]的鹿肉。他觉得有必要付我钱,因为我很关心那个女孩,不过我还是说服了他不必如此。我的观点是,我这么做可以有机会做很有价值的医学研究。她现在七岁了,似乎对这类案例中明显常见的传染病都几乎免疫。你的诊断没出一点儿偏差。

她的性格可以说是开朗,但有时候,她多少也会陷入深深的沉思之中。她是个非常孤独,也非常独立的小精灵。我曾驱车赶往他们家,环顾四周,最后发问,但没人知道她在哪里,也似乎不怎么在乎到底知不知道她在哪里。然后她会出现在我身后,仿佛凭空蹦出来似的,就那么站在那里,抬头看着我,微笑着。我们聊了起来。无论她说什么,我都极少想到去请求她做彻底的检查。

不管怎样,我认为,她已经脱离了险境,不存在任何潜在的危险并发症。我会密切关注快到青春期的那个时段,当然——我重申一遍——如果情况确实如你认为的那样,我也就不用担心了。

她试图在我们当地一所学校念书,结果却令人失望。我不清楚具体发生了什么,而且似乎也没有太过火的取笑她的行为。此后的一段时间,她有些忧郁,但到了春天,她好像完全恢复过来了。不过我还是忍不住去想,她是将沉重的情感负担严严实实地藏在了自己那稚嫩的小胸膛里。我现在还

---

[1]重量单位,为原词quarter的音译,在美国做重量单位时,1夸特相当于21.75千克。

不觉得她能摆脱这种负担。老天啊，埃利斯，这孩子在学校仅仅待了三个月，就差不多学会了阅读。太可惜了。

我正在考虑主动担起责任，如果你能帮我安排一下，我就带她去接受杨的全面检查。她现在年龄也足够大了，如果手术可取，可以做手术。我知道，我自己做的那些检查，有过的那些交流也许足够让我得出你已经得出的诊断结果：此时此刻，条件还不够成熟，不宜动手术。而且，最有可能的情况是，甚至连人工制造括约肌也不太可能实现。不过，如果那女孩和她的家人愿意接受这个领域一位经验丰富的专家的检查，我就能知道确切情况，之后我也能安心了。如果你们的人没办法做检查，至少让孟菲斯的某个泌尿科医师看一眼。孟菲斯离这里也就二百多英里远，而你们离这里有将近一千英里远。

不管怎样，我会继续关注潜在的就诊、检查方面的消息。请继续发消息告诉我任何有关这方面进展的新闻，我会努力尽快去做这个检查。那女孩特别讨人喜欢，真的，所以我特别不愿意去事先考虑和设想她那漫长的人生都将在孤独与羞耻中度过，如果在她长大一些后还是没办法采取措施去改善她的健康状况，那么我所考虑和设想的那种情况肯定会发生在她身上。

见到玛丽·凯特时，替我向她问好。告诉她，她本该嫁的那个人祝你们一切顺利。我的确很想念莱特。她的家人一直在镇上她的墓前摆放着鲜花。你知道的，她就葬在他们家专用的一小块地里。至于我自己，如果我先死，请把我火化掉，然后把骨灰撒在我的林子里。这条已经写进遗嘱里了。

埃德

格蕾丝有时会把从学校图书馆借来的书带回家，在晚上指导简读书，还会纠正简在字迹上的一些毛病。格蕾丝假装不太乐意，可一旦她们俩开始做这事，她便乐在其中。老师们允许格蕾丝借书，他们知道她家里有一个好学的小妹妹。当然，家里也还有本《圣经》，但没人读得懂。没有人读过它，更不用说大声朗读它，不过《圣经》里的画很有趣。更实用的是西尔斯·罗巴克公司的产品目录，里头还配了图，展示的都是那些待售的商品。屋里总有新的目录，旧的目录放在户外的厕所里。她有时候会在晚上把新一点儿的目录拿给她父亲，央求他给她读一读目录里某件待售商品的描述内容。无论如何，这也算是一种教育方法。

汤普森医生得知她需要一些读物后，便开始在来访时给她带些书。

"真不知道为什么之前我没想到。"他说，"莱特常读书。当然了，我也一样，不过她读的都是小说，都是虚构的故事。其中有些我也喜欢，不过很少有特别喜欢的。我觉得我应该给你拿一些来，你看看喜欢哪些，到时候我们就能初步有个概念，知道我应该给你带些什么样的书了。"

"你不用把书送给我。"

他耸耸肩,说:"那些读完的书,我不是特别在乎非得把它们留下来。总之,大多数的书都是这样。最好还是把它们送给那些也许想读它们的人。"

"嗯。谢谢你。"然后她踮起脚尖,吻了吻他那胡须浓密的面颊。医生在那站了好一会儿,看他的表情,他似乎被逗乐了,还有些惊讶。然后他自个儿笑了起来,钻进车里,把车开走了。

简在房间里看着医生给她的那些书。有一本书叫《简·爱》,书名里头包含了她的名字。它看起来有些难懂,不过后来,她就觉得这书有趣了。另一本叫《汤姆·索亚历险记》。那本书又破又旧,还跟男孩有关,所以她觉得这本书也许是医生本人的,他只不过读它读得有些烦了。她也把这本放到一旁。第三本书也很旧,不过没那么破。那本书很薄,也很小,红色的封面褪了色,书脊上有书名:《一颗简单的心》。作者是居斯塔夫·福楼拜——一个奇怪的名字。她在晚上认真地读起这本书来,读得停不下来。她借着烛光读完了整本书。简为全福[1]那悲惨而美丽的一生,为她的绝望与孤独,以及为她对女主人的孩子的爱而流下了眼泪;她着迷于全福渐渐失去理智的样子;全福心爱的鹦鹉的灵魂在她弥留之际还盘旋在她上方的那一幕场景,也让简惊讶不已。

直到深夜,她还醒着躺在床上。蜡烛燃至烛台,终于熄灭,被遮住大半的月亮在房里投射下一丝微光,在这点儿微光之中,

---

[1]原文为Félicité,是法文,直译过来为"费利西泰"。法国文学研究名家、著名法语文学翻译家李健吾先生根据该词的含义,将其译为"全福"。

她渐渐睡着，她甚至都没感觉到睡意来袭，便深深地入了梦。第二天早上醒来时，她什么细节也记不清了，但她记得，那些梦有几分让她心碎，她还觉得自己可能在睡梦中落了泪。奇怪的是，梦醒后，她并不觉得悲伤。她觉得轻松且愉快。她摸了摸枕头，发现上面还有潮湿的泪痕，于是她把枕头翻过来，这样便不会被她母亲看到。

她开始在厨房里给她母亲打下手，帮着准备食物。虽然还没被允许去烹制任何东西，不过母亲会向她展示如何做一些菜，这样一来，她便会渐渐学会做饭。将来，等到格蕾丝离开这个家的时候，她就能接格蕾丝的班——也许甚至还能接她母亲的班。没人知道她什么时候接格蕾丝的班，虽然格蕾丝生气的时候总会威胁说自己随时会离开。她一点儿也不掩饰自己想要离开农场的强烈愿望。

她母亲和格蕾丝早早开始准备晚餐的时候，简就帮着剥豌豆和棉豆，把它们洗干净放在水里，等着母亲把它们和咸肉放在一起煮上一整个早上。此时的简吮吸着自己的拇指，剥开棉豆坚硬的豆荚让她的拇指有些酸痛。如果要做炸鸡，母亲就会冷静地走在院子里那些鸡的中间，她看起来很放松，仿佛只是溜达着经过那些鸡，然后她一把抓住其中一只鸡的头部，快速地一扭，就折断了鸡的脖子。接着她将死掉的鸡浸泡在滚烫的水中，拔掉毛，取出内脏，剁掉长着羽毛的头部以及坚硬的黄色鸡脚。

母亲将鸡头、鸡脚和内脏扔进一个桶里，简就把桶提到猪圈,将桶里的那些东西直接扔在猪圈光秃秃的地上。一阵短暂的沉默之后,等那些公猪、母猪以及猪崽子搞清楚那些东西到底是什么,它们就会猛地一拥而上,叫嚷着、吵闹着、长久地尖叫着,这些声音源自它们贪婪的食欲,以及迅速而激烈的战斗所带来的疼痛。然而,这又让简多了一个不喜欢吃猪肉的理由,哪怕是个负面的理由。

回到屋里,她母亲把拔了毛的无头母鸡拿到走廊上,用水泵抽了一点儿水,把母鸡洗干净,然后把它拿回屋内,切成方便油炸的薄片,再裹上鸡蛋和牛奶,撒上面粉,一块一块地放进炉子上一口倒了热猪油的大锅里,之后就把那一块一块炸好的褐色鸡肉捞出放在柜台上的一张报纸上晾干。

简常常被安排去削土豆,再将它煮熟,捣成泥,为正餐做准备;或是在屋后走廊的小桶里洗绿叶蔬菜。她越过院子,朝远方望去,她常想起那场非常随意却异常生动的屠杀:母鸡以弧形的轨迹猛然落下,以一种粗暴的方式离开这个世界,短柄的小斧子被举了起来,然后快速地砍下去,形成一记重击,穿透母鸡的脖子,刺入橡树树桩。不知何故,她也常觉得自己格格不入或被人忽视,觉得自己是一种被锁在自我意识之中的奇怪存在,如此的与众不同,与所有人都不相容;在回忆起一次又一次的偶然暴力行为时,她的手指都会有些发紧,这将一股电流注入她的脊柱,直冲到她的颈根部,这股电流刺痛了她,又从她眼里跑了出来,变成了容易遭人忽视的细小光针,很难将这种光针与天色渐亮时的光区分开来。

荒野中的格蕾丝[1]

人人都看得出来，最近一段时间格蕾丝有点儿不对劲儿。这是她在学校的最后一年。她似乎比平时更为心烦意乱，甚至更沉默。简趁着格蕾丝没注意，暗中观察她。她既心烦意乱又奇怪，就像她母亲口中的一只"要抱窝的"鸡，不愿意离开自己的鸡窝，或是在被她母亲赶出围栏和鸡舍时到处闲逛，仿佛不知道自己该做些什么，而且脾气还很暴躁。

最后，简说："格蕾丝，你有个秘密。"让简惊讶的是，格蕾丝似乎想尽快摆脱这个话题："是的，我确实有，所以说这与你无关。"

---

[1]本章的名称"*Grace in the Wilderness*"有一语双关之意。Grace既是格蕾丝的名字，作为名词时，也有"优雅；（上帝的）恩典"等含义；所以此章名称也可以翻译为"荒野中的优雅"或是"荒野中的恩典"。另，《圣经》（英王詹姆士王译本）的《耶利米书》中3：12有一句："Thus saith the LORD, the people which were left of the sword found grace in the wilderness; even Israel, when I went to cause him to rest." 其中"grace in the wilderness"常译作"旷野蒙恩"。

这并没有能够阻止简继续纠缠她,两人单独在一起时,简小声说:"告诉我嘛。"

"我在想着怎么才能离开这里。好了,我说完了。"

有好几次,格蕾丝从学校回家时,天色已经很晚了,父亲和母亲问她为什么回来得这么晚,她都试着无视他们。然而,一天下午,她迈着轻快的步伐,沿着自家的车道朝家里走,却发现他们都在等她。简在纱门后面偷偷地看着她。她的父母像两只在树枝上一动不动的安静的秃鹰,目视着格蕾丝越走越近。

"那么,你这是去哪儿了?"她父亲问。他的声音很平静,眼神很冷静。

"跟朋友在一起。"她说。

"哪个朋友?"

"就是学校里的几个傻姑娘,就这些。"

他镇定地盯着她看了很久,然后说:"你说的最好都是些真话,闺女。"他又说,"我希望你每天都是一放学就回家,帮你妈和你妹妹做家务。你本来就该做这些。"他起身朝猪圈走去。她母亲坐在椅子里,继续怒视着她。

"我不在乎你们信不信我。"格蕾丝对她母亲说。

"我当然知道这一点。"说完这句话,她母亲便起身进了屋。她看见简蹲在那里,偷偷摸摸地看着格蕾丝,她脚下顿了下,看了简一眼,又继续往里走。

晚饭时,大家都很沉默。简偷偷地看着格蕾丝,又关注着母亲和父亲是否在交换眼神,或是其中一人是否在和格蕾丝交换眼神,直到她母亲让她赶紧吃完饭,别在那儿浪费时间。于是,家里又陷入一片安静。在这安静之中,格蕾丝动了动,便传来某种声音,那声音很小,也很有规律,就像坚硬的谷粒落入一个空葫芦里。没人说话。但当她们的父亲先其他人一步吃完了饭时,他一言不发地站起来,绕过桌子,拿出他的小折刀,打开了它。他一把抓起格蕾丝脖子上的那条线——格蕾丝用它来把响尾蛇的蛇尾挂在自己脖子上——将蛇尾放在自己的手掌上握了一会儿,然后割断了那条线,把响尾蛇的尾巴从线上取下来,拿去了另一个房间。简透过门缝向外张望,这时,她看见父亲把线和蛇尾都扔进了煤堆,又给煤堆添了一小把引火柴,过了一会儿,他把一大块干燥的橡树木料压在上面。然后他走了出去。

那个周五,格蕾丝放学后准时回了家,帮她母亲将绿叶蔬菜和豌豆放到锅里,慢慢煮沸;擦洗厨房的地板,把污水倒在院子边上,又利索地把院子清理干净。简跟着她,同她保持着一定的距离,假装自己在工作,但实际上大部分时间都在观察她。一定有些不对劲儿。格蕾丝在双手、胳膊、脖子和脸上涂了些润肤乳;她和简闲逛了一会儿,让乳液的气味散去,然后她告诉母亲,她把家庭作业落在了学校,她得回去一趟,不然周末没办法做作业。

她母亲正在切自己从熏制室里取出的火腿,她停下手上的动作,看着格蕾丝,手里还拿着切肉刀。

"我让简陪我一起去。"格蕾丝说,"走一走也有助于她今晚入睡。"

"她睡得挺好的。"她们的母亲说。过了一会儿,她点点头,说:"别浪费时间。几个小时后我们就开饭了。"

她们走得很慢,因为简总是很磨蹭。格蕾丝越发不耐烦,便抓着简的手,一路上拖着她,让她走快一点儿。

"你怎么这么着急啊?"简问。

格蕾丝看着她,然后停下脚步。她俯下身来,让自己的脸与简的脸处在同一高度。看她表情如此严肃,简害怕得直往后退。

"干吗?"她问。

"我们不去学校。"格蕾丝说。

"但你说我们要去的啊。"

"如果妈妈或者爸爸问你,我们是不是去了学校,你就点头说'是的,先生'或者'是的,女士',其他什么都别说,听到没?"

简看着她,没明白她说的话。

"为什么啊?"她问。

"因为这是我说的。"格蕾丝说,"这真的很重要。"

她走到路边,手伸到一棵树的背后,从那儿拿出了她的书包。

"怎么样,明白了吗?我们去了学校,我拿到了我的家庭作业。"简看了看书包,又看了看她姐姐。

"明白了吧?"

简点了点头。她们俩继续往前走。走了一会儿后,她们俩离开大路,走上了一条小径。简落在后面,有些心烦意乱,这时候,格蕾丝又停下脚步,让她跟上了自己的步伐。她们俩走到一小片空地上,格蕾丝牵着她的手,把她带到了一片长满露莓的茂密的灌木丛背后大约三十英尺远的地方。

"你就待在这里,待在空地边上,在这儿你能透过灌木丛看到外面,但外面看不到你。别出声,别动,好吗?不管你看到我跟那男孩发生了什么,你看着就行了,然后保持安静。"

"什么男孩?"

"别管这么多了。别被吓着,我知道自己在做什么,你也没必要害怕。我只需要你看着,这样一来,如果我问你,你就可以说你见过了。虽然我也不会问你,明白了吗?"

简一屁股坐在地上,就这样看着格蕾丝。她双臂抱膝,望向远方的林子深处,然后又回头看着她姐姐。

"好吧,可为什么呢?"她问。

"闭上嘴,照我说的做就行了。你就在这儿听着。"她蹲下来,把自己的脸凑到简的脸旁,"这件事你一个字也不能跟别人提起,除非我让你那么做。你明白我的意思吗,简?"

简有些害怕——可事实上她的兴奋之情要胜过恐惧之情——但还是点了点头。

"别害怕。就跟我说的一样。"

"你准备和那个男孩做什么?"

"到时候你就知道了。我晚点儿跟你解释。好了,现在你能做到吗?"

简点了点头。

"你确定?"

她再次点了点头。格蕾丝的眼神看起来非常狂野。这让人觉得很兴奋。

格蕾丝安静地看着她，看了好一会儿，然后用一只手捋了捋头发，小声说："一定不要动。一定别说话。到了该走的时候，我再来接你。"

格蕾丝离开后走到了空地上，站在那儿，仿佛已经变成了一幅画，画里画的是她自己；如果不是因为那些又开始活动起来的鸟儿——它们飞进灌木丛里，从一根树枝飞到另一根树枝，拍打着翅膀，飞落到地上，蹦蹦跳跳地啄来啄去，然后又飞了起来，飞到一片灌木丛中或一棵树的树枝上——也许她真会变成一幅画，或者可能已经变成一幅画了。透过枝繁叶茂的灌木丛中的一道缝隙，简可以看到另一头。她知道灌木丛里长的是露莓，因为她母亲教过她识别，她还知道它的根部可以缓解胃部不适，它的浆果可以做上好的果冻。几只松鼠在附近一棵巨大的松树上追逐嬉戏着，它们用爪子在柔软的树皮上抓来抓去，一边还叽叽喳喳地叫着。看到那些松鼠，简觉得，让她憋着不笑出声来是件不容易的事。但她还是一动不动，也没发出声来。她变成了灌木丛的一部分，她的双脚和臀部深深地扎了根，与灌木丛的根部为伍。她的头发变成了它的叶子，眼睛变成了它的浆果。然后简看见了，看见那男孩走到了空地上，此时的她连心里都不敢起波澜。那男孩走向格蕾丝时，后者一动也不动。他的个子很高，头发像炭一样黑，皮肤被太阳晒成了褐色，还有一双明亮的褐色眼睛。他们两人就那样在那里站了一会儿，彼此看着对方。她看见他们呼吸变得急促，胸口上下起伏。然后他们脱下各自的衣服，格蕾丝把她的连衣裙掀过头顶，丢到一旁，然后解开胸罩，也丢在了地上。她没穿内裤。她并没有脱掉她的徒步鞋。那男孩脱掉汗衫——说白了只是一件脏兮兮的T恤，他脱衣服的方式同格蕾丝如出一辙，他的工装裤也褪到了脚下。他的那里就像一只臭喇叭。他们用力地抱着彼此，吻了一分钟，这是简见过的最久的一个吻，仿佛他们吻着吻着便睡着了，不过他们的手还在对方身上动来动去，仿佛正在身体的不同部位上寻找着什么。他们开始相互推挤。看起来更像是狗，而不是猪的那种做法，不同的是他们面对着面。后来，她意识到，自己之前从没想过，原来人做起这种事来是不一样的。那男孩长着黑发的头埋在格蕾丝的肩膀里，她看见格蕾丝在此时看了过来，与她有了眼神接触。她的粪便弄脏了尿布，因为接下来的这一幕让她吃了一惊：格蕾丝用那样的表情看着她，嘴巴微微张开，好像在说：你就这么看着，保持安静。然后那男孩抬起头，她以为他马上就会看到她，但他只是把头向后拱起，闭上眼睛，更加用力地向格蕾丝撞去，格蕾丝似乎又在看她，但现在，她的眼神好像有些涣散。简听到男孩发出"咕噜咕噜"的呻吟声，又听他叹了口气。他们就这样躺了一会儿，他趴在她身上，格蕾丝用手轻抚着他的背。然后他们站了起来，此时的他容光焕发，却也懒散疲软。他们一言不发地穿上衣服。那男孩看了格蕾丝一会儿，点点头，似乎觉得有些尴尬，接着便沿着他来时的方向快步离开。

格蕾丝重新穿上胸罩，又迅速穿上连衣裙，一边整理裙子，一边将褶皱处抚平。她从口袋里掏出一块破布,掀开裙子,把破布摁在她自己的下身,就这么在原地站了一会儿,接着她用力地擦拭着,之后便把那块破布拿到空地另一头的边缘处,扔进了林子里。她走到自己放书包的地方,拾起了书包。她回头看着简,歪着脑袋,仿佛在说"过来啊"。简挣扎着站了起来,走向她,接着她们俩一起急匆匆地往家里赶,简努力地跟上格蕾丝的步伐,她们俩一直走到他们家车道的转弯处才停下来喘了口气。格蕾丝用连衣裙的下摆擦掉了脸上的汗水,检查了一下她下面是否有什么东西。她以一种有趣的姿势弯着大腿,活像猴子学步似的,她又摸了摸腿部的内侧,似乎比较满意,便说:"走吧。"然后她们俩一起走到了房子前面。格蕾丝把书包扔到走廊上,简跟着她穿过了美洲山核桃林,来到了牲口棚。在那里,格蕾丝把一根承重柱上一块松动的砖抽了出来,从缺口处拿出了一包烟,从里面抖出一根——她看起来有些无精打采,还歪斜着嘴——放到手里,又从连衣裙口袋里掏出一个盒子,从里头拿出一根火柴点燃了烟,然后背靠在牲口棚的墙上吸起烟来,看起来就像是自己终于可以舒舒服服地喘口气了。她把自己浓密的褐色头发拨到额头两侧,吐出一个巨大的蓝色烟圈。"你现在还好吧,妹妹?"她问。简点了点头。格蕾丝笑了笑,扭头看向别处,摇了摇头。她又问:"一个人的身体到底要怎么做,才能得到那么一点点自己想要的东西呢?"她看了看简,说:"我们刚才回学校拿了我的书,喂,你还记得吧?"简点了点头。"不过,别忘了你看见的那些东西。"简又点了点头。这种安排真的非常古怪，不过也足够简单。格蕾丝抽着烟，很沉默，简看着她，仿佛连格蕾丝抽烟的这个动作都莫名其妙地有些深意。

"你为什么和他做那种事？"简问。

"以后你就会知道了。"格蕾丝答，"也许会有那么一天吧。"

她悄声问道："你是想和他一起生孩子吗？"

格蕾丝瞪了她一眼，然后用鞋底碾灭了烟。她捡起烟头，撕掉了卷烟纸，把烟草扔到草地里，又把卷烟纸揉成一个小球，用手指轻轻地弹到了更远处。

"也许想。也许不想。"

"做那种事难道不会生孩子吗？"

格蕾丝眯着眼："喂，你是怎么知道的？"

简发现自己脸红了。她扭过头去，耸了耸肩。格蕾丝笑了起来。

"我想我们确实生活在同一座农场，不是吗？"格蕾丝又笑了笑，笑声更大了，甚至拍打起膝盖来。

"怎么了吗？"简因为受到格蕾丝的嘲笑而有些恼怒。

格蕾丝收起了笑容，擦了擦眼睛。"哎呀，妹妹。不管我跟不跟那男孩生孩子，我猜我都会从他身上得到我想要的东西。他呢，也会从我这里得到些东西，那就是'离开'。"

"去哪儿呢？"

"别处。"

"可为什么呢？那你为什么还想跟那个男孩生孩子呢？"

- 99 -

"我才不想呢,傻子。"

简生气地跺了跺脚:"我没弄明白。"

"我也没指望你明白。"格蕾丝看着她,紧紧地抿着嘴,有些愤怒。"听着,"她接着说,"我想要那个男孩给我点儿钱,这样我就可以搬到镇上去了。"她凑到简的脸旁,表情很严肃。"他不想要孩子,只想跟我做那事。如果我告诉他我们有孩子了,他会给我钱,打发我走。"她又站直了,"我知道他们家有钱。"

"可我不希望你搬到镇上去。"

"成熟点儿。我这辈子没办法什么事都帮你做。这件事是为了我自己好。"

简都快要哭了,但她还是平复了心情。然后她说:"我觉得我永远不会让一个男孩对我做那种事的。"

格蕾丝久久地看着她。

"我觉得你永远都没必要那么做,亲爱的。"

"为什么呢?"

"你没有该有的'设备'。你知道的,对吧?我没必要跟你解释的吧。"

听到这番话,简没有说话,可她还是红着脸,眨了眨眼睛。

"你知道那男孩是谁吗?"格蕾丝问。

简摇了摇头。

"他叫阿洛·巴尼特。你记好了。记好这名字,记好我和他做了什么。如果有人问你,你能描述清楚吗?"

简点了点头。然后她既窘迫又尴尬地用手捂住脸。

格蕾丝说:"你先别说出去,等我需要你说的时候再说。"

简又点了点头,她依然捂着脸,因为意识到了什么,她的脸有些发烫。

"嗯,不管怎么说,你也可以看到,其实真的没什么大不了。"格蕾丝说,"到最后,跟一些动物没有任何区别。不管怎么,记得这一点也许会对你有好处。"她从那包烟里又抖出一根来,点燃它,从嘴角吐出烟雾来。"你应该去清洗一下。"她又对简说。简起身跑向了小溪边。

她的脑海里总是萦绕着那段记忆:她看见那男孩骑在格蕾丝身上,他的身体用力地撞击着她,就像她们家牧草压捆机上猛烈转动的轮子。她永远不会忘记那男孩在做这事时格蕾丝的那张脸,格蕾丝的眼睛紧盯着她的眼睛,直直地看向了她躲起来的地方——那片长满露莓的灌木丛背后——看穿了那些似乎在静谧中颤动着的叶子,而那些叶子仿佛即将绽出炽热的白色火焰。

感官享受

亲爱的埃利斯：

我决定——我想，因为那女孩决定不去上学，我才有了做这件事的动力——安排一次检查，我做这件事起码有一个目的，就是弄清楚是否有可能人工制造或修复括约肌。如果可以，至少她在社交时不会再觉得尴尬。这附近没有可靠的泌尿科医生。接下来的几天，我会跟她谈一谈，当然也会跟她父母谈一谈。我知道，收到好消息的可能性很渺茫。我会确保她父母了解这一点。

我并不认为，任何人、每个人都应该追求，拥有浪漫爱情的生活——这种爱情要么热烈，要么纯洁；在我看来，许多我认识的人如果遵循自己喜爱独处的天性，他们可能会过得更好。但如果没有这个选择权，似乎也是不对的。她的家人信任我，也知道我已经就这个问题向你咨询过很多次，但我还是很担心。我不想自己搞错了，我想借助某个专家的检查来验证我自己的诊断结果——我听说孟菲斯那边的医生很不错，处在顶级之列。

我希望我们能去巴尔的摩，但对一个七岁的孩子来说，如果没有父母陪在身边，这可是项艰巨的任务。如果能再次见到你，那感觉肯定很不错。如果在我们俩老去之前还没能再次见上一面，那肯定很遗憾。不管怎么说，你也应该考虑来我们这儿一趟。离开城市一阵子，来乡下休息几天。我们可以去钓鱼，如果我能找旁人弄到一条狗，我们甚至可以去打鹌鹑。然而我们俩似乎离得也太远了，但还是让我们一起考虑一下吧。

埃德

到处都让人感到有些许不知所措。温暖的午后，从树上传来的鸟叫声，不知具体来于何处，只看得见一只沉默的啄木鸟，它上下起伏地飞翔着，从一排树飞到另一排，空气开始变得越发压抑，这种压抑感也将努力延续到夏天。简从这个梦里醒来，她穿过房子的纱门，看到医生的福特车正经过他们家车道的转弯处。她从走廊上下来迎接他，他们站在那里聊了几分钟，后来，他问她姐姐在不在家，这让她有些吃惊。

她问："格蕾丝吗？"

"难道你还有别的姐妹？"他冲着她咧嘴一笑。

她走进屋子里，刚关上背后的纱门，就看到了格蕾丝。格蕾丝看起来应该是刚刚穿好她那条漂亮的黄色连衣裙——那裙子穿在她身上有点儿歪——一只手拿着一只小小的褐色旅行袋，另一只手上拿着一把蓝色的雨伞。

"你要去哪儿？"

"去镇上。"格蕾丝说，"我在这儿待够了。"

她与简擦身而过。

"你的医生朋友准备载我一程。"

她走了出去，冲医生点了点头，绕到了乘客席那一侧。她一屁股坐到了乘客席上，把旅行袋倒置过来放在双膝间，那把蓝色的伞则竖着放在了她的肩膀上，好似一支来复枪。

医生看着她，扬起眉毛，有些惊讶，又冲简点了点头。

"你也想现在去镇上住吗？"

"不想。"简说完，才意识到他在跟她开玩笑。

"走之前我再跟你妈妈和爸爸说几句。"医生说。

"我可没有一整天的时间。"格蕾丝在座位上大声叫喊。

"一分钟就好。"医生说。

简和医生走到棉花田，她父亲和母亲正在那里用锄头除草。他们停下了手头的活儿，走到医生和简面前。

"女士。"医生一边说，一边碰了碰他那顶斯泰森毡帽[1]的帽檐，"我把那女孩送到哪里呢？"

"我可不知道。"她母亲说，"她说她自己在一个干洗店找了份工作。也不知道她是怎么认识雇她的那个店主的。"

---

[1]斯泰森毡帽（Stetson）是一种美国牛仔毡帽，以此帽制造商斯泰森命名。

"好吧，那我猜她知道怎么去那里。"医生说。

简的母亲转过身去，又除起草来。

"嗯。"她父亲说，"我们知道她要走了，也让她等到周末再走，还说如果她这么坚持，到时候我可以亲自带她去。但她甚至连这么短的一点儿时间也等不了，我想是急着离开吧。"

他摘下帽子，用手帕擦了擦眉毛和脸，看着手帕上擦下来的汗，汗里还有沙，他抖了抖手帕，又将它放回了衬衫的口袋里。然后他说："谢谢你送她去。我想她无论如何都会做自己想做的事情吧。"

他们俩握了握手，然后她父亲又走回了一排排的棉花中，再次割起杂草来，仿佛什么都没发生过。

回屋子的路上，汤普森医生把一只手搭在简的肩膀上，说道："你姐姐能照顾她自己，对此我毫不怀疑。"

她抬头看着他，想发表一点儿意见，但又意识到，她这种行为本身就包含了一些自怜和怨恨的意味，早已不仅仅是表达困惑那么简单，便闭上了嘴。

他转动曲柄，然后上了车。格蕾丝坐在乘客席上，一动不动，还很安静，就像有人拿着一支枪指着她的脑袋，她却完全不关心情况有多么危险。他轻轻拍了拍自己夹克的口袋，仿佛在检查某个东西在不在口袋里，又向简挥手告别，然后在车道上转了个弯，朝远处开去。

"格蕾丝甚至连帽子都没戴。"简一边目送他们离开，一边这么想。车轮在炽热而安静的空气中扬起了一些尘埃，就像格蕾丝自己化作尘埃远去，遁入了所谓的人的起源之处[1]。她以前从未真正想到过这一点。一个用地上的尘埃做成的人永远站不住脚，一个用泥土捏成的人只不过是一个在沼泽中匍匐前进、以免自己风干后被风迅速吹走的破碎模具，就像不再感到心烦意乱的她站在那儿看到的那些漂浮着又重新落在他们家车道上的尘埃。

到了墨丘利，汤普森医生让格蕾丝在干洗店门口下了车，把信寄了出去，又去赫尔曼那家非法经营的酒吧里喝了一杯啤酒，然后一时兴起（他以前可从没有过这种兴致），顺路走进了第九街一家很受欢迎的妓院，和那里的人们喝了点儿酒，他觉得自己也许可以考虑考虑那里的女郎们。格蕾丝的一举一动让他有些心神不宁，他不知道该如何排解。他被拉进一场扑克牌局之中，牌局却被一场斗殴中断，斗殴的双方是两位年轻人，一位叫贝茨，另一位叫厄克特，然后他尽快离开了斗殴现场。那些男孩是为了一个女孩打起来的，这倒让他心情好了些。他前往闹市区，去舍恩霍夫那里买了一麻袋刚从墨西哥湾捞起来的牡蛎，还买了一麻袋碎冰块，然后又从一个贩售私酒的商贩

---

[1]此处与"尘归尘，土归土"（ashes to ashes, and dust to dust）这句名言有关。意思是：你是什么就终究是什么，生老病死，从哪里来就会回到哪里去。该名言出自《圣经》内容创世纪3：19，完整原句为"尘归尘，土归土，让往生者安宁，让在世者重获解脱"（ashes to ashes, and dust to dust: in the sure and certain hope of the resurrection unto eternal life……）。

那买了一品脱[1]波旁威士忌和一箱蓝带啤酒。他把一些啤酒和牡蛎放进他车上后备厢里的一个大桶里,把冰块倒在酒和牡蛎上,然后开车离去。

开车回家的路上,他喝下一大口波旁威士忌,变得泰然自若起来。这种感觉渗透至他的血液之中,让他很是享受。车开到半路,他又一次想到那个叫格蕾丝的女孩。想到她坐在他车上的乘客席上时的那副模样,他敢对天发誓,他能闻到她身上的气味,就像一匹用来配种的公马能闻到一匹泌乳的母马身上的气味。他希望当时自己是喝了点儿酒的。他也非常确定,他瞟见了她用一种直率的目光审视着他,以一种她从未有过的模样打量着他。开车时,他大部分时间都在拼命地抽着烟斗,两人都没怎么说话。

"你座位下有一壶水,是给你喝的。"他曾对她说。发动机的"咔嗒"声以及轮子滚动的噪声盖过了他的说话声。

"谢谢你。"

"我猜我给你开的那些药起了作用。"

"挺好的。"然后她又说,"我不喜欢你不愿意收我的钱。"

"我不喜欢你赚钱的方式。"

把她放下车的时候,他主动提出帮她拎旅行袋,她却说:不用了,谢谢你,它一点儿也不重。

---

[1]品脱(pint),容量单位,主要于英国、美国及爱尔兰使用。一品脱于英国和美国代表的是不同的容量。

"里面到底有没有东西？"

"只有很少几件私人物品。"她似笑非笑地答道。他觉得受到了奚落，便多说了几句。

"那么，你只带了身上穿的这一条连衣裙？"

"我打算当个裁缝。"她说，"需要新连衣裙的时候，我会自己做的。"

"有道理。"

"那你又准备去哪儿，汤普森医生？去找点儿乐子吗？"

"只有点儿不太要紧的正事要处理。"

"正——事啊。"她一边说，一边微笑着。

说完她便关上了车门，朝店铺门口走去。她让自己的臀部在她穿的黄色夏季连衣裙下随意地扭动，午后的阳光照在她的裙子上时，他发现，天啊，还真让他说中了。她下面什么也没穿，隐约可以看见她臀部下面两条纤细的腿之间的缝隙里那一点点年轻人特有的浓密毛发。

此刻，他一边开车回家，一边喃喃自语："我只不过是个脾气暴躁、卑鄙下流、可怜孤独的狗杂种。"

他极少会觉得内疚，不知怎么回事，他很想摆脱这种内疚感。他开车打自己的房子经过，又继续开，开回了奇泽姆家，把车停在了他们家的院子里，然后按响了车喇叭。他挪着瘦长的身躯从驾驶座上下了车，稍微摇晃了一会儿后才重新站稳脚跟，又去检查了那个装着冰、啤酒和牡蛎的桶，看它有没有在路上被颠出去。每个人都走到他面前，挤来挤去。医生首先从冰块之间取出了一个棕色瓶子，用开瓶器把带有褶皱的瓶塞撬开，然后把酒递了过去。

"尝一尝凉啤酒吧，奇泽姆？"

"天啊！"奇泽姆说，"冰镇过了的，是吧？"奇泽姆犹豫了一下，然后接过啤酒，喝了一大口，他的喉结上下滚动着。他又把酒拿到自己面前，看着那个酒瓶，眼睛一直眨着，好像他的眼睛被阳光刺痛了。医生又从冰块之间取了一瓶酒，然后把酒打开。

"奇泽姆太太，你呢？"

简的母亲怒视着医生，绷着一张嘴。医生耸了耸肩，自己喝了起来。

"冰块间的那些石头是干什么用的？你把它们放在那里，难道只是为了固定你那些啤酒吗？"

"不是的，女士。那些是牡蛎，直接从墨西哥湾弄过来的，火车把它们运到了墨丘利，是舍恩霍夫的餐馆要的。"

"牡蛎。"奇泽姆太太一边说，一边扭着嘴巴琢磨着这个古怪的词，"那是什么？"

医生抬起下巴看着她。的确，他显得有些紧张。

"我来给你演示一下。"

他从腰带上取出一把看起来像匕首的小刀，用左手抓起其中一块"石头"，又用右手拿着小刀撬着"石头"的一端，牡蛎便可以像嘴一样张开了，发出了吸盘从水槽底部脱落的那种声音。

"这叫剥牡蛎。"医生说。

"剥？"奇泽姆太太说，"这个字我们一般用在玉米穗上。"

"好吧，他们也把这个词用在牡蛎上。"医生说。

他把牡蛎壳的上半部分递给了简的父亲，说："你可以用这个来当烟灰缸。"他轻轻地扭动着小刀的尖端，把它插进了某种看起来像果冻的灰白色团状物的下面——那团状物躺在牡蛎壳的下半部分。接着，他把牡蛎壳的下半部分放到嘴边，让那个团状物滑出壳外，滑到他舌头上，他闭着眼咀嚼着它，然后咽了下去，微笑起来。

"这到底是怎么回事？"简的母亲问。

"这是什么？"简说，"你把它吃下去了！"

"是啊。"医生说，"很好吃。它是一种软体动物，来自海里。你从海底把它们捕捞上来，然后放在冰上，这样它们就不会死，你就可以吃到最新鲜的它们。"

"你的意思是，你刚才吃的那玩意儿是活的？"简的母亲说，"天啊，太可怕了！"

"看起来就像是某种内脏似的。"简说。

医生凝神仔细看着简，被她的这番话逗乐了："我想大概就是这么回事吧。"

"哎呀，我的天啊！"简的母亲说。

"就像我说的那样，真的很好吃。而且通常都很安全卫生。至少我买的这些都是这样。买这袋牡蛎前，我已经吃了好几个了。尝一个吧。墨西哥湾岸边那些印第安人过去几乎就是靠这玩意儿以及一些鱼类活下去的。"

"对我来说,'通常都很安全卫生'还不够。"简的母亲说。然后,她压低嗓子说:"那可是印第安人啊。"

"如果爸爸吃,那我也吃一个。"简说。

她的父亲看着她,扬起了眉毛,有些惊讶。然后他冲着那堆牡蛎点点头。"行,那给我剥一个吧。"

"我不会看你吃的。"奇泽姆太太说完便进了屋里。她把头探出纱门,喊道:"如果你们全都生病死了,那可怪不着我。"

医生从那一堆牡蛎中挑出一个,剥开了它,把牡蛎的下半部分递给简的父亲,然后又挑了一个牡蛎剥开,把它递给了简。

"很好。"医生说,"把它倒进嘴里就行。然后咀嚼它,就是现在,别直接吞下去了。"

她的父亲按医生说的去做。他把那玩意儿在嘴里含了一会儿,表情变得很严肃。

"继续,嚼啊。"

他斜着眼看着医生,开始咀嚼起来。然后他再次扬起了眉毛,咽了下去。

"怎么样,爸爸?"简问,"味道怎么样?"

"我说不上来。"他说,"你得自己感受感受。"

她让牡蛎壳倾斜着,将牡蛎滑进了自己的嘴里,在嘴里含了一会儿,露出了一副她觉得那牡蛎会爆炸的表情,接着她咬了牡蛎一口。医生看着她的眼睛越睁越大,他知道,这是因为牡蛎那咸咸的汁水溅得她舌头上和口腔内壁到处都是,嘴里全是那种冰凉的奇怪味道。后来,牡蛎就被她吞下去了。

她一动不动地在那里站了一会儿,然后看看她父亲,又看看医生。他们俩都咧嘴笑着站在那里。

"怎么了?"她问。

"嘿,你觉得怎么样?"她父亲问。

"我真挺喜欢的。"她说,"但很明显,似乎得吃上一大堆,才能吃饱。"

她父亲微笑起来;医生大声笑了起来,又拿了一个牡蛎开始剥。

"你说的很对,"他说,"可海里满是牡蛎。巨大的墨西哥湾铺满沙的海底到处都是。据我所知,世界上其他每片海中也都是如此。咱们来吃个够吧!"

可接下来,她和她父亲各自只吃了几个。

在斜着身子坐上车,准备离开之前,医生说:"那就留一些给你们吧。"他把几个牡蛎装进了一个装白花鱼的小麻袋里,又往袋子里放了一些冰,把这袋东西放在他们脚下的地上。他取出一两个牡蛎,剥开它们,把它们放在麻袋上端,那些被剥开的牡蛎的上半部分壳子松松垮垮地盖在牡蛎肉上。"要是不太喜欢生的,我跟你们讲,就给它们涂上一层用鸡蛋、牛奶和面粉调制成的面糊,然后用油炸,这样口感会更好。"

她父亲摇了摇头。

"我觉得我没法子让我老婆碰它们。"他说,"不然还能试一试这种做法。"

"好吧,你对这种做法有个概念就行。今晚来我家一趟,我也许能自己炸一些呢,或者让海蒂帮忙炸。当然,他们说生牡蛎可以壮阳。"

"那是什么意思?"简问。

医生咧嘴笑了笑,轻轻碰了碰自己的帽子,算是跟他们道别。车在院子里掉了个头,缓慢地将要朝大路开去,可接着他却停下来倒了车。奇泽姆走到了车窗前。

"我有事要跟你说。不是今晚,明天或者别的什么时候再说。"他说。

"行。"

"跟简这小家伙有关。"他说,"我想找个专家来给她做个检查。下次来你们家的时候,我再跟你们多聊一会儿。"他微微一笑,"等我更清醒的时候。"

"很好,医生。"奇泽姆笑着说,他的笑容有些严肃。他退到一旁,让医生继续上路。

他们看着医生渐渐远去,最终消失在视野里;他们只听得见汽车的加速声和车轮在布满车辙的道路上颠簸的声音。

"这世上总有些新鲜玩意儿。"她父亲说。

简从麻袋上端抓起一只剥开的牡蛎。年轻的佃户朗·坦普尔和他那位更为年轻的妻子莱茜租了他们家的八十英亩土地;简一直想找个契机和莱茜交朋友,莱茜看起来太过年轻,一点儿也不像农夫的妻子。

简手里拿着冰冷的牡蛎,想跑过去拿给莱茜看看。她一只手紧紧捏着牡蛎,手掌又湿又黏,还凉凉的。她敲了下小木屋的门,然后又敲了下;不一会儿,朗·坦普尔开了门,站在门前看着她。她很惊讶,以为他像父亲和母亲一样,去田里干活儿了。他这人个子不高,很结实,国字脸,小眼睛,嘴巴也小。她总觉得他看起来脾气不太好。至于他那位年轻的妻子到底性情如何,她虽暗中观察过,但还是说不上来,因为大多数时间里,莱茜外出时都戴着一顶帽子。

"我想给莱茜看一样东西。"简说。她抬起手,露出牡蛎,把它拿到他面前。

他瞥了眼她手里的那样东西。

"莱茜不能出来。"他说,"她这会儿不太舒服。"

"哦。需要我帮忙吗?"

"她用不着别人帮忙,我照顾她就行了。这到底是个什么东西?"

"是牡蛎。可以吃,生吃就行,就这么吃。汤普森医生说,牡蛎可以壮阳。"

坦普尔当时看起来很生气。

"你到底是什么意思?"他说。

然后他关上了门。

"婊子养的小气鬼。"简一边自言自语,一边重复着从母亲那儿学来的评价坦普尔的话。她看着牡蛎,迅速将它放进嘴里,一边嚼着,一边走下走廊的台阶。即使在这一刻,她也不得不因那特殊的口感暂时停下了脚步,这感觉真奇怪。

她回到家,站在院子里,又恍惚地走进了美洲山核桃林里,在一些光滑的褐色果壳里发现了遗留下来的坚果。她把坚果握在手中,用拇指和其他手指揉搓着,又在手掌中揉来揉去,一边还回味着舌尖余留的新奇事物的味道,这味道甚至在她齿间挥之不去。光线开始变弱,像没有重量、能够瓦解一切的银色雨滴一样落在她身上。她觉得自己从头到脚都被这场"雨"洗刷了。

在简看来,这类自然中的事物或现象——猛烈的暴风雨、从肥美且冰冷的生牡蛎里喷出的咸咸的汁水、野蘑菇柔软的表皮、一只鸡的突然暴毙、一朵紧闭的花蕾、一群在田野里小跑的肮脏野狗、钓鱼线在抵御欧鳊攻击时发出的振荡声、将欧鳊的精致骨架从它的甜美白肉中剥离、在手掌里将光滑坚硬的椭圆形坚果揉来揉去、越来越暗的光线给人带来的某种明显的感觉——貌似毫无关联,却在某种程度上都与性欲有关。这并不是她,尤其是那个年龄的她,表达自己性欲的方式。可是,她就像一个热恋中的人,能在自己的体内深刻且真实地感受到这种欲望。她落入了山核桃林中高高的草丛里,落入了黑暗之中,一股电流穿过她的身体,她感到很愉悦,她的心因狂喜而怦怦乱跳。

终有一死

埃尔德雷德·汤普森,医学博士
北极路
密西西比,墨丘利

亲爱的埃德:

你的信里讲了你如何观测与检查受你关照的奇泽姆家的那个女孩,我希望你知道,我一直都在研读你的那些信,并仔细做了笔记。最近,我尽我所能,充分吸收并整理笔记内容,然后和同事们坐下来聊了聊——我甚至成功地让大忙人杨医生也参了会。我们有你做的笔记以及你画的画。相对于这里的其他会议,我们的会晤时间算是很长了——至少持续了半小时,甚至还不止。我必须告诉你,杨博士和其他人——我也同意他们的结论——断定,在目前的情况下,考虑到我们了解的种种可能性,就外科手术而言,极有可能是没有任何措施能够改善那个女孩的健康状况。杨医生扬起眉毛看着我,并告诉我,他觉得,当然也希望,且有充分的理由认为,我们这群人,或者我们的后继者们将很快获得相关的知识、技能及手段,以改善她的健康状况;但眼下,根本不可能知道这一天具体何时会到来。杨医生也确实说过,他很确定,他在过去几个月里检查过的一位年轻女子的情况与你说的奇泽姆小姐几乎完全相同——虽然不是方方面面都一样,但两人的情况都是因为共同通道[1]的长度出了问题;他决定不实施手术——他一点儿信心也没有,也不觉得手术会成功。我的设想是,此时此刻,如果让孟菲斯的某个医生(我推荐戴维斯)给她做个检查,兴许可以获取一些确切信息。如果真能如此,那我们会知道,人工制造括约肌是否可行。我们很怀疑这一点。

埃德,如今,你得注意,你独自生活在那里,不要过度沉溺于你最喜欢的那些恶习之中。我会啰唆地敦促你在再婚这件事上再稍微努把力,不过,你也知道,我总有种感觉,你一直以来都是一个打心底里很孤独的人。如果你能时不时地在男女关系方面放纵一些,从中得到一点儿安慰,那么你会好起来的。但是,我也知道,小镇子嘛,自然有

---

[1]在一种复杂的肛门直肠先天性疾病中,直肠、阴道和泌尿道混在一起,形成一个泄殖腔(cloaca),即此处所指的一个单一的共同通道(common channel)。泄殖腔出现在许多先天畸形女性的相关案例之中。共同通道长度大致在1至10厘米之间。共同通道的长度可以用来预估手术修复过程中遇到的技术挑战,以及预后效果。一个小于3厘米长的共同通道通常具有良好的括约肌和发达的骶骨。

些风言风语。我真希望你有一些关系很铁的牌友或酒友,远好过在你那个与世隔绝的镇上的那些势利小人。给自己放个假,来看看我们。真见鬼,何不就躲在旅馆里,我到时候带上你,咱俩隐藏真实身份,去过过夜生活。

埃利斯

汤普森医生把那封信塞进了他夹克的口袋里,沿着小径走进了他家屋后的林子。穿过院子就像是穿过某个中世纪庭院,所有的孔雀都懒散地站在那儿,看着他穿过院子,仿佛他是一头身处它们之中的奇怪而又神圣的奶牛[1]。

他已经说服奇泽姆一家让他带着简去孟菲斯,在那里接受检查。他说了谎,说检查一分钱也不用花,说他们那些医生将那些奇怪的案例视为极有价值的学习机会,这么做是为了能够彻底治愈其他病人。

他绕过小径上一个拐角处,听见了某种声音,接着又看到了某个外表像小精灵、与尚未完全长大的孩子个头差不多大的活物,穿过了灌木丛、跳跃着离开,就像他见过的许多受了惊

---

[1] 原文为 sacred cow,字面意思为"神圣的奶牛;圣牛",引申意思为"神圣不可置疑的事物"。

吓的鹿一样。很少见到这种名为Urchinus trespassus[1]的物种。当然，他也很清楚，经常有来自附近的农场，甚至是镇上最北边的邻居的孩子游荡在自己的林子里。他见过那些他们亲手修建，又被肆意践踏过的堡垒和营地。他不介意他们的所作所为。心情大好时，他会假装他们是自己的孩子，他们任性且不服管教，孕育他们的是一个梦，梦里有森林，还有萨堤尔[2]。他们像是神话中的森林之子，不能像照顾凡人那样去照顾他们。他不希望听到这些小混蛋用气枪射杀鸣禽，但他还是孩子时，也做过相同的事情。他很少听见真正的偷猎者使用来复枪或猎枪的声音，如果他经常听到，他就会打电话给县里的治安官，但到目前为止还没出现过这种情况。林子里有鹿，有猪，还有火鸡，这些他都清楚；他还怀疑林子里有象牙喙啄木鸟，也许有一对。他只希望没有哪个傻乎乎的男孩或成人会射杀其中一只，或是把一对都杀掉。他听到了林子深处传来的孔雀的声音，便想到，还有它们。

他渡过又浅又窄的小溪，穿过一小片林间空地，又沿着长长的斜坡爬上了一座小山。山顶上有个旧观景台，是他在和莱特婚后不久亲手搭建的。他们以前很喜欢来这里，喝上一瓶啤

---

[1] 此处疑为作者玩的一个文字游戏，用urchin（名词，可指"淘气鬼"）和trespass（动词，可指"擅自进入"）两个英文词，分别加上词缀-us，形成urchinus trespassus这样一个伪拉丁文词组，暗指"擅自进入医生家林子里的淘气的孩子"，符合下文语境，颇具幽默感。
[2] 萨堤尔（Satyr），希腊神话中的森林之神，乃一种半人半羊的怪物。

酒，吃上一顿野餐。观景台位置很高，人站在那里，林间景致尽收眼底。可他只是瞥了一眼湖面上那粼粼的波光——湖在往西四分之一英里处，位于他这块地的尽头。他知道，那群男孩（以及他们的父母）依然还会擅自进入他的林子，在湖边钓鱼钓个不停。到如今，大多数人都知道他在自己林子里的时间并不多。他们也许早就把它当作了公共财产，不过他们也不在乎。实际上，他觉得自己也不在乎。只要他知道自己拥有这片土地的使用权就行，无人有权反驳这一点。

他坐在这个如今早已疏于打理的观景台上，想起了那些周日午后的野餐。他和她在这里的时候，没有人能联系上他；哪怕他们来大声呼唤，哪怕有人快死了，大声哭喊着"啊，我的主啊"，他也不会知道。他把世界抛在脑后，只和自己的爱人待在一起；他们在这个小小的天堂里度过了快乐的时光，然后她开始对他感到不满，也对他们的关系感到不满。没有什么是永远不变的，事实即是如此。如果她还活着，他如今可能也会一个人坐在这里，她甚至都不愿再和他一起出来享受这样的时光。"哪种情况更好呢？"他想知道，"如果时间够久，又有什么区别呢？"

从房前的走廊穿过院子，走到连着主路和房子的车道，再向右拐，就能看到一个很大的棚屋，简的父亲会在那里做各种各样的事，包括与农用机械相关的工作，锻造马蹄铁、修理工具，以及在马或驴子努力干完活儿以后给它们梳毛刷洗，再把它们赶到户外，好让它们在晚上吃草。在他多年来捣鼓机器的那块地方，地上红色的黏土已经褪了色，满是机油和润滑油的气味，土地被压得很实，由于某种原因，简非常喜欢这些东西混在一起的气味，甚至胜过牲口棚的气味。她最最希望的，是自己能够修好一台拖拉机，修好一个坏掉的轮子，甚至是在铁砧上用锤子做出一个钢圈来。对她来说，哪怕她还是个孩子，她也觉得这些似乎才是真正的活计，而不是在走廊上扫地、搅拌牛奶、洗衣服和晒衣服，或是在炽热的火炉上做饭。男人们干的那些活计似乎就等同于自由。

沿着家里的双轨车道走，在靠近主路处，是她父亲开设的一家杂货店。杂货店只有一间房，光顾这里的，都是那些不想奔波到好几英里外的利伯蒂那儿更大一些的杂货店的佃户，以及收益分成的佃农和邻居。杂货店有一个简陋的大柜台，她父亲去店里时会把钱箱放在柜台上；墙上的架子上放着干货、罐头、饼干、烟草和火柴、面粉和糖，以及罐装咖啡等；一个角落里堆着沉甸甸的袋装饲料；用于缝补的皮革挂在柜台后的墙面上。房间中央放着一个高高胖胖的柴火炉，炉子放在一个沙盒里。有时候，一般是在下午晚些时候，会有顾客在炉子旁边坐一会儿，和她父亲一起抽口烟或喝一小口酒。店开门的时间不固定，可人们还是会散步或骑马来到店铺门口，等在外头，一直等到有人看见他们在那儿，跑去通知她父亲。他父亲如果没活干，就会去店里招待那些客人；如果他脱不了身，她母亲或格蕾丝（她离开家之前）就会拿着钥匙去打理店铺。

渐渐地，简喜欢上了有人光顾店铺时跟着她父亲、母亲或格蕾丝去店里。她保持沉默，也不打扰别人，却仔细研究着店里发生的一切，就像一只鸟盯着一条虫子。换钱的时候，她走得靠近一些，仔细看着；有人问起某件货品时，她便抢着帮那人去拿。在无人注意的情况下，她不仅弄明白了存货是怎么一回事，还知道了钱是怎么一回事，以及如何数钱。通过观察和思考，她学会了所有这一切；遇到不太明白的事情时，她也不会开口去问，而是等到下次再观察得更仔细一些。于是，她很快便能飞奔着去取来一袋吃的、烟草、糖、咖啡或者诸如此类的东西，把取来的东西"扑通"一声放到柜台上，然后大声说出它的价格；顾客放下钱的时候，她又会大声说出钱的数额，然后在一眨眼的工夫大声说出他们该给那位顾客找多少零钱。这让她的父亲和母亲惊讶地摇着头，也会让格蕾丝恼火地怒视着她。"她是怎么算出来的？"她父亲会问。她母亲则会答道："嗯，我跟你讲，她变得很安静的时候，你可得小心点儿，因为她在动脑筋，打算想出点儿什么来吓你一跳。"

所以，当看到有人来杂货店或停留在店门口时，她便会脚步轻盈地飞奔到她父亲身边——那感觉就像是她几乎不用接触地面就可以走起来——又几乎像飞起来似的冲到壁炉架上用钉子挂着店铺钥匙的地方，一边还说着"来客人了！"。起初她父亲不想让她独自打理这家店铺，她虽然很有天赋，但年纪太小。可他很快便让了步，还给她找来一个之前用来装苹果的旧板条箱，让她可以随时看着铺子。她大概是唯一对这个店铺感兴趣的人，打理店铺不会打扰到她做其他事，毕竟她也没什么正事可做，于是她成了店主的头号人选。后来，她父亲甚至渐渐习惯了把钱箱放在钥匙旁边的壁炉架上，这样一来她也能拿到钱箱了。

人们走进店铺时，不管肤色是黑还是白，都会带着敬意跟她打招呼，有些人还会略带幽默地对她说："你好啊，年轻的女士。""你好啊，简小姐。"她通常会像这样大声回答："埃弗里特先生，需要我帮你拿点儿什么呢？"

"自从她勤快地打理起店铺以后，来店里的人就越来越多了，要是我觉得两者之间没有关系，那倒是奇了怪了。"她的父亲一边说，一边笑了笑。他又对简说："你还记得吧，我之前提到过的那些陌生人，还有看起来长得很粗野的人。要是见到他们，你可不能开门，听到没？"

有时候，某个住在隔壁、看起来不太眼熟也不太面生的男人就是不告诉简他要什么，只是让她把她父亲找来。"你想要什么，我都能帮你找到，先生。"她通常会这么说。可是，在她找来父亲之前，那男人表现得就像是个聋子或傻子。她父亲这时候通常会让她留在原地不动，或是让她回家去，他自己来应付那个男人。

后来，她才慢慢意识到那男人去店铺里是为了买酒。店铺后面的一个角落里有一个上锁的柜子，她父亲从来没把它的钥匙交给过她。

她只有一次没能跑去店铺接待客人。那一次，她遭遇了

"突发状况"，来不及把自己收拾干净。她很讨厌发生这种事。

她喜欢在肉熏好后走进熏制室，站在悬挂着的大块大块的熏肉下面，挂肉的钩子和固定在托梁上的铁丝网连着。光线呈细条，从宽壁板之间的缝隙中漏了进来，照射着那些微微转动着的熏肉、烤肉、火腿和厚排骨。她也许早就想象过这一幕，就像她一动不动地站在院子中间想象着地球自转时那样，她母亲因此不得不在过道上大喊道："简！快回家，赶紧凉快凉快，别把脑子烧坏了。你听不懂我的话了吗？"

他们家有一个两间房的小仓库，里面放着一些家里人不再使用的废弃物品。家里人告诉简，不能进那个仓库，因为里面可能有蛇、黄蜂，还有可能会从架子上掉下来什么东西砸到她的头。她确实没进去，不过有时她会试着透过窗户往里看。窗玻璃上的灰尘太多，她看得不太清楚。有一天，她违反了规定，进入了那个小仓库。她看见一辆沾满灰尘的小小红色四轮玩具车搁在架子上，她想知道为什么它会在那里，为什么她小的时候家里人从来没给她玩过这辆玩具车。后来她父亲告诉她，这辆车属于她的哥哥威廉·沃尔多，他因染上了热病而去世，几年后简才出生；她母亲让她父亲把这辆玩具车搁在架子上，不许任何人碰它，更不允许任何人玩它。

"那为什么她还会留着这辆玩具车呢？"简问。

她父亲久久地看着她，眨着眼，然后摇了摇头。他扭头看向了别处。"她最爱的就是他了。"她父亲说，"她发脾气的时候，你得记住这一点。失去这个小男孩后，她简直伤透了心。"

她轻轻点了点头。

"当时他才三岁多，不满四岁。"她父亲说。接着，他弯下身来，把她那件稍微有些皱巴巴的衬衫扯平。然后他直视着她，他那双灰色的眼睛就在面前，却好像没在看她。他正看着其他什么东西，也许是那个死掉的男孩威廉·沃尔多。然后他说："你想想看，那么大的孩子最惹人爱了。大概是介于婴儿和小男孩或小女孩之间的那个阶段。那时候的他们看起来就像是小天使。人最难受的事莫过于在那时候失去一个孩子。我确实是这么觉得的。"他拍了拍她的肩，从她身边走开，留她一个人在那里感受某种此前她从未感受过的东西。只有到了后来，她才能确认那种东西叫作悲痛。她的父亲以及她的母亲将这种情绪作为礼物，赠予了她。

他们终究还是准备专程去孟菲斯一趟，就她和汤普森医生两个人。她并不知道，有好几周的时间，他一直拿不准这个想法到底可不可行；她只知道，他突然行动起来，说要准备好出趟远门。她的母亲和父亲似乎有些紧张，也不想讨论这个话题。她却对乘火车去孟菲斯感到特别兴奋，以至于她不怎么担心，甚至可以说一点儿也不担心此行的真实目的：他们即将去那里见一位医生，那个人可能比汤普森医生还要了解她到底出了什么问题。她很怀疑这一点。可这趟旅程听起来就很有趣。她还从来没去过比镇上更远的地方，也从来没有坐过火车。

他们乘马车去了杰克逊市，然后换乘开往芝加哥方向的火车去孟菲斯。虽然行程相对较短，但是医生还是要了一个私人包间，这样一来，简就不用担心发生"突发状况"了。去往杰克逊的路上，连绵起伏的乡村景致很美，铁路沿线的树上挂着一些随风而动的鲜艳的铁锈色叶子。北上去孟菲斯的路上，火车转向往三角洲地区[1]靠近时，路面开始变得平坦。医生给她买了一瓶汽水，还买了一些花生；他们坐车时，他一边自己喝啤酒，一边把花生壳丢往窗外，逗得她哈哈大笑，像玩游戏似的跟着医生一起丢起了花生壳。

到了孟菲斯，他们搭上有轨电车，去了医生口中的"医学院"。学院是一座很大且四四方方的四层红砖建筑。简之前从没见过这种建筑。之后，在横穿市区的路上，他们又见到了许许多多的巨大建筑，都是一些酒店以及市政和民用建筑。她左看右看，看着每一座大厦，脖子上的肌肉都快痉挛了。

电车上，坐在他们旁边的一个女人面露不悦地转头看了看他们，然后起身坐到了别的座位上。简见她对身旁的一个女人说了些什么，于是另一个女人也转过身来看着他们。医生向她们吐了吐舌头，她们看起来很害怕，便不再看他们了。一切听起来都是如此的响亮：人们的嗓门很大，汽车的铃声、引擎声以及喇叭声很刺耳；甚至连那些味道——废烟废气，有轨电车

---

[1]三角洲地区（the Delta），亦称为密西西比州三角洲（the Mississippi Delta），又称亚祖－密西西比三角洲（the Yazoo-Mississippi Delta），位于密西西比州西北部，为亚祖河与密西西比河冲积而成的新月形肥沃地带。

那冒着火花的电线散发出的奇怪的烧焦的味道，饭菜传出的各种味道，以及餐馆厨房和街头小贩摊位上传出的香味——也很"响亮"。他们仿佛置身于一个陌生的国度。医生似乎更喜欢看着她经历这一切，比他自己置身于其中还要喜欢。

他们爬上巨大的白色台阶，走进了医院。医院里有一股味道，医生说，那是清洁剂和肥皂的味道，以及各式各样的人的体味。在这个地方，她将不会为自己而觉得难为情或是不自在。他们径直进入了做检查的房间，那房间会让人觉得身处在另一个世界之中，或是要过着某种奇怪而毫无规律的生活。她还从来没有置身于一间洁白干净到让她觉得古板的房间，房间里有闪闪发亮的金属桌子，还有着明亮的光线。她有些希望自己被当作标本，用箱子装起来运向未来或其他去处。然后，一个高个子男人走了进来，他的个头甚至比汤普森医生还高，但要瘦一些，还戴着厚厚的眼镜——架在他的小鼻子上，有些秃顶，剪了个平头，自称是戴维斯医生。跟他一起来的还有一位护士，可他甚至都懒得介绍那个女人。护士那顶白帽子下面的脸毫无表情，什么话也不说，只是按照戴维斯医生的吩咐去做，仿佛她不是个真人，而是某种机器人。她的双手冰冷，简看着她，被她吓了一跳，可那女人似乎都没有注意到。

很快，他们让她躺在桌上，脚放在脚蹬[1]上。他们给她盖

---

[1]原文为stirrup，是一种金属支架，供进行妇科检查以及分娩的女性将脚跟放在上面，使她们的腿一直保持一种便于进行医学检查或干预的姿势。

了块床单，又仔细将她擦洗干净，然后她听见戴维斯医生低声说了些她常听到的话，关于感冒、不适之类的话，然后她感觉到他在用一个她所谓"金属鸭子"之类的东西往她身体里面看。她有些畏惧，但很快便冷静下来。她把头转向一侧，去看汤普森医生，后者这时候正看着戴维斯医生。他发现简正看着他之后，便走到了简面前，握住了她的手。他拍了拍她的手。

"很快就结束了。"他说。

确实很快就结束了。戴维斯医生消失在视野中——他在她盖着的床单下面借着明亮的灯光和反光镜，用某种钝器在她的内部捅来捅去，仔细探查着，似乎小心翼翼地尽量不去伤害她，尽量动作温柔一点儿。然后他把所有工具都拿了出去，起身告诉护士，简可以重新穿上衣服了，又走到水槽边去洗手。汤普森医生从随身携带的包里拿出一块新尿布，递给了护士。

"希望你别介意，女士。"汤普森医生说。

那位护士似在突然间变成了活生生的人，她脸上绽放出微笑，说："一点儿也不介意，医生！"她的这一举动差点儿把简吓得在桌面上尿了出来。

然后汤普森医生和戴维斯医生走了出去，他们俩站在走廊上小声说着话。护士又做回了机器人，她机械地给简穿好干净的尿布，把相关仪器收好，把床单放在角落的洗衣篮里，然后看都没看简一眼，也没跟简说一句话，便离开了。"我猜，她早就对像我这样的人见怪不怪了吧。"简想。

他们离开的时候，汤普森医生说他准备带她去市区逛一逛。

- 128 -

"那个医生怎么说的？"她问。

"一会儿告诉你。"他说。

他们去参观了粉红宫殿宅邸[1]，医生说有一位奇怪的老年女士住在这里，这件事还挺让人吃惊的。他们还去了河边的断崖处，看着一些汽船停泊在那里，或是打那里经过。他们又去了动物园，那里没有猴子，简很失望，但她被老虎和大象给迷住了，尤其是老虎。直到医生告诉她大象非常聪明，记忆力很好，它们的至爱死去或被打杀的时候，它们还会伤心和哭泣，她才又转变了想法。

逛完动物园，在回住所之前，他们去了他口中的一个很有名的烧烤店吃饭。她不想吃猪肋排，便吃了脱骨的熏鸡。之后，她很担心，怕自己以后因此再也没有那么喜欢炸鸡了。

他们住在一家名叫"皮博迪"的老牌酒店，那是一栋五层的建筑，有一个巨大的大厅。简单独住一个房间，就在医生的隔壁，有一扇门连通着这两个房间。他告诉她，这座旧的酒店就要被拆掉了。这太糟糕了，因为许多有趣的、重要的人都在这里住过。在19世纪70年代末，黄热病泛滥，这座城市深受其苦，那时候，这家酒店一直开着，成了临时医院。他说，这种病与在她出生前杀死她哥哥威廉的那种病很相似。

---

[1]粉红宫殿宅邸（Pink Palace mansion）是一座表面覆盖着粉红色大理石的建筑，其为粉红宫殿博物馆家族（Pink Palace Family of Museums）的总部所在地。粉红博物馆家族由孟菲斯市政府和孟菲斯博物馆公司管理，乃一系列有关历史、教育和科技的景点。

"好了,如果你需要什么,或是晚上被吓着了,你知道我就在那扇门之后,你直接进来叫醒我就行。"

"好啊,不过我不会有什么事的。"

"我当然知道。"他吻了她额头一下。

"你准备什么时候告诉我医生说了些什么?"

"明天吧,回家的路上跟你说。"

她在床上坐了几分钟,想知道他为什么没有立刻告诉她那个医生说了些什么,然而,她脑子里和心里其实都很清楚他将要说些什么,也很清楚为什么他迟迟没有说。他们帮不了她,无能为力。她时而感觉到一种难以形容的恐惧,时而又由于白日的疲惫而变得健忘。

楼下的街道上,人声、汽车声和马车声一直持续到深夜;街灯发出的柔和而暗淡的光在房间的天花板上投下阴影。这是她这辈子见过的最高的天花板,仿佛这个房间本来是给体形庞大的人,甚至是巨人居住的地方。可如果是这样,他们又如何能通过普通大小的房门进入房间呢?她想象着那些从门外进来的人,他们进门时体形正常,可随后开始变大,变得身形巨大,变成了巨人。就在她将这幅场景抛在脑后,要进入梦乡的时候,她觉得自己的身体变得沉甸甸的、非常巨大,以至于动弹不得。可睡眠打败了她,像死神一样贯穿了她的身体。

死亡保险

童年还没有完全结束，现在更像是介于童年与随后那个阶段之间的某段时光。格蕾丝离开之后，她基本上算是独身一人待在农场。收益分成的佃农哈里斯一家的孩子们要么快要成年，要么已经离开了家。年轻的佃农朗·坦普尔和他那位更为年轻的妻子还没有孩子。她希望和年轻的莱茜·坦普尔交朋友，但不知何故，后者看起来似乎难以接近。于是简成了附近唯一的孩子，她很少去别的地方，在别人口中成了"奇泽姆家的那个出了毛病、有些神秘的女孩，也是个不爱交际、总是跟家里人在一起的女孩"，就像一只奇怪的小鸟。

可是，既然她现在长大了一些，她还是觉得，自己可以和莱茜·坦普尔交朋友。一天下午，她顺着路往下向莱茜家走去，希望能碰上莱茜独自一人。

莱茜戴着帽子，正在清扫她家屋前小小的走廊；抬起头来时，被简吓了一跳。简看到她的颧骨上有一块深紫色的瘀伤。而莱茜把扫帚放在一边，匆匆走进了房子。简知道最好还是别跟着进去。回家后,她找到她母亲,就此事发表了自己的看法。她母亲停下了手头上正在做的事,转过身来冷冷地看了她一眼。

"我知道那个小伙子脾气不小,但我也曾希望他不是会干出那种事的人。"

"你觉得朗尼[1]打了她?"

"那你说说,一个人还会因为什么情况出现这种瘀伤呢?"她母亲问,"你觉得谁会,或者谁能干出这种事来?"

简哑口无言。有一次,她见到她父亲扇了母亲一记耳光。他们当时坐在餐桌旁,只有他们两人,晚饭已经吃完了。简站在过道上,透过纱窗向屋里望去。她母亲正咆哮到一半,她父亲坐不像坐,站也不像站,将身子俯在餐桌上方,一个巴掌扇在她母亲脸上。她母亲看起来很震惊,但什么也没说,只是坐在那里。片刻之后,他们俩又安静地喝起自己的咖啡来,那一巴掌什么也没留下,除了一道红印,而且那红印很快就消失了。

"我敢打赌,他狠狠地揍了她一顿,都把她给揍倒了。"后来,她母亲一边说,一边又回过头去搅拌她还没完成的制作玉米面包的面糊,然后把它倒进炉子上滚烫的抹了油的平底锅里,发出了"嘶嘶"的声音。渐渐变成褐色的面糊很好闻,这气味足以让简分心,不去想这些事,但也只是维持了片刻而已。

"爸爸应该跟他说一说这件事。"她说。

"你爸爸可不是那种会干涉别人私事的人。"

---

[1] 朗尼(Lonnie)是朗(Lon)的昵称。

"可如果他真的伤害了她呢？我的意思是，很严重的那种。"

"我想，如果到了那个地步，县里的治安官会找上门来的。"然后她便不再谈论这个话题了。

那个周末，周六下午晚些时候，简的舅舅——她母亲的弟弟弗吉尔·麦克卢尔——登门拜访。他有时只是为了一些家务而来，还常常带上自己美丽的妻子比阿特丽斯——她有着浓密的黑发，丰满的嘴唇，美丽而苍白的皮肤，以及深褐色的眼睛——还有他们的两个孩子，小比阿[1]和马库斯。但今天下午，他是一个人来的，戴着他那顶"宽敞道路"系列的窄边斯泰森毡帽，穿着商务外套，提着公文包——他在上班的时候，也就是为墨丘利的罗森鲍姆公司卖保险时才会用到这个包。在那个时候，并没有很多路子可以让人摆脱务农为生，但弗吉尔足够聪明，一开始，他把卖保险作为自己的兼职，等他做得足够好的时候，便全职卖起保险来。没有人因为他卖保险而不尊重他。

他坐下来和她母亲喝了一杯咖啡，等着简的父亲从美洲山核桃林里回来——她父亲今天一整天都站在梯子上修剪那些树木。春天就快到了，他们希望今年能有个好收成，毕竟去年的收成不太好。简喜欢那片山核桃林，穿过屋后棉花田中间的一片狭窄林地，视野便会豁然开朗：可以看到树皮呈灰色的美丽树木，它们歪斜的树枝伸向了天空，在春天时长出新叶，狭长的叶子在春夏两季是那般的翠绿，像是从更大的树叶上精心修

---

[1] 比阿（Bea）是比阿特丽斯（Beatrice）的昵称。

剪下来似的；到了秋天，那些大的树叶变成了褐色，渐渐枯萎，然后落了下来。你可以在田野和树林里走来走去，但是简喜欢走小路穿过它们。她特别喜欢在秋收后漫步在那片美洲山核桃林里，寻找人们落下的山核桃，拿起两个放在手心，相撞碰裂，然后取出还没有在雨中腐烂掉的甜蜜坚果仁。她在收获时节帮着收割作物。她父亲曾跟她解释为什么柔荑花序[1]的花簇都是雄花，而那些新开的穗状小花都是雌花；还跟她解释了他们如何种植两种不同的美洲山核桃树，好让它们的不同之处结合在一起，培育出一种新的茁壮生长的作物。风会把柔荑花序花簇中的花粉吹到雌花上，便有果实开始在雌花中生长，最后长在新长出来的枝丫上。简觉得这个过程令人着迷。这是在以一种全新的方式，让树木似乎又活了过来。这些树齐心协力，产出了属于自己的果实。这绝对不仅仅是自然界中的某个意外。这令她想要重新了解这种创造力十足的非凡奇迹到底是怎么回事，世界又是如何形成的，所有这些让世界充满生气的美丽而奇怪的植物、动物和昆虫又是些什么。

她父亲从林子里回来，踏过走廊，走进屋里。这时候，他看起来很惊讶。

"你今天居然会来，弗吉尔。"他说。而此时，简注意到她母亲像是把自己孤立了一样，做出一副讳莫如深的样子——每

---

[1] 柔荑花序（catkin）是由无被单性花组成的密集的穗状或总状花序，如杨柳科和桦木科。花轴柔软常下垂，花轴上着生许多无柄单性花，开花后整个花序脱落。

当她想向你隐瞒些什么，都是这么一副模样。简一声不响，试着仔细倾听他们的谈话，就像猫猫狗狗们听到一些好奇和有趣的声音时会做的那样。

弗吉尔舅舅的声音很小，也很柔和，说起话时的样子很老土，下巴或嘴唇基本不动，于是他说的那些话听起来总是很像私房话，也总是很亲切，亲密得就好像他在温柔地字斟句酌一样。甚至在谈起那些残酷的事情——例如死亡，或是遇到困难的某人——时，他说话的语气还与往常一致，保持不变，这种语气莫名给他添了几分威信。他的表情始终让人觉得他是真正的在对某事感兴趣，不是那种被逗乐的表情，而是从容面对一切、将一切视为生活的一部分的表情。他曾短暂地担任过县里的治安官，任职期间的表现也很好，却没有竞选连任，对此他说：目睹了一个治安官不得不目睹的一切之后，他觉得非常难过。不过这段经历却让他比之前更加心平气和了。

"好吧，"他一边说，一边瞥了简的母亲一眼，又将目光直直地看向了她的父亲，"我有个想法。我不知道你们愿不愿意花这笔钱，但这是桩划算的安排，而且，如果发生什么意外，它可能会帮大家摆脱困境。"

她父亲只是平静地看着弗吉尔，等待着，看起来既没有不耐烦，也没有对此过分感兴趣。当他工作顺利且不那么想喝酒的时候，他这个人是能耐得住性子的。

"我说的是最近越来越多的农场主在做的一件事——给他们的佃户以及收益分成的佃农办理意外死亡险及伤残险。"

她父亲仍然一言不发，不过他正稍稍侧着头，眼里既有谨慎，又有好奇，还包含了强烈的兴趣。

"我猜你是希望我继续讲下去吧。"弗吉尔说。

她父亲点点头，直到此时才摘下自己的帽子，把它放在桌上，放到一杯咖啡旁——简的母亲把那杯咖啡放在一个茶托上，摆在了他面前。他将那杯热的黑咖啡端到嘴边，小心翼翼地喝了一小口，又把杯子放回到茶托上。弗吉尔拿着他的那杯咖啡，也做了同样的事。而她的母亲正忙着补她放在膝盖上的那件衬衫肩部的一个破洞。

弗吉尔从他的公文包里取出一些文件，把它们放在桌上。

"听我说，如果这里写的这些情况出现了，比方说你投保的人中有哪个在农场或其他任何地方出了事故死掉了，或者他们失去了一只手、一条胳膊、胳膊上的一部分，或一条腿，甚至是一根或两三根手指，你们，也就是支付保险费的人，就会得到赔偿。任何没办法让他们继续为你工作的事情都算在内。"

"每份保险多少钱？"

"这里写着每个月的保险费，你看，不是很贵的。你轻轻松松就能支付这笔钱，如果是佃户，就用他们的租金付；如果是收益分成的佃农，就用他们的庄稼付。你只不过收入少了一点点，但如果他们遭遇不测，嗯，你就能得到这么一笔补偿。"他指向文件上写的一些数字，"如果有人死了，就是这个数。"他又指了指，"如果有人残疾了，是这个数。在你找到其他人租你的地，或者当你的佃农、帮你种地之前，这笔钱帮你渡过难关绝对绰绰有余。"

她父亲看着文件以及那些数字，眨了好几次眼睛，似乎在研究着它们，思索着什么。

"西尔维斯特，你可以把它当成一种投资，以防遭受潜在的灾难性损失。你确实得预先放一笔钱在里面，不过，这之后，要是出现刚才提到的那些意外情况，你就可以获得收益，预先投入的钱就赚回来了，就像你把钱花在其他地方，又从那些投入中获得回报一样。好了，我知道，事实上，你曾经遇到过类似的事。我的意思是，某种事故。"

"那个叫怀特黑德的家伙。锯片切到了他的腿，正好就在大动脉所在的那个部位，当场他的血就流了个不停。"

"就是那件事。"弗吉尔说，"所有人对此都无能为力。你只好雇来帮手，把庄稼种完，而且还给了他的遗孀一部分收益。"

她父亲点点头，还在看着那些文件。他喝了一小口咖啡，然后瞥了他妻子一眼。她见状便起身又往他的杯里倒了一些咖啡，让杯里的咖啡热一些。

"更不用提那个叫斯蒂芬斯的可怜女人了。当时她本来在帮她丈夫用叉子叉干草，结果一叉子正好叉到了她丈夫的脖子上，这肯定是十年或者十二年前的事了。"

她父亲点点头，喝了一小口刚倒进杯子里的咖啡。

"十年了。"他说。

"好了，你看看这里，"弗吉尔一边说，一边指着，"如果每份保险再增加五十美分，碰上你没办法让人及时照顾那些作物的情况,一旦因此损失了某种作物,这份保险还可以帮你赔付相应的损失。这样一来,你还可以剩下来一些钱。照我说,这笔保费花得很值。"

"如果发生什么意外,那这些钱就全部归我吗?"

"除非你想给那些因此新成为寡妇的人一点儿什么,或者想帮那些残疾了的人一些忙,当然咯,这种事有人会做,也有人不会做。"

"让我再想一想吧。"她父亲说。

"你这地方现在有多少人手?"弗吉尔问,然而甚至连简都知道这个问题的答案。他确实是个很好的推销员,哪怕是在自己的亲戚面前也是如此。

"有色人种有哈里斯,他是收益分成的佃农;还有个年轻的佃户,坦普尔。"

"每个人要种八十英亩地。"

"对。我自己在四十英亩地里种些棉花、烟草还有玉米,十英亩地里种美洲山核桃树。其他的都是牧场和林地,就在屋子背后。牧场和林地我留着可以打打猎、钓钓鱼,或者随便消遣消遣,你也知道的。"

"好吧,你不用给每个人都办一份保险。我觉得佃户就够了,也许吧。又或许只用给哈里斯本人买一份,不用给他的儿子们买。"弗吉尔在便笺本上潦草地写下了一些数字,"这份保险每三个月或每六个月是一个保期,你自己选。这会让你觉得更安心一些,可以让你免受一些愚蠢或无法避免的事故的影响——碰巧发生的事故。"

"碰巧发生。"他父亲一边说,一边点头,"那我自己怎么办?"

"这想法不错。"弗吉尔一边说,一边又潦草地写了起来,"你自己那份我可以给你打个折,这点我很确定,毕竟你是土地的拥有者,要对在你土地上种地的那些人负责。"他又潦草地写了一点点什么。

他父亲对着那一串新的数字研究了一小会儿,点了点头,然后跑到厨房,从橱柜里的罐子中拿了一些纸币和硬币递给弗吉尔。

"行,那么,"弗吉尔说,"我只需要你提供他们依法登记的全名,以及出生日期。你可以告诉他们,实际上,这就像是一份责任保险——本来也是这么回事。这是完完全全合法的,就像我说的那样,也越来越普及。总而言之,这对于农业经营来说有很重大的意义。我可以把我这部分的内容先填好,等你弄到你的那些人的信息,你就把那些信息填到表里去,我下周的时候再回来取文件。"

然后他们俩都签了字,弗吉尔对她母亲说完再见之后,就和她父亲走到外面的走廊上去了。

简悄悄地溜出厨房,穿过过道,偷听起他们俩的谈话来。

"我这会儿想起来发生在斯库巴的那件事了。"她父亲说。

"好吧,"弗吉尔说,"那次确实很不幸。"

"我可不想让任何人觉得我脑子里还在想那样的事。"

"别人不会这么想,这么想一点儿道理也没有。你的名声很好，很清白。"

"除了喝酒那方面。"

"好吧。照我说，你在这事上可有不少同伴呢。正如我之前所说，如今，做这种事在你们这些农场主之中越来越普遍了。"

"大家都知道我是个很好的商人，这总是很光明正大的。"

"是啊，他们确实都知道。"

"任何事情都有可能发生，希望不要有人觉得刚刚咱们这里是在偷偷摸摸地发生些什么事情。"

"没理由去那么想。此外，斯库巴的那件事——我可不觉得一个人死于中毒后的痉挛，能算是意外身亡。他们已经逍遥法外太久了，就因为那个医生也参与进去了。"

他们沉默了很久。

"嗯，弗吉尔，我觉得这生意挺不错的。"

"是啊，西尔维斯特。这种事你不需要考虑得那么仔细。"

"几乎所有事我都会考虑个三到四遍。"

"嗯。所以人们才会尊敬你。"

"我也打算继续保持下去。"

"对此我毫不怀疑。"

"走之前要不要来上一小杯酒？"

"我倒是想啊，但是比阿不会同意的。"

"你这是为了讨好她，对吧？"

"这可也是笔好'生意'呢。"

"对了，你们为什么不把这种玩意儿叫作'死亡保险'呢，毕竟情况就是如此,你说是不是?"

"这样生意就不好做了。"弗吉尔说。

说完这番话,两个男人都咯咯笑了起来。分离的时候,他们什么话也没说。她听见弗吉尔舅舅走下走廊的台阶,向他的福特皮卡走去。在通向大路的车道上,他的皮卡发出了咳嗽似的"喀喀"声,吱吱嘎嘎地响个不停。她听见父亲走下台阶,穿过院子,走向了他的小店铺,然后又走了回来。后来她又听见他坐在摇椅里,拔出酒罐上的塞子。这时候,她先是偷偷摸摸地走来走去,后来才坐到了摇椅旁的木地板上。

"想让我给你卷根烟吗,爸爸?"

"来吧,闺女。"他一边说,一边把一罐"王子"牌烟丝和他的卷烟器递给她。她给他卷了一根完美的烟。

"我来帮你点上吧?"

他便递给她一盒火柴。她划了一根火柴,用那根火柴点燃了卷烟,然后轻轻地抽了一口。

"注意点儿,你还小,可别把烟吸进肺里了。"

她把点燃的卷烟递给他,把刚才吸的那口温暖的烟含在嘴里,然后吐了出去。

"不会的。"她说。

"我可不希望你像你姐姐格蕾丝那样,抽烟抽上了瘾。"

"不会的。"

"你要是抽上了瘾,我就打你的屁股。"

他们看着一只反舌鸟从栖木上飞下来,啄了啄试图穿过院

- 141 -

子、跑向他们的托普的脑袋。那条狗迅速低下头,在反舌鸟再次向它扑来时跳了起来,试图用嘴叼住那只鸟。他们观赏着这支"舞",直到托普成功到达了走廊,那只鸟也不再啄它了,飞向了别处。托普看着他们时的那副模样,它脸上的表情——仿佛它在这同一个时刻既快乐又困惑——又让他们大笑起来。那条狗有些尴尬,它走到了走廊下面,没有爬上走廊和他们待在一起。

"嘿,过来啊,托普!"简说,"快到这里来。"

可他们听见那条狗用力地用鼻子呼出口气,又重重地躺在了泥土上。

"有时候,那条狗表现得就像是我们人一样,仿佛它对发生的一切都了如指掌。"

"确实是这样,爸爸。"

"狗还是应该过得更舒坦一点儿。"他说。

春日的一个下午,播种前准备开始犁地的时候,简偷偷地跟在她父亲后面,发现她父亲在棚屋旁好像在跟年轻的坦普尔争论着什么。她放慢脚步往后退,躲在了一辆停在棚屋附近、等待着修理的拖拉机的后面。

"嗯,那你得像我之前那样去做事。"她听到父亲用他那平静却冷酷无情的声音对坦普尔说。他从不提高嗓门,但有自己的一套方法,能让他说话的声音既平稳又冷酷无情,这样你便知道他很愤怒,已经动真格了。

坦普尔说着些她听不懂的话，很像是在咕哝着什么。他脱掉帽子，双手拿着放在身前，都快把帽檐压扁了。他不时地低头看着那顶帽子，又向田里望去，然后斜眼匆匆看了她父亲几眼，一脸怀疑。简还没来得及迅速蹲下，他便发现她在拖拉机后面偷窥着他们，然后他的脸变得通红。现在她偷看别人被抓了个现行，就没办法溜走了。

"你得像我，像那些想要过得更好的人那样去做事。"她父亲说，"你得节省所有不必要的花销，这样才能活下去。在冬天，你得想尽一切办法去挣一些钱，你也不能因为现状不错而过于沾沾自喜。如果哪一年你有个好收成，千万别急着把挣的钱都用光了。要是你能省下点儿钱，你就可以买一块属于自己的土地。"

坦普尔又含含糊糊地说了些别的什么。简现在看不到他，她一直低着头藏在拖拉机的挡泥板后面。

"如果你没有脚踏实地地付出劳动，走你自己该走的路，你就不能怨恨那些比你拥有更多的人。你可能会因为单纯的运气不好而失败，而别人没有你努力，却过得比你好，可是你没有别的办法，你只能再试一次。我告诉你，孩子，我知道失败是种什么滋味，也许明天我就会失败，而且任何农场主或牧场主也许明天就会失败，你也知道这一点。所以别来找我，别向我抱怨，说自己对这样一笔公平的、双方都同意的交易不满意，要知道，是我给了你开始的机会。每个人一开始都出身卑微。如果你不喜欢这份契约，你当初就不该在上面签字。"

坦普尔什么也没说。她抬起头偷偷看了他一眼,他低着头,但看起来也很愤怒。

"你可以现在就收拾收拾走人,要是你想这么做的话。"他父亲说,"如果你不想种庄稼了,我会想办法把你没种完的庄稼种完。不过,一旦你离开这些庄稼,它们就不再是你的了,你明白吗?你也拿不回你的租金。只有你耕这块地的时候,这块地才是你的。"

坦普尔说了些什么,斜着眼看着她父亲,似乎说了一句,他不想走。

"那好。"她父亲说。两个男人又在那里站了一会儿,她父亲一直镇定地看着坦普尔,坦普尔则努力想要对上她父亲的视线,可每一次,他试了一会儿便没办法继续看下去了。

接着坦普尔说了些什么,并伸出了自己的手,她父亲握住他的手,用力握了一下,坦普尔便回头向自己的住处走去。她父亲转过身来,简迅速蹲了下去,又抬头偷偷看了一眼,看见他走进棚屋,摘下帽子,一边揉着他渐渐变灰的头发,一边还摇着头。

这之后又过了两天,简在林子里散步,寻找着一棵枫香树,希望树上能渗出一些汁液,供她小口食用。托普在周围不停地跑着,追赶觅食的松鼠。她听见了拖拉机在田地里前进时,发出的低沉的声音,抬头一看,才发现原来自己现在就站在田地边上。驾驶那台机器的正是坦普尔,他已经停了下来,正在胡乱地修理着什么东西。她父亲允许他随意使用拖拉机。坦普尔抬起头,发现了她在那里,她就躲回了灌木丛和乔木丛中,又朝小径走去。过了一会儿,她发现了一棵树,树上的裂缝里有汁液溢出。她拿起一根细细的树枝,用树枝的一头收集了一点儿树胶,把它卷成一个球,含在嘴里,用门牙小口地吃了起来。她坐在那里,托普跑到她身旁躺了下来。但过了一会儿,它又站了起来,发出一声低吼,她看到它脖子后面的毛都竖了起来。她站了起来,转过身去,这时,她看见朗·坦普尔正站在不远处的橡树树苗丛里看着她。

"我想跟你说句话,女孩。"他喊了一声,声音刚好能让她听见。她僵住了。托普发出了低沉的怒吼声,可她依然能听见田地里拖拉机的发动机低速空转的声音。

过了好一会儿,她才重新开口说话。她把一只手放在托普的脖子上,它脖子上的毛还竖着。"没事的。"她说。

"我老婆说你常在我们家附近转悠,打探我们的家事。在我看来,虽然我们租了你爸爸的地,但我们的房子是私有财产。你应该放尊重点儿,记住了吗?"

简尴尬得脸都红了,她害怕他指的是她有时候会暗中监视他们的事。随后又反应过来,他也许只是在说,她在院子里见到了带着瘀伤的莱茜那件事。

"你听到我说的话了吗?"坦普尔说,"我觉得别人在谈论自家的财产时也会这么说。"

"我并没有经常打探。"简说,"只有那一次,而且我来你们家是想问个好,毕竟我们是邻居啊。"

他目不转睛地看着她。

"我们不是什么邻居。"他说,"我们是你家的佃户。"

坦普尔吐了一口唾沫,仿佛要从嘴里吐出"佃户"这个词似的,然后转过身,穿过林子爬上了小山,消失在视线中。

她战栗不已。那男人吓着她了。她待在那里,蹲了下来,抱着托普,周遭的声音似乎都消失不见,融入了她心里的噪声之中。一直等到终于平静下来,她才和托普起身回家,先是走着,后来又飞奔着跑下了小径。

简和托普突然闯进院子里时,她母亲问了一句:"老天啊,你这是怎么了?"她母亲正在取晒在晾衣竿上的衣服,一堆衣服披挂在一只胳膊上,一篮子衣夹被挎在另一只胳膊上。

"没什么。"简缓了一会儿才开口说话,"托普和我觉得也许出现了一只熊。"

"一只熊!"她母亲说,"离家里这么近?你看见它了吗?"

她摇了摇头。然后她母亲也摇了摇头。

"又在幻想些什么呢,是不是?"

简知道,母亲又说起了那个安静的夜晚,那时她还小,听见某种令人恐惧的野兽咆哮着从屋里那扇开着的窗下经过,这使她突然大哭了起来,可其他人都没有听见任何一点儿声响。她如今长大了,就有些好奇,如果那只野兽只是她幻想出来的,那之后会怎么样呢?如果真是如此,这种幻想又是从何而来?如果出于某种原因,小孩出生后,她的脑海中还没有这种东西,那为什么小小的她会想象出像这样的东西来呢?她又是怎么把它想象出来的呢？如果幻想出这种东西不是为了确保还是个孩子的她能学会在心中常怀一丝恐惧，不是为了让自己一直平平安安，那这么做又是出于别的什么目的呢？朗·坦普尔这个人身上有一种令人害怕的气质，这种气质让她产生了类似的恐惧感觉。

可她不想试着和母亲讨论这种事。也许她可以向汤普森医生提一下这事。可是，她一想到自己要跟别人提起这事，就觉得到时候别人肯定会觉得自己很愚蠢，仿佛她是一个想象力过于丰富，却也过于愚蠢的小女孩。

她在林子里遇到坦普尔后，又过了不到两周的时间，那天，她去鱼塘边散了很久的步，回家时看见汤普森医生的车停在院子里。他坐在屋前走廊上她父亲的摇椅里抽着烟斗，旁边的小托架上放着一杯水。她停下脚步，一动不动地站在院子里，突然发现之前曾想和他探讨一番的那种恐惧感又已经存在于自己的心中了。过了一会儿，她走了过去。

"发生什么了？"她问。

他抽了一口他的烟斗，可烟斗已经没火了。

"怎么，我来得不是时候吗？"医生对她说。

"好吧，没有。"

"不过，我居然一个人坐在外面的走廊上，这确实有点儿奇怪。"

"是啊。"

他点了点头,仿佛是冲着他自己点头,又在自己的靴子上敲了敲烟斗。

"坦普尔的妻子在里面,和你爸爸还有妈妈在一起。"他说,"出了一起事故。你最好和我一起在外面等一会儿。"

她的心脏在胸口异常猛烈地跳了起来。

"告诉我。"

他看着她,仿佛努力想要弄明白她现在的心态如何。

"我都还没跟你说呢,你的脸色就白得像个鬼一样了。"

"我看得出来,肯定是坏事。"

"嗯,是的。那个叫坦普尔的小伙子今天死掉了。"

"这话是什么意思?"

"发生了一起事故。他从拖拉机上摔了下来,被圆盘耙切到了,伤得特别严重,当场就死在田里了。他妻子见他没回家吃午饭,便出门去找他,结果在那里发现了他。拖拉机撞上了田边的一棵树,看起来快散架了。他现在在他们的小木屋里,被放在地板上。他的家人到时候会带走他,把他埋掉。"

"怎么会这样呢?"她接着问。这时,她很快便想到了之前两人相遇的那一幕,那时候她特别讨厌他,也特别害怕他。

"看样子他当时在喝酒,他身上有股浓浓的酒味。我觉得他染上了你爸爸的一些坏习惯。"

她坐在走廊上,就在汤普森医生旁,他们两人一起坐了一会儿。很快,他们便听见了过道通向厨房的门打开的声音。接着,莱茜含着泪,飞快地从他们旁边走了过去。

"莱茜小姐?"简叫了她一声,可她再怎么努力,也只能小声叫出她的名字。

莱茜·坦普尔并没有听见,她低着头,正慢慢走向那个小木屋,她丈夫正躺在那里,早已没了呼吸。

"那小伙子还不到二十三岁。"汤普森医生说,"那姑娘还不到,呃,十八还是十九岁吧,也许。"

"我不太清楚。"简说。她看着莱茜·坦普尔沿着小路缓慢地行走着,就像有点儿微醺的样子,身子有些摇摇晃晃。

"不管怎么说,她甚至还没满二十岁,就已经是个寡妇了。在县里的治安官和验尸官来之前——他们应该很快就会到了——我得跟你妈妈和爸爸聊一会儿……我猜,治安官他们现在也许已经到了。"他起身进了屋。

她听见一辆汽车沿着主路开来,接着驶入了他们家的车道,她父亲和汤普森医生走到屋外的走廊上,出去迎接那辆车。他们俩跟车上的两人交谈起来,其中一位是县里的治安官,另一位穿着黑色套装的想必是验尸官。接着医生和验尸官一起坐上车,去了坦普尔家的小木屋。与此同时,她父亲和治安官步行朝他们开车的方向走去,然后又转身走向了那片牧场。简想,坦普尔肯定是在那里用圆盘耙松着土,后来摔下拖拉机,丧了命。他们四人差不多在同一时间回到了简的家,在治安官的汽车旁站着聊了几分钟,然后治安官和验尸官便离开了。汤普森医生又对她父亲说了几句话,然后上了自己的车,也离开了。

她父亲走到她面前,让她告诉她母亲,他得去镇上见弗吉尔，会尽早回来。

"你拿一份晚餐给那个姓坦普尔的女孩，看看她吃不吃。"他对简说，"你妈妈已经在厨房里准备好了一份晚餐。"然后他钻进了他那辆运牛的卡车出了门。

她待在走廊上，不知自己该作何感想。她闻到了厨房里晚餐的味道，便走进厨房，这时候她母亲正把一块干净的厨房专用毛巾盖在一个装着馅饼的锡盘上。

"你把这个给她拿去。"母亲说。

"妈妈，"简说，"我不想去。"

母亲放下了手里的活儿，用严厉的目光久久注视着简，无须言语便知道她到底是什么意思。

"可她要是不吃呢？她这会儿怎么可能会觉得饿呢？"

"你也只能去试试看。"她母亲说，"去吧，赶紧的。你这是怎么了？"

简摇了摇头，没答话。她也没办法答话。

她把自己拾掇了一番，然后朝坦普尔家的小木屋走去。她小心翼翼的，生怕自己碰到锡盘还在发烫的边缘部分。她垫了条毛巾，以免烫伤自己的手指，还得注意别让自己被绊倒，以免把馅饼给扔出来。她觉得自己身体僵硬，笨手笨脚。来到小木屋前的走廊上，她放下锡盘，敲了敲门。天色渐暗，屋里已变得影影绰绰，但里面并没有开灯。

没有回应，她又大声叫喊起来，声音其实却比她原本打算喊出来的要小得多。莱茜·坦普尔并没有应答，简变得越来越担心，便转动门上的把手，拿起锡盘，用肩膀轻轻地推开了门，走了进去。

这只不过是一个有着两个房间的盒式小木屋[1]，前厅的一个角落里有一块小小的厨房区域，另一个房间里有一张小餐桌，还有两三把椅子，小小的壁炉旁有一个靠着一面墙的休息区。她看到一具尸体正躺在阴影之中——那一定是年轻的坦普尔的尸体——躺在壁炉旁的地板上，尸体上还盖着一张血淋淋的床罩。这时候，她停了下来。她觉得全身上下窜着一股寒意，觉得自己病了，仿佛快要吐了。

"我没办法鼓起勇气把他洗干净。"她听到莱茜的声音从后面的小卧室里传来。然后她看到一个鬼影似的身形跨到了阴暗的门外。她没有戴帽子，苍白的脸在窗边微弱的光下散发着柔和暗淡的光。

"他在太阳下面待了太久，血都干透了，我不想在擦掉血渍的时候伤到他。我知道他不会有任何感觉，但我还是做不到。"

简听得出来，她的声音带着哭腔。简也在努力找回自己的声音。

"我妈妈给你准备了一份晚餐。我给你放在桌上。"

她走向桌子，正要放下锡盘，这时候莱茜又开口说话了。

---

[1]原文为shotgun cabin，来源于shotgun house，后者是一种狭小的矩形住宅，通常不超过12英尺（约3.7米）宽，房间一个挨着一个，房子的前后两端都有门。从美国内战（1861—1865）结束到20世纪20年代，这类住宅在美国南部最受欢迎。其得名原因尚存争议。国内尚无官方译名，故此处取其外形特征，意译为"盒式小木屋"。

"我不会碰那盘子的,你把它拿回去吧。"

可简还是放下了盘子。她的手指快要抓不住它,她生怕自己把它摔到地板上。

"我跟妈妈说了,说你也许不想吃。"

"我不饿,不过不管怎么说,我都不会吃的。"莱茜说。她朝简走了一步,简看得出来,此刻的她脸上不仅写着悲伤,还有愤怒。简觉得莱茜可能会打她。

"我真的很难过。"然后简抽噎了起来,她的情绪失控了,自己也不明白这到底是怎么回事。

"你有什么好哭的?"莱茜问。

"我不知道。"

莱茜离简更近了一些。简觉得自己释然了,她期待着莱茜给自己一记痛击,她求之不得。她想跪在莱茜面前。她需要发生点儿什么,发生一件奇怪却讲得通的事。

"你妈妈或者你爸爸,他们中的一个,给他喝的威士忌里加了些什么,你以为我不知道吗?我看得出来,他有些不对劲儿。他以前也喝酒,但这次他有些不一样。"

简突然间感到一种前所未有的震惊。

"你在说些什么呢?"

"难道你不知道他给朗,还有哈里斯一人买了一份保险吗?这样一来,朗一死,他就可以挣一大笔钱了。"

听到这番话,简呆住了,努力想弄明白她说的到底是什么意思。

"这纯粹是在瞎说,莱茜。我爸爸不会做那种事的。"

"朗说,你看见他们争吵了。你爸爸还威胁了他。"

"不是的,不是这么回事。事实上——好吧,我也不是很清楚到底是怎么回事,但我听到的不是那么回事,莱茜,我向你保证。"

"好吧,反正朗告诉我,你爸爸是这么说的。他想赶我们走。朗也许脾气大了点儿,但他不会骗我。"

听到莱茜的这番话,简又一次惊讶到说不出话来。莱茜走得离她更近了,近到简可以看见她那双快要哭瞎的眼睛,还有她那张苍白脸上的泪痕。她动了动嘴,眨了眨眼,然后直视着简。

"那天在林子里,你和他之间发生了什么?别骗我。我知道他在林子里看见你了。他跟我说了。"

"他跟你说了些什么?"简问。

"说他让你别来打扰我们。"

之后,两人谁也没说话,就这样耗了很长一段时间。

"他碰了你吗?"莱茜又出声问,"他有没有试图伤害你?"

简摇头,然后又摇了摇头。"没有。他没有碰我,我发誓。"

"你去告了他的状吗?跟我说实话。"

"我发誓,莱茜,我什么都没说。"

"他跟你说了些什么?"

简觉得眼泪又涌上了眼眶,她努力把它憋回去。这让她说话的声音都变得有些含糊不清。

"没说什么,莱茜。他只是让我离你们远点儿。大概他确实不怎么喜欢我，或者我们一家。可能他也非常生气吧，因你们是我们的佃户而生气。"

莱茜狠狠地盯着她看了很久，她的眼睛动来动去，一直盯着简的眼睛。

"你告诉你爸爸和妈妈，说那笔钱应该归我。所有的钱。没日没夜地照顾我丈夫的人是我，现在一无所有的也是我。年纪轻轻，我就成了寡妇。"

简轻声地说："好。"

"那你回去吧，把那份晚餐带上。"

"很好吃的，莱茜。这些吃的没什么问题。"

但莱茜只是盯着她，什么也没说。莱茜的视线又越过火炉旁边床罩下她丈夫的尸体，然后转身走进了卧室。

简站在那里。她因害怕而感到一丝寒意，她努力不让自己的眼睛去看朗·坦普尔那被盖住的一动不动的身体，然后抓起盘子，匆匆回到山上她家的房子里。

"她不愿意收下晚餐吗？"她母亲问。

"是啊。"

"你为什么不把它留在那儿？万一她改变主意了呢？"

"妈妈，她觉得爸爸在朗喝的那瓶威士忌里放了些什么。"

她母亲的脸色变得有些难看。

"甚至还说也许是你放了些什么。"

她母亲的头猛地往后一仰，眼神变得犀利起来。

"这又是怎么回事？"

"她是这么说的……她说，你们这么做是为了那份保险。"

她母亲似乎有些受打击，她盯着简头顶上的什么东西看了一会儿，然后摇了摇头，转向柜台，把手靠在上面。接着，她又摇了摇头。

"买保险，其实是我的想法。"她说，"可是，天哪，我和你爸爸可没对那个小伙子做过任何事。他偷喝了威士忌，开拖拉机的时候人都醉了，然后摔了下来。他注定没有好下场，所有人都看得出来。"

夜幕降临，母亲就那样待在那里，甚至都没起身去把灯点亮。简仿佛将她自己的魂儿留在了那里，然后走到屋外的走廊上，坐在她父亲的摇椅里。过了一会儿，树蛙和蟋蟀开始发出嗡嗡声，唱起歌来。一只狗吠着，听起来似乎是从附近的一个农场传来的。托普在屋子周围转悠着，也叫了一声，然后回到走廊下躺了下来。作为回应，牛蛙的叫声开始此起彼伏，上演了一场不寻常的低声部合唱，宛若春雨蛙那种有趣的叫声。

那幅画面在她的脑海里挥之不去——坦普尔的身体放在那张染着血的床罩之下，在那间昏暗的房间里。

过了好一会儿，她父亲终于开车赶了回来，母亲早早做好的晚餐的味道已经消散殆尽——显然是母亲懒得把晚餐放在炉子上加热。简等着父亲走上走廊，然后站了起来。

他停下了脚步，站在那里，在昏暗的月光下面对着她。树梢上方，半轮月亮才刚刚升起。

"怎么回事，闺女？"他终于开口了。

"没什么,爸爸。"

他站在那里,看起来非常疲惫,然后他进了屋,简跟在后面一起进去了。她母亲在堂屋里的炉火旁缝被子。她抬头先是看了看他,然后又看了看简。

"简跟你说了那个姓坦普尔的姑娘跟她说的话没?"

"没有。"

她便跟他说了一遍。

"你打算从那些钱里拿出一部分给那女孩吗?"简的母亲问。

他移开了视线,盯着房间的后墙看了一会儿,他那张严肃的马脸有一半被掩藏在阴影之中。

"我会给她一些的。"他说,"但付保险费的人是我,我这么做是为了保护他的庄稼。"他走出了屋子。她们听见他走上了走廊,然后下了台阶,步行穿过车道,走向了工棚。

简从来没跟任何人说过,有一天下午很晚的时候,她去了坦普尔家,还没走到他们家门口,她就听出了他们正在床上。她看向他们家的窗子,什么也没看见,却听到了他们发出的声响,那声响让她非常激动,又让她有些尴尬。后来,那声响渐渐消失,她便脱掉了鞋,好趁着茫茫暮色尽可能悄无声息地偷偷溜走。她觉得自己有些卑鄙,像是从他们那里偷走了一些东西。可她在心里盘算着,在这一刻,在黑暗之中,只要她能找到合适的观测位置,她就会试着再次暗中观察他们。她想再次看到之前格蕾丝和那个叫巴尼特的男孩做的那种事情,也许这一次,她能更好地理解她看到的一切,毕竟她现在长大了一些,也聪明了一些。于是，后来有好几回，她一吃完晚饭，便蹑手蹑脚地从家里偷偷溜出去，往山下走。她在一棵雪松树后面找到了一个地方，透过低处的树枝，她能看到坦普尔的家，然后一边等待，一边想：他们这对夫妇很年轻，一定想要个孩子。她放弃过好几次，因为等待他们上床的时间实在是太久了，还有一次，朗·坦普尔走到屋外的走廊上抽烟，那时候她都吓呆了。不过她总是天黑了以后去，所以从来没被发现过。把这件事当成一种习惯后没多久，一天晚上，她看见莱茜点亮了卧室里的灯，又把灯光调得比较暗，可简还是看见她拿掉了裹在身上的毛巾，钻进了他们的被窝。莱茜有些瘦削，但臀部和腿部都肉乎乎的；然后简注意到朗·坦普尔站在卧室门口，看着他的妻子。她看见他脱下了自己的工装裤，又脱掉了衬衫，然后也钻进了被窝。简看到了她不该看的一幕，看到了只有这对夫妇自己能看的一幕——夫妻之间也本该如此——她感到似有一股电流涌入了她的身体。她严重侵犯了别人的隐私——某种只存在于那两人之间的神圣权利，可她没办法把眼睛挪开，只想看着他们当场做那件事，就像她曾目睹过的格蕾丝与那个叫巴尼特的男孩之间做过的那件事。区别在于，坦普尔夫妇做起这件事来很温柔，也很和缓；莱茜看起来非常的脆弱。让人惊讶的是，坦普尔对他的妻子竟会如此温柔，毕竟他这个人总是一副怒气冲冲、脾气不小、还没有耐心的模样。可现在，他正在温柔地摸着她，一只手放在下面；她则闭着眼睛，张着嘴。有那么一段时间，简和他们一样，有些迷失在这一系列的动作里。于是，等他们结束了,接了吻,两人的身体分开以后,她满脑子里都是一种感觉:她觉得自己也和他们在一起,在那张床上;不知怎么回事,她仿佛化身为了那两人,经历了他们刚刚经历的一切。然后,她感到极为羞耻,觉得自己不知用什么法子偷走了他们的这段体验。过了一会儿,她重新清醒过来,这时她看见莱茜从床上坐了起来,膝盖靠在胸前,又哭了起来;朗先是试着安慰她,见她不买账,便转过身去,熄了灯,让房间隐入了一片黑暗。简既觉得惊愕,又觉得内疚,进而感到恐慌。她赤着脚,尽量安静且迅速地离去,朝自己家走去——时间刚好,那时候她母亲正在家中呼唤她回家。可是,从那以后,她常常担心,觉得自己做了一件大错特错的事;她也觉得,他们本来在努力生孩子,她却让自己看到了不该看的东西,因此打扰到了他们;她还觉得,莱茜不知怎么知道了这一点,所以她当时才会哭个不停。"我妻子说你常在我们家附近转悠,还打探着什么。"朗曾在林子里对她说过这番话。简产生了一种可怕的想法:现在我自己成了窗外的那只怪物,我做不了不是怪兽的正常人能做的那些事,没办法爱别人,也没办法让别人爱我,而且我还从这些正常人身上偷走了一些只有人类才有的东西。

第二天,一辆四轮马车驶着一个年长的男人和一个年轻的男人"嘎嘎"地经过了简的家,朝坦普尔家的小木屋驶去。过了一小会儿,这辆车又回到了他们家旁。这一次,莱茜坐在那个年长的男人旁边的座位上,工工整整地戴着帽子;坐在后面的那个年轻男人旁边放着朗·坦普尔的尸体,尸体上还盖着之前的床罩。

她父亲走下走廊,靠近马车;马车便停了下来,等他过去。她看见他和莱茜说了些什么,莱茜却没有看他。坐在后面的那个年轻男人半张着嘴,看着她父亲,仿佛在思索自己能说些什么话,但一直没想出个头绪来。那个年长的男人简单地打量了她父亲一番,然后又直视起前方。接着,她父亲拿出一个棕色的信封,递给了一动不动坐了有一会儿的莱茜。莱茜从他手中接过了信封,塞到了自己的衣兜里。之后,那个年长的男人用缰绳轻轻敲了敲马背,马车便继续行驶在他们家的车道上,渐渐消失在他们的视野中。她父亲看着他们远去,然后往家里走。他对简什么也没说,直接进了屋。

他在厨房里跟她母亲说,他打算让那个瑞典人,那个块头很大的年长的邻居——虽然他早就放弃在自己的小农场上务农了,可看起来还是像一匹马一样强壮——来接手坦普尔一半的土地,再让哈里斯接管另外四十英亩土地,前提是他觉得他们能胜任。要不然,他就只能自己把地耕完,如果简和她母亲做得来,她们也得帮他,也许还不得不雇一个帮手。

"你把所有的钱都给她了吗,爸爸?"吃饭时简问。她把一个餐盘放在她父亲身前,他则困惑地看了看她。

"我提前从保险里支了一笔钱,然后给了她一些。"他说,"一般情况下,赔付的钱不会这么快给我,还得等上一段时间。"

他拿起他的刀和叉。

"不管怎么说,我都不会把所有的钱给她。"他直接看着简说道,"我可不是为了把钱给她才买保险的。你难道不觉得那样完全说不通吗?"

"你打算拿剩下的钱干什么?"

她不知道这笔钱会有多少。

她父亲吃了一叉子豌豆,又叉了一块火腿。

"我不知道。"他说,"眼下又哪有什么所谓的闲钱呢?"

然后他又说:"兴许有一天你会用得着它。"

"我?"

他看着她。

"或许,你也不想到头来在这地方过一辈子吧,闺女?"

"那我能去哪里呢?"

她父亲没有立刻回答。他剩下了冷掉的豌豆,把火腿和一块玉米面包夹在一起吃了,又喝了点儿茶。

然后他说:"这完全取决于你自己,嗯,难道不是吗?"

他感受到了那个年轻人的死亡,以及那场死亡的分量;他的感受比任何人都深刻,比自己表现出来的还要深刻。现在,他即将收到保险公司付给他的赔偿金,他意识到,他还没仔细想象过收到钱时他会作何感想。不管怎么想,也不管那个……小伙子……是因为他的脾气以及他愚蠢与鲁莽的行为才付出了这么大的代价,这都是一笔用一条命换来的钱。他也在想,这件事怎么就可以发生在任何人身上呢?他也曾坐在那辆拖拉机

- 160 -

上，或坐在一辆骡子拉着的大车上，那些一模一样的刀刃就在他身后转动，他还喝了足以致醉的麦芽酒，这种情况到底出现过多少次呢？可现在，他就站在这里，马上就要得到一沓现金了。他能感觉到，这勾出了他天性中次要的一种品性——贪婪，纯粹的贪婪。可他的贪婪不仅是为了自己，不是吗？也是为了他们全家，为了年轻的简。他站在牛池边上，什么也没看，然后转身看向了高处的自家房屋。他看见简在那里，正在院子里玩着滚铁圈，她追着铁圈到处跑，仿佛她还是曾经的那个小淘气包儿。他想，死神可能会到处走动，去吓唬那些年轻人；但它不会给他们造成像那些长辈由此感受到的困扰——那些长辈每天都会想着它，害怕它。

他听到屋后传来了斧子劈引火柴时发出的"砰砰哐哐"的重击声。还真是说到谁，谁就出现了。他可以想象到他的妻子正在那里忙活着，带着一种无法控制的异常愤怒的情绪。她失去理智时，便会去那里。他没来由地感到好奇，会不会有那么一天，她会——不管是出于某种原因，还是无缘无故——把那把斧子砍向熟睡中的他，或是在他走进屋子的前门时砍向他。想着想着，他差不多要大笑起来。

理性却可憎的声音

1929年，大崩盘[1]来临，农场很快便感受到了它的威力。在它结束之前，他们目睹了牲畜以及庄稼的价格大幅度缩水，以至于在好几年的时间里，他们只能主要靠菜园子、自己种的庄稼、养的猪和鸡活下去。奇泽姆提高了收益分成的佃农的分成比率，试图以此举来帮助他们活下去——让他们别放弃，以免所有人都变得越来越穷。到了1930年，他看得出来，更糟糕的时候还在后头，于是他凑了一些钱，提升了自己的酿酒厂的产量，这确实起到了作用。在困难时期，他也没有坐地起价。如果卖的是酿制时间较短的酒，他收的钱更少。虽然生意越来越差，但他还是设法让那家为邻居和佃农提供货品的小店铺继续营业。他甚至会时不时地赊账给别人；借钱的人对他说，一有

---

[1]1929年至1933年，爆发了一场起于美国，后来波及整个资本主义市场的经济危机，又称大萧条（The Great Depression）。其最早始于1929年10月的华尔街股市大崩盘。此处的"大崩盘"（the crash）即指的这场股市崩盘。

机会就会设法把钱还给他，他也信以为真了。他偶尔会卖卖牛，但不像以前卖得那么频繁了。

他一直相信，一个人只要一直努力工作，那么他一定会取得一些成就。于是他更加努力地工作。他也知道，要是喝了酒，他就不能特别努力地工作，于是他便尽量不喝酒。至少不会喝太多。你如果喝了酒，就不会在该睡觉的时候上床，也不会在该早起的时候早起；一天中的大部分时间，你的思绪都不会清晰；你不会给予你的那些牲口足够的关注；你也不会在冬天和夏天的晚上花时间修补马具、修理机器、盘点店铺里的库存，或提前制订一些计划。

所以，在这个时期，为了不喝酒，或是少喝酒，他格外努力，哪怕他做的自酿酒生意比以往要多，使他面临着巨大的诱惑。通常，他发愁时会喝酒；如今，他比以往还要发愁。觉得不知所措的时候，他会情不自禁地喝起酒来。他的心情变得更加阴郁，于是花了更多的时间坐在炉火前，或是走廊上，喝着酒，一根接一根地抽着烟；不断地仔细揣摩着他和这个或那个人之间发生的一些事，一边还咒骂着他们，骂他们给他添了更多的麻烦，或是骂自己居然任由他们这么对他。他沉迷于这些事的时候，如果他的妻子打扰到了他，他会赶紧让她少管闲事，不要理他。"你不觉得你也添了不少乱子吗？"他说。接着，他又自言自语，咒骂起她来，骂她一无是处，只是个脾气暴躁的累赘。这些日子以来，甚至连饭都做得不好吃，缝补也马马虎虎，也懒得兜售黄油和鸡蛋去挣一点儿零用钱。那么，有这么一个怨气十足且毫无价值的女人做伴,一个男人还能在这世上单枪匹马地做些什么呢?

他在银行里的存款早已不值一提、所剩无几,钱都投到地里和牲口上面去了。甚至坦普尔死后得到的那笔钱也被花光了。银行,甚至是那些富裕的商人都不再借钱给农场主和牧场主,牛肉的价格持续下跌,庄稼的价格也是如此。这时候,一些地方便开始关门歇业。他做得已经足够好了,他很谨慎,有些过分节俭,还兼职卖着威士忌和开着小店铺。但现在,就算做到了这一切,还是不够。其他的农场已经开始流失佃户和收益分成的佃农了。

他在客厅的壁炉前或走廊上一边喝酒,一边不断抽烟的时候,简经常走过来坐在他身旁,用那台小小的红色锡制卷烟器给他卷烟。可是,他实在是太过心烦意乱,要不是从她的小手中接过一根烟,他可能很难意识到女儿就在他身边。每当他抽完一根烟,她就会再卷一根,等到他把烟蒂扔到壁炉里或前院干燥的泥地上时,她便给他递上新卷好的烟。如果他们在炉火旁,他会把自己放在椅子旁的那根棍子插到火里烧上一会儿,等到棍子被点燃时,再举起棍子,递到香烟旁,用烧着的那头点燃香烟,然后抽起烟来。如果他们在走廊上,简会点燃一根从厨房里拿来的火柴,举到他面前,让火柴一直快烧到她的手指处,再吹灭火柴。

甚至简在他身边的时候,他也会自言自语,忘记自己并非独身一人,而是正和他心里惦记着的人在一起。"所以你是这么想的吗？我来告诉你，我是怎么想的。对于这件事，你也可以有你自己的那该死的想法。但是，天啊，我可忍不了你这样的想法。"或是轻声地说："我已经尽了全力了，上帝做证。我已经尽了全力了。没人能做得比这更好了。"

有一次，在他迷失在这种对话里的时候，他女儿轻轻的说话声打断了他的思绪，让他醒悟过来，意识到她的存在。她问他刚才在跟谁讲话。他吃了一惊，不再分神，却一时间连她都认不出来了；他被吓得够呛，甚至觉得自己的心脏可能会停止跳动。后来，等他回过神来，认出她是谁时，他又产生了一种别样的恐惧。这种恐惧涌向他全身，进入了他的思绪，宛如突如其来的刺骨寒意震慑到了他。他开始颤抖，颤抖得很厉害，他不得不站起来，想靠散步让自己不再颤抖。他把那女孩丢在了那里，她看起来仿佛见了鬼似的。

在有些日子，他会让骡子拉着马车，带上他能拿去卖的家畜去镇上。漫长的旅程中，除了一点儿牛肉干和几口水，他常常什么也不吃，什么也不喝。他只会在靠近大路的小溪旁停下车，让骡子和牛喝口水，吃点儿草。他把自己的牛送到市场上，做上几笔收益甚微的交易；之后，在紧挨着牲畜围场的小餐馆里吃一顿简餐，要不就只吃一大块奶酪和一些饼干；接着踏上回家的漫长路途——到家往往是天黑之后了。这段旅程既漫长，又安静，车上不再拴着牛，也不会有因为调整姿势以及不适而发出的声响，只听得见绳索与悬架弹簧发出的嘎吱声、骡子"咕噜咕噜"的呻吟声，以及他脑袋里传来的各种不满与后悔的声音。这些不满与后悔被大声表达了出来，讲给了沿路隐约可见的黑色树丛听，这时候，他总是会喝起酒来。如果他靠买卖小赚了一笔，他也许会屈服于欲望，买上一瓶上好的私酿黑麦威士忌——卖主把这酒藏在了一辆停在牲畜围场附近的汽车的后备厢里。也该换一换口味，不能总是喝纯的玉米酿酒。如果买卖做得不好，他通常会小口地喝罐子里自己酿的酒——他怕没带酒的自己会难以忍受独自一人度过的时光，便总是带着一罐酒上路。

在这个晴朗的夜晚，满月升上了依旧很蓝却越来越暗的天空，这时，他开始小口地喝自己带来的罐子里的酒。一开始，他每喝一小口，就会用软木塞塞住罐子，然后又拔出塞子再喝一口；再后来，他把罐子夹在他那双搁在马车木板上的靴子中间，喝得更勤了。他心里还在惦记着在牲畜围场遇到的某个人，那人说他是个骗子，可他只是做了自己最擅长的事：买了一头看似一文不值的牛，好好照顾它，让它恢复健康；然后再卖掉它，赚取可观的利润。与他对峙的，正是一年前把牛卖给他的那个男人："你明明知道它没病，就该早告诉我，可你却占了我的便宜。如今，你居然打算靠我的不幸来赚钱。"

"它当时确实病了，也有可能没办法恢复健康。"他当时对那个男人这么说，如今又大声地对自己说了遍同样的话。他没对那个男人说出他本该对他说的那些话：无知是需要付出代价的；愚蠢也是如此。他在这时候又大声复述了一遍他在牲畜围场说的那番话："如果你对自己的动物不够了解，不知道它还有希望,也不懂如何让它保持健康,你就会得到你应得的结果。也就是说,失去这头牛,同时也损失掉花在这头牛上的那笔钱。我从你手中接管了这头牛,但我也冒了很大的风险。"然后那个男人说:"你本可以说这头牛没问题,本可以给我一点儿友好的小建议,教我怎么让它恢复健康。"

"胡扯。"奇泽姆此刻又大声说了一遍。他在脑海中重演了那一幕,在安静的夜晚里听见自己说的那番话,他再次感到愤怒。不过,他说话的声音给了自己一丝安慰,因为他知道,他用合理的理由为自己进行了辩护。"我也可能会失手。我可是冒了险的。还有,你觉得你当时会听我的建议吗?如果有机会,你会把那头牛卖给比我出价高的某个人。我给你的钱已经比它当时值的钱要多,因为我愿意承担风险,毕竟我曾经冒过险,而且获得了回报。你再看看别人,你可没见过他们为了一头可怜的牛去冒险。我知道你是个什么样的人。我认识你那么多年了,我知道你会做什么事,也知道你不会做什么事。你说我是骗子?那么,等你需要帮助的时候,可别来找我。哪怕到时候你应该得到帮助。"

他又猛地喝了一口酒,然后塞上塞子,把它放到了两只靴子中间。

他来到他们家正下方那条小溪上的桥前,停了车,分析了下眼下的情况,不免依旧有些沉湎于纷乱的思绪之中。但之后也足够清醒到可以从马车上下来,领着他的骡子通过了狭窄的木结构桥梁,再爬上车,重重地拍了拍骡子,让它们吃力地爬上山，又转向了他家的双轨车道。他的女儿简听到他回来了，就站在一边等着解开骡子的套具，领它们去牲口棚。他看见她瞥了一眼挂在他弯着的手指上的酒罐，然后又扭头看向别处，说了一声"好的，先生"，便按照他的吩咐去伺候那些骡子了。

奇泽姆站在月光下的院子里，又猛地喝了一口酒，用软木塞塞上酒罐子后，他走向了棚屋，把那罐酒放到了一个钉起来的酒桶背后。然后他走进了家中。

他的妻子正在壁炉旁缝补一床破被子，他进屋时，她没抬头看他。他停下脚步，凝视着她，很是生气，差一点儿就把自己的一腔怒火发泄在她身上。她坐在那里，一本正经地假装安静，却让人觉得非常愤怒，仿佛添乱子的是他自己。可是，要不是他，他们一家恐怕已经穷到吃土了。他什么话也没说，只是把他卖牛得来的一丁点儿纸币和硬币放进了橱柜里的那只罐子里。他回到走廊上，又走到院子里，卷了一根烟，一边抽着，一边望着简手里煤油灯的灯影，以及牲口棚里骡子的影子。此时的简给骡子擦洗完身子，又叉了一些干草，添到了它们的棚子里，然后喂了它们一点儿饲料玉米，没喂太多。这女孩做起事来还挺不赖，他想。

这时候，月亮已经高高地升到农场上空，照亮了犁和圆盘耙片、耙子、打捆机、牲口棚上方那高高的尖顶、院子南边较远处的棚屋和厕所，以及放在走廊粗糙的地板上的那把隐约可见的椅子。他走向棚屋，取回了稍早时候放在那里的酒罐子，拿着它去了走廊。在那里，他喝着酒，卷着烟，就这样一直待到月亮落在了松树的枝头。他平静了一些，可没过多久，他就再次用低沉的声音，愤怒地与他脑子里或真实存在或想象出来的恶魔对起话来。他几乎没注意到妻子是什么时候出来把那女孩叫回去的，也没有注意到她已经到了门口，坐在阴影之中。他几乎没有听见屋子里传来的"嗡嗡"人声，只听到了自己脑海里炸开了锅的话语。

在厨房里，她母亲小声说："你得小心点儿，千万别把他给惹毛了。"她用严肃的表情看着简，一直到简转身离开厨房，回房间上床睡觉。简依然听得见父亲的自言自语以及他和那群"伙伴"说话的声音，那是一种低沉的耳语，后来又变成了一小撮身份不明者的低语——不论这群人去向何方，他们都迷了路，栖居于这一片朦胧的夜景之中，而且并不明白，自己已经结束了一种生活，开启了另一种无法辨认的生活。

基本正常

尽管简很孤单,但她还是开始对男孩子产生了兴趣。这种兴趣来得很慢,渐渐变得越来越强烈,让她产生了一种新的认识。她认识到,男孩就是男孩;也就是说,男孩是一种奇怪的生物,像是另一个物种,这个物种保留了她们那些人类普遍具备的生理特征,却也有一些隐藏的秘密,一些神秘的不同之处。也许在某些方面,这种认识对她来说特别重要。她有时会看见他们坐在四轮马车上打路边经过;偶尔也会在自己勉为其难参加的布道会上看见他们;有时候,他们会跟着他们的父亲来铺子里买东西。她想知道他们是否因为听说了她经常照看店铺,所以才跟着来店里,为了看她。与此同时,她又觉得自己这么想有些傻。她开始以一种不同的眼光打量这些男孩。这就好比如果有一只新来的动物一边在森林里直立行走,一边散发着某种浓烈的陌生香味,森林里的其他动物或鸟类——不管它们是在休息,还是刻意藏得严严实实——也会以一种类似的方式打量这只动物。

她的确能感觉得到,自己一定是某种神秘生物。人们一定会说她的闲话，毕竟她母亲偶尔也会说别人的闲话。当然，格蕾丝从来没说过。简看得出来，格蕾丝对他们这些人中的大多数都非常鄙视，以至于没兴趣谈论他们。简想象着自己独身一人，在某处邂逅某个男孩，邂逅的地点也许是她曾目睹格蕾丝和那个叫巴尼特的男孩做那件事的空地。她想象着自己和那个男孩走着走着便都停下了脚步，彼此会有很惊异的感觉。他会靠近她。可接下来，他不会像那个叫巴尼特的蠢男孩一样，而是会像朗·坦普尔对待莱茜那样，温柔地对待她，会问她，他能不能碰她。不过他的思想很纯洁，只会碰她的脸颊，或是胳膊和手。

很快，有一种不适伴随而来了。她的下腹部有些发胀，有些发紧，好像里面的东西都挤作了一团。她跟母亲提起这件事时，她母亲停下了手中的活计，惊讶地看着她，简从来没见过母亲以那副模样看着她。过了几天，她注意到她的尿布上沾了一些看起来像血的东西，这把她吓坏了。她母亲告诉她用不着担心，可似乎不知该如何跟她谈论这件事，而且看起来她自己也是十分忧心的样子。

没多久，汤普森医生造访了他们家。他让她坐下来，问了她一些问题，又检查了她那块染了血的尿布，然后用他那关节突起的长手指摸了摸她的肚子。

"好吧，"他说，"你终于快成为一个女人了。"

"你说的'终于'是什么意思？另外，我才十四岁呢。"

"很多女孩甚至来得更早，有一些是跟你差不多大的时候。还有少数女孩来得更晚，但那种情况很罕见。这取决于每个人的具体情况。"不过话说回来，"他一边说，一边坐下来直视她的眼睛，"这是件好事。你看，像你这种情况，虽然我们相信你在这方面不会遇到麻烦，但我们也不是完全确定。虽然还挺确定，却没有百分之百的把握。"

"什么样的麻烦？"

"我之前有些担心，怕有可能出现堵塞，使血液没办法流出来。"

"这种情况听起来可不太好。"

"本来有可能会出现很严重的问题。可现在，我相信我们再也不用担心了。"他站起身，从自己的马甲口袋中取出怀表，看了一下时间，然后又坐回自己的座位上，再一次直视着她，尽力向她解释月经到底是怎么回事。不过他最多也只是谈及月经的产生机理。

"余下的日子里，它会一直来吗？"她问。

"不，女人到了这辈子的某个时刻，它就不会来了，然后那个女人就没办法要孩子了。这是件自然而然的事，因为那时候，她年纪太大，如果要孩子，就会危及自己或是孩子的性命。"

她坐在那里看着他，不知道该不该把自己的秘密讲出来。随后，医生那双和蔼、熟悉、冷静的灰眼睛打消了她的疑虑，于是她说："我知道人怎么生孩子。"

"嗯，我不是给过你那本小画册吗？当然了，这件事可远不止画册里画的那些。"

"这我也知道。"

他再次开口前，先扬起了自己的那对浓眉。

"那我得好奇一下，你到底是怎么知道的？"

她先让他保证不会说出去，然后才把发生在格蕾丝和那个叫巴尼特的男孩之间的事告诉了他。她没说朗·坦普尔和莱茜·坦普尔之间发生的事。

"明白了。"他说。

"那为什么格蕾丝做了那件事却没有生下孩子呢？"

"不是每次都能生孩子的。有时候，就算做了那件事，也不会有结果。"

"我知道这事永远不会发生在我身上。"

他再一次凝视着她，那眼光让她觉得，不论发生什么事，她都可以信任他。然后他就那么坐了一会儿，清了清嗓子，又低头看着自己的双手，仿佛他手里捧着某种古怪的东西。

"嗯。我相信你有该有的一切，一切内部器官。可是，你到底会不会有孩子呢——"他停了下来，久久地看着她，这让她的头皮感到一阵刺痛，"我想我得实话实说。对于一个男人来说，他很可能不知道该拿你身上的那些与众不同之处怎么办。而且，虽然你的内部什么都不缺，我还是不知道性交行为——也就是发生在你姐姐和那个男孩之间的事——是否实际可行，或许应该这么说，至少它没办法让你最终怀上孩子。或者说，如果你真的怀孕了，我也不确定你是否能够安稳度过妊娠期——也就是宝宝来到这个世界前，在你肚子里成长的那段时间。"

"这个我也知道。"

"真的吗，珍妮？"

她没有回答，只是在思考着。下午已经快要过完了，有那么一会儿，她觉得自己仿佛置身于一个自己有时会做的梦里。在梦里，黄昏已经来临，树木呈现出美丽的暗绿色，从若隐若现的树冠传来一种声音，那声音越变越大，像是某种来自她体内只存在于其他世界的歌声。

可是，此刻的窗外，那些树木在十二月初的空气里神秘地颤动着，都快秃掉了。

他把一只手搭在她肩膀上。

"我之前也说过，你基本上是个正常的孩子，简。你的情况有些复杂，但你基本上很正常。"他看着她，"我以后多给你带些这方面的书，包括与我们聊过的那些内容相关的书。书里会有更多的图，有助于你更好地理解。"

他让她不要失去希望，还跟她说，总有一天，会有法子治好她的。他只是不知道那天什么时候会到来。

"我坚信这一点。"他说，"也许我不该这么说，因为我不知道具体时间。但我坚信，终有一天，会有办法的。"

"我不配。"她说完后，便哽咽到再无法说出别的话了。

"别这么说。别在这里说，也别现在说。"他递给她一块干净的手帕，"你怎么会说出这种话来呢？"

她便告诉他，自己曾暗中窥视朗·坦普尔和莱茜·坦普尔，也很担心自己这样做会玷污两人的结合。她还说莱茜哭得很厉害，仿佛知道自己和朗被玷污了。

汤普森医生安静地坐着,听她讲完。等到她的眼睛不再有泪水,变得清澈起来时,他凝视着她,表情有些伤感,但也非常平静。

"你怎么可能不好奇呢?"然后他说,"这种好奇心是天生的,本身也没坏处。不管怎么说,对你没有坏处。对于成年人来说,确实有坏处。但你是个特别的人。因为你失去了一些东西,所以也应有一些别人没有的'特权'。在我看来,为你所划定的道德标准要比一般人低些。我的意思是,你是个好人。你本性不坏,也没做坏事。你正努力学着一些东西,也在努力了解自己。"

"可是,那为什么他们一直没有孩子呢?他们结婚的时间也够久了。"

医生顿了一下,说:"你有没有好奇过,为什么莱特和我从来没有要孩子呢?我们结婚的时间肯定够久了吧。"

她看着他,不知道该说些什么好。为什么她就从来没有对这件事感到好奇呢?

"我没办法生孩子,珍妮。"他说,"我们试过。我们做了人们想生孩子时该做的事——就是你说的那件事。可是,套用我形容格蕾丝的话来说,就算做了那件事,还是'没有结果'。这是因为,我没办法生育。就像你们家的某棵有时候结不出果子的美洲山核桃树,或是一棵观赏果树、一棵梨树或桃树——看起来跟其他梨树或桃树很像,但就是不结梨子或桃子。"他微笑着,"我希望说这些不会让你觉得尴尬。但你得知道,那两个年轻人生不出来孩子,这件事跟你没有关系。很有可能莱茜也知道为什么他们没办法怀孕。但这跟你没关系,出问题的是他们中的一个,所以她才会哭,宝贝。不是因为某种咒语,生活就是这么不公平,要么这里不公平,要么那里不公平。我们就是我们自己。事实就是如此。"

在那之后的一段时间里,她一直有些心不在焉,有些迷茫,执着于月经这件特别奇怪的事情。她想到,她正以这种方式成为女人,可如果换一种方式,她永远也不会成为女人。她也注意到了别人。他们的体形各不相同,各有特点。自她断奶之后,她头一回再次想起了乳房。医生也说过,她的乳房将有一些变化。她的乳头下面有一块厚厚的肿块,在镜子面前很难注意到那个肿块,但一摸就能明显感觉出来。她突然想到,跟她母亲比起来,她姐姐相当丰满。她记得,那个叫巴尼特的男孩曾把他的双手放在那里。简觉得这个举动很奇怪,但格蕾丝的呻吟听起来就像她很享受似的,然后她便躺了下来,让他抓紧时间,做他准备做的那件事。

第二年的夏天,她找啊找,终于又找到了一只"声名狼藉"的臭喇叭菇。这个蘑菇的小伞是黑色的,味道确实很臭。她捏住它的根部,把它摘了下来。然后她又找啊找,终于找到了另一只蘑菇,那蘑菇看起来有些像——只有那么一点点像——汤普森医生向她展示过的一些图片,图片上画的是女性的某些部位。她环顾四周,确定没人跟踪她,然后小心翼翼地把臭喇叭菇按入了那另一只蘑菇里,让它尽可能深地插到里面去。她坐了一会儿,陷入了深思。之后,她轻轻地把它推进推出,又觉得这么做有些愚蠢。在离开那个地方之前,她将那只臭喇叭菇扔进了某片灌木丛,这样一来,就没人能看到它了。

不知怎么回事,这件事让她觉得自己在这世上更加孤单了,比之前还要孤单。她的那条叫托普的狗已经变老了,而当时心烦意乱的她几乎没有注意到这件事的发生。等到她意识到的时候,它已经老得很明显了。它的胡子变灰了,身体摇摇晃晃的。她不明白为什么会这样。

"狗要比人老得快得多。"她父亲说,"你早就知道的。"

"我猜我忘了吧。"她说。

没过多久,托普就消失了。那天下午,她在他们家附近各个地方和山下林子里喊了它一个小时,可它就是没出现。第二天早上也没有。她父亲说,狗有时候会这么做,它们跑到别处,死在那里。

"爸爸,你没把它杀了吧?就像你对豪恩德[1]那样,是吗?"

他看起来很震惊。

"天啊!没有,闺女。它是你的狗,不是我的。我可不会做这种事。"他看起来很焦虑,这个问题让他有些心烦意乱,好像是在指控他。"除非你让我这么做。"他补充道。

"对不起。"她说,"我不是这个意思,我没这么想。"

她又等了好几天,希望托普只是踏上了某种专属于狗的奇怪旅途,总有一天会回来。可它并没有。春天悄无声息地到来,接着,新叶长出,百花齐放。她觉得心里的某些东西起了变化,

---

[1]此处的原文为Hound,而在英文中,作为名词的hound也有"猎犬"之意。

觉得她那位年长伙伴的离去就像压在她心里的一块重物。她为失去它而感到忧伤。

那年夏天,在某次定期检查中,汤普森医生给简做了腹部触诊。"这里会觉得不舒服吗?"他问。答案是否定的。"那这里呢?"答案也是否定的。然后他停下了手中的动作,过了一会儿,他开始对稍微靠下一点儿的部位做触诊。"这里会觉得不舒服吗,简?"她什么也没说,然后把手放到医生的手上,说道:"等一下。"医生温柔地将自己的手从她的手下抽出,往后退了退,取下了耳朵上戴着的听诊器,挂在了脖子上,又久久地看着她。再然后,他对自己点了点头,取了包,准备离开。

"当然,如果你决定私底下自己检查自己的身体,这对你来说也没有坏处。"他一边说,一边走向门口,"你越长越大,对自己的身体也越来越熟悉,这件事倒是没什么坏处。"然后,他连头也没有回,就离开了。

自那之后,有时在树林里散步时,她会(在仔细检查,确认那些落叶里没有长着毒漆藤之后)躺在用落叶堆成的床上,给自己做触诊。做着做着,那种奇怪而愉悦的感觉再次出现,血液猛地在她的体内涌动,让她一直颤抖着,之后感觉自己好像昏厥了很长一段时间。等她清醒过来,又觉得周遭的世界近乎是一种惊喜;她躺在那里,浑身抖动着,身体很暖和,这种感觉她以前从来没有过。在这之前,她不知道自己也可以对自己做这种事。

这件事她做得不是特别频繁。她怕自己昏厥过去的时候,她的父亲或母亲，甚至某个陌生人会偶然遇到她，这让她忧心忡忡。要是发生了这种事，那就太尴尬了，也许一辈子都缓不过来。而且，虽然医生说过那番话，可她还是会情不自禁地觉得这种事情很不体面，因为做这事的时候，感觉实在是太好了，尤其是下面那里。可是，在短暂的享受过后，她却总是害怕自己被人发现，继而感到很扫兴，然后她醒悟过来，又急匆匆地跑回了家。

在一封写给巴尔的摩的埃利斯·亚当斯的信里，医生描述了自己给简做的检查，并且再次提醒他，让他耳听八方、多加打听，如果出现可能会帮到简·奇泽姆小姐的新进展——那种会改变现有的预后[1]的进展——请告诉他。如果有人想出办法来，能够解决或大致解决她这种特殊情况所带来的问题，也请告诉他。他写道：

> 在我看来，这件事实在是太奇怪了。在这方面，她有一个正常人该有的一切，却也知道所有这一切都被困在了自己的皮肤里，任何人、任何物几乎都接触不到它。能接触到它的，只有自己的血液、其他体液，以及那些微小的眼睛。在我们的想象中，那些眼睛可能存在于那些细胞之中[2]，而那些细胞构成了我们的身体，塑造了我们的身份。

---

[1]预后，是指预测疾病的可能病程和结局。
[2]此处暗指卵细胞。卵细胞是球形的，有一个核，外形神似眼睛。

你喜欢眼前的一切吗？喜欢你自己吗？

　　他们家农场的西边紧挨着另一个农场，农场的主人是姓基的一家人。他们家有一个男孩，年龄跟她差不多大，也许稍微比她大一点儿。那男孩身材纤细，皮肤很好，有一双美丽而古怪的浅蓝色眼睛，跟她那双深蓝色眼睛不一样。在她短暂的求学时光中，他给她留下的印象同其他人无异，不过印象中的他与现在的他有所不同。如今，两人在店铺里——男孩的父亲从为数不多的货品中挑了一些，简计算着他挑的这些货品的总价，男孩则保持着沉默——对视时，他却让简感到脸红，感到激动。他们离开的时候，他回头看了她一眼；关门的时候，他还冲她挥了挥手。她觉得，他这一挥手，也许正是她心脏怦怦猛跳的缘由。

　　一天，她在散步时来到了两座农场的边界附近，瞅见那家人中的某一位正在玉米地里锄草。她觉得那人是他，是那个男孩。他戴着一顶宽大的草帽，所以她看不太清他那头黄褐色的头发。她知道他还有兄弟。当他离她近了一些时，她终于看清了他的面容。她穿过大树下的灌木丛，走到了玉米地边上的铁丝网围栏前。过了一会儿，他似乎看见了她，他站得直直的，转过了身去，片刻之后，又转过身来，挥了挥手。她也朝他挥了挥手。他放下锄头，穿过两人之间的十多排玉米，小心翼翼地朝她走了过来。他穿着一件宽松的白色工作服，一条旧的牛仔工装裤，还有一双穿了很久的短靴。快走到她面前时，他停下脚步，脱掉了靴子。他扭动着自己露在外面的白脚趾，匆匆地看了她一眼，仿佛觉得出于某种原因，他这么做也许让她尴尬了。突然间，他的那副表情让她觉得有些脸红，她发觉自己出了"突发状况"。于是，她又从脸红变为震惊，她的脸火辣辣的，接着她大叫了一声："我明天再来！不好意思，我得赶紧走了！我忘了一件重要的事情。"然后她猛地冲进了林子里，一路往家里跑，差点儿因为尴尬而哭了出来。

她没有在家门口停下，而是径直去了屋后山下林子里的小溪边。她拼命地跑着，快要喘不过气来；她的情绪异常激动，没办法让自己平静下来。到达溪边之后，她立马掀起自己的连衣裙，解开尿布，先用尿布上面的干净部分擦了擦自己的身体，接着把尿布放进小溪里。溪底都是沙子，她用沙砾擦洗尿布，然后用手拿起湿漉漉的尿布，直接用它把身上被弄脏的布料打湿，用力地擦洗起来，一直擦到布料上面只留下很浅的污渍，那得用强效去渍肥皂以及小苏打才能洗净。她尽力把尿布拧干，把别针别到尿布的一角，又闻了闻自己的双手；然后再次掀起连衣裙，蹲了下来，将臀部放入溪水里浸了一会儿。凉爽的溪水流过她的皮肤，令人战栗，又令人愉悦。她站了起来，情绪平复了一些，接着走回了山上的家。

她从屋后走廊的水槽中取来了肥皂与苏打，用苏打和水做出来一些糊状物。然后她却开始想，如果他还在那儿呢？接着又想，如果他明天不在那儿呢？她匆忙洗了手，甚至都懒得把手擦干，便开始沿着车道往下跑，又穿过了牧场。她依然光着脚，朝着两座农场之间的一条长满了树木的狭窄山脊跑去，一边注意避开尖锐的树枝和掉下来的松果，一边留意是否有蛇出没。

她从灌木丛中窜了出来，停下脚步，有些上气不接下气。他不在玉米地里。她也没在他应该放锄头的地方看见那把锄头。她觉得眼泪又涌了上来，这一次是因为愤怒。但接着，她听到了他唤她的声音。她看向右边，发现他正坐在一棵古老的橡树底下，离她的距离还不如扔出一块石头的距离远。他仍然光着脚，旁边有一罐子看起来像茶的东西。他正吃着一块三明治，也许是番茄火腿或番茄腌肉三明治，又或许只是个番茄三明治。接着，她发现他居然在工作日中吃起了白面包做的三明治。简家里只在周六、周日吃过白面包，而且很可能在晚餐前便将它吃完了。她大声喊他，挥了挥手，却觉得有些尴尬。

"过来吧。"他也冲她喊道，"你饿不饿？"

她朝他走去，但没有越过围栏。她离他越来越近，却突然觉得有些手足无措，因为她意识到自己还没有换上干净的内衣，连衣裙下面什么也没穿。她停下脚步，一动不动，感觉血已经冲到了脸上，可幸运的是，没有出现"突发状况"。他好奇地看着她，露齿而笑，面带疑问，与此同时，她努力想要把自己几乎裸着身子这个事实抛到脑后，又继续朝他走去。要知道，她只是个女孩，屁股不够大，不会将连衣裙撑得突起来，也没有一头浓密的长发好让她搭在连衣裙前，带有一丝淫秽的意味凸显自己的身材。她曾见过类似的一幕发生在格蕾丝身上。当时格蕾丝刚洗完澡，只穿了一条夏天穿的裙子坐在走廊上，想让自己凉快凉快。在高温下，她衣服前面那些湿掉的地方渐渐变干。格蕾丝一直待在那里，直到后来，她母亲出现，看见了那一幕，把她赶进了屋，还一边说着刺耳的话，说她居然是这么一副德行。格蕾丝却说："好吧。那我倒想问一问，在这个鬼地方，在这么偏僻的地方，又有谁会看见我坐在走廊上呢？"

她母亲立即说了一句："上帝在看着你呢。"她说这话时的语气很冷静，就像简曾经听到的她对任何人说话时的那种冷静语气。你似乎也没办法确定她是不是真的相信上帝在乎这么一件事，不过，如果她乐意，她就会把这一招用在你身上。

格蕾丝也很冷静地回了一句："上帝他喜欢眼前的一切吗？"

然后她母亲给了格蕾丝一巴掌，扇得不重，但这个举动正好结束了她们俩的对话。格蕾丝走进屋里，穿上内裤，戴上胸罩，又穿上鞋，然后出门去了牲口棚——她常常闷闷不乐地在那里想事情。

现在，虽然还是没有跨过围栏，但简离那个姓基的男孩只有几英尺的距离，接着那男孩站了起来。她想起了格蕾丝，又低头瞥了自己一眼，害怕看见连衣裙还是湿的——之前她将身子浸在溪水里——可不知怎么回事，裙子没有湿。她又一次抬起头来。他还是她在铺子里看到的那个男孩，可又有些不同：他的脑袋因为之前戴着帽子出了汗，头发塌了下来；而且，他这会儿正坐在橡树的树荫下，之前被晒红的皮肤也慢慢褪去了红色。

"你是简·奇泽姆吧。"

"我不知道你叫什么，只知道你的姓。"她说。

"以利亚·基。"他跨了一步，伸出手来，仿佛要跟她握手，就像跟一个男人握手那样。她牵起他的手，用力握了握。

"作为一个女孩子，你力气还挺大的嘛。大多数女孩都只有那么点儿力气，你也知道的。"然后他做了个模仿娘娘腔的手势。

"我其实不怎么和其他女生一起玩。"她说。

"我知道。"他慢慢地把这几个字说出口，就像是吐出一口气似的。他看着她，歪着脑袋，头稍稍往后仰。可他看起来很严肃。

"我猜大家一定都在谈论我。"简说。

他耸了耸肩，瞥了一眼那片玉米地——几分钟后，他又得去那里锄草了。

"我不听谣言的。"

"你不听什么样的谣言呢？"简问。

他低头朝下看了看，忍着不让自己咧嘴笑出来，然后摇了摇头。

"我不知道。"他说，"我猜，那种事吧，全是假的。你想想看，那些都是谁传出来的？我懒得关心这一切。女生聊这个聊得最多，学校里的那些女生可跟我没什么关系。"

"你好像不太喜欢女孩子。"

"不是的，我只是不喜欢有些女生，主要是那些受欢迎的女生。"

"她们怎么了？"

"没怎么。她们就是……有时候有些小心眼儿。"他晃了晃自己的脑袋，耸了耸肩，"我也说不上来。大概都是些傻瓜吧。"

"我以为人们只会叫男孩'傻瓜'。"

"啊？"他说，"也许吧。"

然后他问："那么，你为什么决定不上学了呢？"

现在她倒是希望自己没有接近他。她说："我还以为那些谣言会让人不再关心我不去上学这件事呢。"

"已经过去很久了。"然后他说，"我甚至都不记得了，真的。对不起，我不该提起这件事的。"

她什么也没说，想立刻就走开，却没办法让自己这么做。

"我以前很讨厌它，我指的是学校。"他说，"我之前会因为这件事想到你，想到你很幸运，因为他们让你离开了学校，不管他们是出于什么样的原因。"

"你现在没那么讨厌学校了？"

"没那么讨厌了。"他说，"那你是不是不会读书和写字？"

"不，我会。"

"所以你还没上满一年的学，就学会了这些呀。嗯，我记得你是某一个秋天就那么过来上学了，可你在一年级，而我已经在四年级了。我时不时会在教堂里见到你。你肯定也不太喜欢学校那地方，起码喜欢的程度远不够支持你去那儿吧。"

她耸了耸肩："随便你怎么说吧"。

"那算术呢？"

"算术？"

他笑着说："你又没在学校学过，那你是怎么学会的呢？"

"打理我爸爸的店铺时学会的。"

"跟我想的一样。"

他微微一笑，再次好奇地看了她一会儿。

"你都快成年了，私底下还没有交男朋友，对吧？"

"我连朋友都没有。"

听到她这么说，他看起来似乎有些担心。然后，他仿佛在思索着什么。再然后，他仿佛没办法理清自己的思路，没办法接她的话。最后，他说："我觉得，如果你不去上学，在偏远的乡下交朋友是一件很难的事。我猜，如果回到过去，回到这里连学校都没有、人们都有个大家庭的时候，每个人都很难交朋友。虽然大家能够和睦相处，但也只是彼此认识而已。"

"我想，我就是因为这个原因。"

"不过，我觉得，去教堂的时候，我们可能会认识一些人。"

"也许吧。"

"不过你也不用经常去教堂。我都有些嫉妒你这么自由了。"

"啊？"她说完后就闭了嘴。

"你是无神论者吗？"然后他问。

"那是什么？"

"我以为你很前卫呢。"

"我真的从来没听说过这个词。"

"就是不相信上帝的人。"

"这样啊，那我不是吧。不过我也没有认真思考过这个问题，我只是觉得每个人都相信上帝。"

"嗯，我认识的每个人都说自己相信上帝。"

然后，他们沉默了一会儿，觉得有些尴尬。她意识到自己正在凝视着他。他也眯着眼看起她来。

"别这样。"她一边说，一边戏弄着他，"你都看不见你那双漂亮的蓝眼睛了。"说完，她却不能相信自己居然说出了这种话。

他红了脸，低下头来，然后把手伸进口袋里，掏出了一副厚厚的金属边框眼镜，把镜脚挂在了耳朵上。

"我讨厌戴眼镜。"他忧郁地笑了笑，说道，"我一直藏着它，不想让你看见。"

"我有一次看见你们走进铺子前你摘掉了眼镜。"

"啊，好吧。"他再次看向她，"我这双漂亮的蓝眼睛跟蝙蝠的一样瞎。"

"正好，它们看起来更大、更蓝了。"她说完后，两人便笑了起来。

"现在我把眼镜戴上了，我很高兴，这样一来，我就能看得清你的眼睛了。它们看起来——我还从没有见过像你这样的蓝眼睛呢。它们似乎不像是真的。"

"好吧，它们可都是真的。我爸爸和汤普森医生告诉我，自从我生下来，它们就没变过。我猜这有点儿不同寻常。"她心里却想着：就像其他那些关于我的事情一样。

"你知道那些舞会吗？"他问。

"什么舞会？"

"社区活动中心的那些舞会——大马士革那里的。"

"哦，知道啊。格蕾丝告诉过我。"之后，有那么一小会儿，他们有些茫然，就像打完招呼后被其他事情吸引住的群居动物一样。

然后他说："你还满意吗？"他的声音有些轻柔，好像在忐忑她会做出什么样的反应。

"对什么满意？"她问。她自己的说话声也小了些。

他有些犹豫，再次耸了耸肩，又往回瞥了那些玉米一眼，说道："对每一件事，我想……对你的生活。"

她不知道该说些什么好。她有时候会觉得很悲伤，却从来没有用言语去描述过这种悲伤。尤其是最近几年，这种悲伤会久久地萦绕在她思绪的边缘，宛如某个无形的鬼魂。她以为自己能认出那"鬼魂"来，却始终不知道它到底是谁。她觉得这一切都似曾相识，却也没办法完全领会。

她看得出来他喜欢她。她常见到他，在店铺里，或是他和他的家人路过她家附近的大路，还有其他一些时刻。就像他们第一次讲话时那样，她会带上一些吃的东西，暗自将这些碰面当作他们的野餐。在她看来，他们的多次邂逅只是他们那场可能的偶然恋爱中的一个个小插曲。可是，她突然意识到，也许他并没有像她那样看待两人的关系。一想到这，她有些尴尬，觉得自己很愚蠢，还有些担心他也许告诉了其他人——如果没跟女孩说，那就是跟别的男孩说了——说他偶尔会跟那个神秘的女孩简·奇泽姆进行奇怪的会面。

她不希望他把自己当成那样的人。

于是，满十六岁的那个秋天，她开始参加社区办的舞会。以利亚·基跟她说过这些舞会，慢慢地，她越来越想参加舞会，最后终于下定了决心。她已经受够了独自一人待着。她意识到，除了偶尔会跟以利亚·基见面——当然，两人见面也不会发生什么——她已经无聊了有一段时间了。如果她如此期待那些邂逅，那么也许那些邂逅就并没有那么纯洁。事实上，有时候的邂逅是她计划好的。好吧，她总在计划着。如果某一天，她觉得自己会遇到他，那么当天早上她就会不吃不喝。这样一来，她就可以毫无顾虑地跟他待上一会儿。

她曾经是一个古灵精怪的小女孩，身材苗条，头发细长，长相可爱，天性幽默。如今，她长得更高了，眼睛黝黯，略带憔悴，有一种别样的美；走起路来带着一种天生的优雅，就像一片树叶借着一阵微风，从树上优雅地落下一样。

她下定决心要去参加舞会时，她父母很是惊讶，但她似乎特别想去，于是他们也只好勉为其难地答应了。"总有一天，你会心碎的。"她母亲说。

"跳个舞而已。"

"等到你比别人的岁数都大,没办法再参加舞会,那时候你怎么办?你要是继续去,别人就会把你当傻子。"她母亲说,"总之,我跟你讲,我不知道你能怎么去应对这些事。"

"她这么做,只是为了让自己不那么孤单。"她父亲说,"就像农场里的其他孩子一样。"她母亲什么也没说,继续干起活来。

简和父亲站在走廊上,默不作声,漫无目的地看向远方。她父亲似乎有些"目瞪口呆",又更像是"哑口无言",而不是故意不去说话。他的眼睛里空无一物。

"你没事吧,爸爸?"

他摘下帽子,用一只手揉了揉头发,扮了个怪相,又戴上了帽子。

"没什么好担心的,孩子。"他说,"你尽管去参加舞会,让自己玩得开心点儿。当然了,我会密切关注着你的,希望你别介意。"

他走下走廊的台阶,仿佛真的已经无话可说,抑或是能说的都已经说完了。她看着他消失在工棚的阴影之中,低着头,或许正在喃喃自语。

舞会之夜的前两天,她什么也没吃。第一天早上,她做的第一件事,就是自己倒了一点儿蓖麻油,然后又加了一点儿脱脂乳喝了下去,只是为了让肚子里有些东西,然后就一直待在厕所里,一直待到她觉得自己已经将体内的一切排空。第二天,她一整天都待在山核桃树林中的一棵树下,还有鱼塘旁,躺在她最喜欢的林间空地里。她带上了一块面包和一块熏肉，不过她把面包都撒了喂鸟，把熏肉撕了喂鱼，又把肉撒在小路上，算是给狐狸或流浪狗的惊喜。

什么也不想。只是存在着，仅仅是存在着，这就是简目前的状态，就像她再小一些的时候那样。第一天，她依然允许自己时不时地喝一小口水。第二天的某个时刻，她开始出现了明显的幻觉。周遭的一切在她眼中变得虚幻；各种各样的声音——鸟叫声、农场里干活的声音、狗吠声、家畜发出的声音，以及人们讲话的声音——令她幻听。甚至微风轻轻吹拂着树叶的声音都开始让她的内心无比陶醉，仿佛叶尖正在胳肢她、唤醒她的意识。她让这种感官诱惑缓缓流过自己的全身，洗刷自己，又尽量让自己以冷静的头脑去满怀期待。

她最近这些日子里呈现出的那种奇怪却迷人的优雅气质与这大有关系。

她走起路来恍恍惚惚、心不在焉，她母亲甚至跟她说，自己已经检查过了装鸦片酊的瓶子，以确保她女儿没有对那玩意儿上瘾。

她头一回参加舞会的那天下午，母亲告诉她："你不能对那些男孩太过友好，简。"

简什么也没说，只是听着，奇怪的是，她非常冷静。她母亲似乎对此感到有些不安。

于是她母亲继续说："你听明白了没？你其实早就知道这一点了。"

简只是微笑着，然后她母亲站了起来，稍显恼怒地走开了。她母亲边走边接着说道："你得小心点儿。很可能受伤的不仅仅是你自己。"

"汤普森医生说，他相信他们有一天会治好我，终有一天，我会和某个男人过上正常的生活。"不过他的原话并非如此。

她母亲停下脚步，沉默地看了她很久。

"相信与信念有关，"她母亲说，"与事实无关。"

简之前从来没有见过她母亲现在的这种眼神——那看起来有些空虚。这是自打简记事以来，头一次将自己的母亲当作一个女人来看待，她发现生活不仅将母亲变得铁石心肠，也将她变得筋疲力尽、毫无魅力。她看起来比实际年龄还要老。

然后，她母亲的表情再一次黯淡下来，仿佛她能读出简眼里那些未说出口的话。母亲的双眼闪着泪花，眼泪都快掉下来了。

"你懂什么叫作'和男人生活'吗？再说，以你在这世上的那点儿经历，你凭什么就觉得这是件大好事呢？"

简看着母亲从后门走了出去，没有因为被她责骂而感到窘迫，反倒替她感到难过。在这些崭新的日子里，发现了全新自我的她异常冷静，也异常愉悦，甚至连她母亲的这番话也无法让这种感觉消失。

她没有穿着尿布去参加舞会，只是垫了一块小小的护垫——仿佛害怕自己会出现少量月经——所以，再没有笨重的内衣会掩盖住她苗条的身材或优美的姿态；她给自己做了一条非常修身的轻便连衣裙，还穿上了父亲从镇上买给她的鞋子——买鞋前，他在一张校报上画下了她双脚的轮廓，把那张图给了店里的售货员。那双鞋的鞋跟很矮，顶多只能算是一双室内便鞋。

她参加了两次舞会，却还没有男孩鼓起勇气，或受好奇心驱使，克服自己的害羞心理，邀请她跳舞。这样也好，她因此有时间学习他们的舞步，之后便能模仿。后来，最终邀请她跳舞的还是以利亚·基。早些时候，她看见他靠着墙站着，站在舞会组织者挂在活动大厅的日式灯笼微光下的阴影之中。他没有戴眼镜，可能不知道她在现场。过了一小会儿，她又看见了他，这一次他戴上了眼镜，正看着她。也许有人提到了她，看到她似乎让他惊讶得有些害羞。第二个晚上，她放任自己的注意力四处游走——处于这种状态时，她常常无法集中精力——某一刻，她抬起头，看见他就在那里，站在她面前，伸出了他的手。他和她跳完舞后，其他一些男孩也开始邀请她去舞池跳舞。她感受到了某种自己从未有过的情绪。调情带给她的愉悦感，哪怕她甚至都不知道"调情"这个词。那些男孩喜欢她，她也喜欢他们。可是，如果其中一个男孩似乎快过于喜欢她了，她也总有办法让自己刚好从中脱身。让自己就像一张被风轻轻吹起、差一点儿就能够着的碎纸片。她既冷静，又心不在焉，这种奇妙的状态似乎很吸引那些男孩，让他们陷入笨嘴拙舌的境地。她常常注视着自己的舞伴，这时候的对方看起来便有些呆若木鸡，仿佛他觉得自己可能快要坠入爱河。不过，在向外人"分配"自己的新奇魅力时，她明显很"民主"，所以没有人因为太过动情而说出一些胡话来。

和别的男孩跳舞时,她看见以利亚在看着她,看着她那身自制连衣裙下的轻盈身姿,看着她那一头蓬松的深色长直发,看着她那双越来越深湛的蓝眼睛。她也能看见她父亲瘦削的身影——他双手拿着帽子,站在月光映照下的门口。

她之前在连衣裙口袋里放了些长有薄荷叶的小枝,现在她轻轻地嚼着薄荷叶,然后学着男人将一小撮嚼烟含在腮颊处的样子,也把它们含在腮颊处。薄荷能防止她因为脱水而口臭,并将她体内的水分调至口腔与唇部,如此一来,她至少还能跟别人讲上一两句话。她冲着她的舞伴们微笑,和他们一起大笑,看起来很开心。在摇曳的暗淡烛光的映照下,他们的脸看起来熠熠生辉,他们的声音听起来很悠扬,与之不太协调的是,他们说话时嘴不怎么会动。

她甚至都没意识到其他女孩当时有多么嫉妒,当然,她也懒得去管。她们的耳语与怒视如同闪光一般,在她的意识之中忽隐忽现。

她和以利亚·基跳舞时最开心。他凑到她耳旁,温柔地对她说:"你是怎么决定像这样亮相的呢?你真漂亮。不过,你看起来有一点儿奇怪。"

"我本来就很奇怪。"她说。

她很高兴,也不介意别人给她带来欢乐,因为她受到了关注。她公开展示着自己和以利亚·基的亲密关系,跟别的男孩调情,还在别的女孩面前炫耀自己。虽然她自己也知道这种状况在未来持续不了太久,但她还是希望能够在舞动自己身体的时候抓紧时间尽情享受。她知道自己确实很幸运，因为她可以用自己特有的方式去热爱这些活动，又不必面对肉体之爱所带来的那些既复杂又迫切的问题；还因为她可以同时从中心和外围汲取生命的精华，如此一来，她便可以暂时全身心地投入到生命之中，去享受做一个完整但又非常奇怪的人给她带来的那种既甜蜜又完满的感觉，无须担心，也不用害怕。

别的鬼魂

奇泽姆站在敞开的双扇门门口,看着那些年轻人在一起笨拙地扭来扭去。他很高兴看到那些男孩和女孩相处时如同绅士一般,就像他年轻时那样。他把帽子压得很低,盖住了额头,这样看起来他就不像是在盯着谁了,可实际上,他的目光一直放在他女儿身上。她坐在那里,坐在一把椅子的边缘,即使只看到这样一幕,他都觉得自己那瘦削的胸膛里的那颗心变得沉重起来。他觉得自己要对那孩子的情况负责,不知怎么回事,他很难不去这么想。他比自己的妻子大十岁,而在他妻子年龄太大、没办法再要孩子时,他还是违背了自己的意愿,和她做了那种事。当时他喝醉了,手头又太紧,连两块钱都没有,没办法去找个妓女风流快活一番。他们做了这么一件造孽的事,两人时不时地觉得会有报应落在自己身上,但报应却没有落在他身上,也没落在他妻子身上。报应落在了这里的这个女孩身上。她既纯真又美丽,却很有可能注定独自一人,度过失望的一生。可在这里,她成了猎物,她甘愿冒着丢脸的风险,只想暂时变得跟所有人一样。做一个普通的女生,参加舞会,和男孩们跳舞。

社区活动中心从前是一个巨大的旧仓房,每个人都曾在青少年时期齐心协力,帮着去"加固"这座建筑,简也不例外。曾经的那个干草棚已经不复存在,当年,年轻的情侣们有时会在那里幽会。如今,它相当宽敞,天花板很高,就像一座乡村大教堂,还铺着擦得很亮的木地板,取代了始终散发着微弱的牛粪和马粪气味的硬邦邦的泥土地。差不多四十年前,他在某次这样的舞会上遇到了艾达,那时的他与任何一个二十七岁的农场主或是有抱负的牧场主无异,很自以为是。作为一个单身汉,他按时耕作自己的父亲没收一分钱利息就卖给他的土地。他知道自己会过上好日子,他觉得别人也是这么看他的。如果那时候的他像现在一样——即使只是在精神层面上像现在这样——那么他永远也不会引起她的注意,这样也许反倒是一件好事,可谁又说得清楚,情况会不会变得更糟呢?

活动中心还是干草棚时用的那些门保留至今,此刻它们都开着,好让热气排出,让微风吹进来。光线来自粗制的日式灯笼和蜡烛,蜡烛置于粘在墙上的托架上。如此一来,光线很充足却也柔和,给人一种浪漫的感觉,和他年轻时候所见到的一样。参与活动中心修复工作的一些妇女曾主张保持这种设计与布置;男人们则装作自己并不多愁善感,主张换成煤气灯,可他们轻而易举便让了步。又有谁会不带着伤感的情绪去怀念自己那浪漫的青春岁月呢?而现在,他的女儿正在确保自己也拥有过这样的岁月,哪怕它只会持续很短一段时间,并且很快就会草草收场。这样的结局注定会让人难以忍受。

他女儿头一回参加舞会时,没人有胆量邀请她去舞池跳舞,然后他们沉默地驱车回了家。他觉得她正努力不让自己哭出来,而且做得非常非常好。光是想到这一点,已经令他难以控制自己的情绪了。

在简第二回参加舞会时,他看见那个姓基的男孩走到她面前,跟她说了话,又伸出了手领着她去了舞池。这时候,他才终于松了口气,心里也觉得轻松愉快了不少。他有些不放心那个男孩,可在那一刻,他也很感谢那个男孩。然后他想起自己头一次——也许是头一次,可这么多年过去了,他也不太确定了——看见艾达·麦克卢尔时的那一幕:她一动不动地站在那儿,明目张胆地盯着他看;后来,他发现了她在看他,却懒得去躲开她的目光。可经她这么一看,他突然不得不站了起来,走了出去,好让自己的心情平复下来,然后再进去邀请她跳舞——这明显是激情使然,违背了自己的真实意愿。可是,等到两人踏上舞池的时候,同样的事情再次发生了,而且她还碰到了他——他当时觉得她不是故意的,可后来,他才意识到,也许并非如此——她紧紧地盯着他的眼睛看,这让他的情绪有些波动。

眼下,他想冲到舞池之中,用手抓住他的女儿,把她从舞池里拉出去。可他还是努力克制着自己,待在原地没动,只是盯着他女儿和那男孩,以防两人做出什么出格的事情来。可看起来,也没什么出格的事情发生。她看上去特别快乐,而那男孩似乎很高兴,也很腼腆。

当然，那男孩的身边并没有一个公然引诱他的女人，这可跟他——西尔维斯特·奇泽姆，在差不多四十年之前的遭遇不一样。你回忆起一段恋情，而且还清晰地记得恋情中的那些美好、快乐以及狂野的时刻。当然，也有一些灰色地带，所以你也会记得那些标志着感情越来越淡的场景与瞬间。男人该怎么做，才能不让女人因为一开始想从他那里得到的东西而恨他呢？尤其是在两人都很容易受到阴郁情绪影响的情况下，这时候，男人该怎么做呢？在他们都还年轻的时候，他怎么就没考虑到这一点呢？又或许，问题在于，他怎么就忽略了真相呢？哎，年轻气盛之时，你只想要你真正想要的东西，而且当时就必须得到，真相就是如此简单。

接着，舞会结束了，乐队那一小伙人收拾着他们的乐器，人们熙熙攘攘地朝马车以及几辆卡车和汽车匆忙跑去。他让简和那个姓基的男孩又聊了一小会儿，只要他自己在他们附近守着，他就不介意他们再多聊一会儿。他也不在乎其他人都在离去，要知道，他讨厌那些车辆挤作一团，讨厌的程度不亚于——也许更甚于——讨厌那些行人因为想要去某处，或是离开这里而挤作一团。回家的路上，她依然保持着自己在舞池里所展现出来的那副模样，她异常开心，话说得很少，只说了一句："谢谢你，爸爸，我玩得特别高兴。"

"这么说，你很喜欢跳舞了？"

"啊，是的。"她说，"非常喜欢。我从来没有这么开心过。"

"在你小时候，在你无忧无虑的时候，你也没有这么开心过吗？"

"没有。"她说,"就算是小女孩也会担心一些事情。"

"真是这样的吗?我觉得我已经忘记了。我猜,在某些时刻,大多数成年人都会有些忘事。"过了一小会儿,他又说,"现在你不用担心了,心里也有底了吧?"

她没有回答,扭头看向了别处,于是他也就随她去了。一路上,他们都很沉默,很快便到了家。这时候,他的思绪飘向了远方,走神的次数也越来越多。他独自一人坐在屋前的走廊上,抽着烟,喝了几小口酒。简一时半会儿睡不着,便走了出来,陪他坐了一小会儿。之后她吻了下他的脸颊,进了屋。而他的妻子马上走了出来,他看着她站在那里。

"她玩得很开心。"见她什么也不说,他终于开了口。她的表情丝毫未变,又进了屋。他喝了一大口酒,咳了起来,又给自己卷了一根烟。他听见远处传来了狗吠的声音,也许是从基他们家传来的,这时,他想起了自己的那条老狗豪恩德。那时候,简怎么会知道是他杀掉了那条狗呢?他可从来没提起过这件事。当时,他注意到那条狗的体重越来越轻,走起路来像跛子一样,眼里写满了痛苦。可是,每当奇泽姆举起来复枪的时候,它还是会冲着他摇尾巴。那天,他跟别人说自己打算猎鹿去,然后走到了林子深处,那只狗步履蹒跚地一路跟着他。路过自己那个宁静的棚屋时,他拿上了一把铲子。他们走进了林子,又从林子穿出来,走到了远处的草地;又越过草地,来到草地另一头的边缘。他停下脚步时,那条狗筋疲力尽地"扑通"一声倒了下来。他在它旁边蹲了下来,用大拇指轻抚它的前额。

那条狗望着他，连头都没能再抬起来。

"你这里的额头很宽啊。"他对那条狗说。听到他说话，那狗的长耳朵稍稍往上抬了抬，可很快又耷拉了下来。"你跟人在一起也待了很久了，不只是你，还有你的上一代。他们怎么说来着？人们喜欢能做宠物的狗，偏爱那些像你这样双眼间距很宽的狗。"那条狗又望着他，却只看了他一小会儿，它实在是太累了，甚至连眼睛都动不了了。

于是他做了自己不得不做的事。他总觉得，这是出于好意。

他回到家里时，既没有鹿，也没把狗带回来，可没人问他这是怎么回事。他也没跟他们说这是怎么回事。

以利亚习惯在周日下午骑自行车来看她，和她一起走下山，散步到池塘，又沿着牧场的围栏散步。有一回，他们头一次走到了林子与地势较低的那片牧场接壤的边缘处。简听得见她母亲的叫嚷声，也看得见正站在山上院子边的母亲那小小的身影。他们大笑起来，接着穿过牧场往回走，朝山上的牲口棚走去。他们绕到屋子背后，又走到了长了新叶和花蕾的美洲山核桃林。他们经过时，箭头似的阴影投射到草丛中，也投射到了他们的脸上。他们继续往牲口棚走去，却听到她母亲在大声喊着："你在哪儿呢，简？"现在，这声音离他们更近了。他们知道，如果走到那里，她会迅速冲过来，要么责骂他们，要么站在他们身边，或者把他们像牲口一样往屋里赶。于是他们坐到了某棵树底下，呼吸着晚春的空气，让微风在他们头顶上悄悄地溜过去。简觉得那微风像是丝绸一般的水,令她虽然存在于这世上,却仿佛存在于水下。他们朝下看去,看到了牛池,以及更远处成排的松树和橡树。一有机会,简就偷看他,他也是如此,两人目光相遇时,他们便咧嘴笑了起来;简觉得那种感觉传遍了自己全身,让她既兴奋,又有些害怕,同时也让她感到悲伤——她努力不让自己一直陷入这种悲伤之中。他的那张脸、他完整的自我,以及他那副终究只算得上普通——虽然体态优美、相貌堂堂,可无疑只是一个凡人,只知道漫无目的地走来走去——的皮囊,怎么会看起来如此美丽呢?又怎么会以这种方式征服她的心灵呢?在这附近,并不是只有他一个男孩长得好看,并不是只有他心地善良,甚至也并不是只有他惹人喜爱。但是,也许还真的就只有他是这样。在她看来,他是如此的、如此的真实。

他有些腼腆。他很安静。通常,他在别人面前没那么害羞,他不会这样。她见过他在去教堂做完礼拜后和别人开些无伤大雅的玩笑或打打闹闹,他和那些排成长队、等着再次跳舞的人也是如此相处。但她看得出来,他至少比大多数人更温柔、更善良。在简看来,他就是这么一个人。她很喜欢他的栗色头发,喜欢他脸上的光滑皮肤,也喜欢他那双清澈的蓝眼睛。他微笑时脸上会出现酒窝,她猜他可能不太喜欢他自己的酒窝。如果她要对着那酒窝评论一番,也许他会觉得尴尬,所以她一直忍着没开口,也一直忍着不去告诉他那酒窝有多可爱。当然,她足够聪明,知道男孩们不喜欢别人说他们可爱。

她觉得自己有了些醉意。那天早上,她只喝了一小口脱脂乳，吃了一点点熏肉——这是她最近三天以来除了一点儿水的唯一进食。她知道自己有些过于谨慎，自己克制的时间也比以往更长，可禁食已经成了一种习惯，她也乐在其中。在这种状态下，她神采飞扬，觉得自己的身体很轻盈、脑子很清楚，以利亚·基坐在她身旁，让她有种亦真亦幻的感觉。

他看着她，嘴巴微微咧开，脑袋则像往常一样，稍稍向后仰着。

"你没事吧？"他问。

她点了点头。老实说，她话说得不多。她轻轻咬着约翰逊草的茎部末端——草是她在去山核桃林的路上扯下来的，那味道又酸又甜。

他继续看着她，笑容变得越发灿烂。

"怎么了？"她问。

"你有时候看起来像被催眠了一样。"

"那是什么样子？"

他说自己有一次在镇上见过那么一个人——一个催眠师。不过，看起来不像是真的，似乎是在以一种很奇怪的方式作假。催眠师会做些类似于让人闭上眼睛的事情，然后他会像唱摇篮曲似的跟那些人讲话，不是真正地唱出来，而是镇定地小声说着话。有时候，他也会用另外一种法子，在说话的时候拿着一根表链，来回摆动一只怀表，使得他催眠的对象进入一种恍惚的状态中，然后，他让他们做什么，那些人就会做什么。

"做什么事？"

"大多数情况下，都是些蠢事。比方说，走到一旁，喝一杯并不存在的水。我也说不上来。在某个时刻，我觉得有些无聊了。可是，看到那些人清醒过来，我又觉得很有趣，仿佛他们灵魂出窍了。"

"我的灵魂可没出窍。"

"我不是那个意思。话说回来，要是催眠师想让一个人脱离催眠状态，他就会在他们面前打响指，就像这样。"然后他在简的面前打了一个响指。简大声笑了起来。

他站了起来，在正坐着的她的周围慢慢绕着圈走着，双手插在口袋里，用脚尖踢着掉落满地的坚果或树枝。他穿着一双"凯兹"牌运动鞋[1]，没穿袜子，接着他把鞋踢掉，露出脚趾，光脚踩进了草地里。

"我可以一直光着脚走路。"他说，"干活和上学都有让我讨厌的一点，那就是穿鞋。"

"我敢打赌，他们不会让你不穿鞋在舞会上跳舞的。"

"我也敢打赌，那样我的脚趾就会一直被人踩。但是，不管怎么说，穿鞋的时候也会发生这种事。"

"我可从来没有踩过你的脚趾。"

"是啊，你的舞跳得最好了，真的。"

---

[1] "凯兹"（Keds）是美国的一个运动品牌，于1916年创立，目前已成为世界最老的运动品牌之一。橡胶底帆布运动鞋乃该品牌特色。该品牌在国内尚无官方中文译名，故此处采取音译，译为"凯兹"。

她有些尴尬,扭头看向了别处。

"我是认真的。你简直像天生就会跳舞。"

"你喜欢我吗?"

片刻之后——"嗯。"

"因为我舞跳得好,所以你就喜欢我吗?"

"这只是其中一个原因。"

"你还喜欢我哪些地方呢?"

他咧嘴笑了笑,又大笑起来,然后不用手便把鞋子穿回了脚上,似乎是为了节省时间,又似乎是在思考着什么。

"怎么了?"

他犹豫了一下,然后伸手摘下眼镜,把它放进了口袋里,仿佛他很不好意思戴着眼镜去清清楚楚地看着她似的。

"好吧。嗯,你很漂亮,人也很好。你不像其他那些漂亮女孩,或者说大多数漂亮女孩那样自大。你也不会讲一大堆废话。"

"也许是因为我没有太多想说的话吧。"

"我敢打赌,你有很多话想说。你只不过不会单纯为了叽叽喳喳地说个不停而说话。有时候,我觉得大多数女孩之所以会叽叽喳喳地说上那么久,是因为她们害怕说不了话,或是害怕和别人在一起时保持安静。可是,只有在人们安静的时候,你才能真正看清楚一个人到底是个什么样的人。"

他停了下来,看着她。

"遇到动物时,你会这么做吗?你会坐下来观察它们,什么也不说,让一切安静下来,直到你几乎能听到一切,听到你心神不宁时听不到的那一切,直到你能看到那些动物冷静下来吗?尤其是在遇到马的时候,如果你这么做,那么情况差不多就是这样。"他继续说道。

"大概只有用这种办法,我才能和马待在一起。"简说。

"你不喜欢马吗?"

"我倒不是不喜欢马。我想,我只是不相信它们。"

"好吧,聪明人大概会这么想吧。任何活物大概都有那么点儿疯狂。总之,我很喜欢你这一点。我刚才也说过,你不会讲一大堆废话。"

他似乎还在说:你瞧,这下你应该满意了吧。

"可我这个人很奇怪。"然后她说。

他认真地看着她。

"我倒有点儿喜欢这一点呢。"他说。

她想问:那要是我在其他方面也很奇怪呢?不是你谈论的这些,而是每个人都知道的那些我不太对劲儿的地方呢?

但他似乎没往这方面去想,她觉得很是欣慰。

他走以后,她又独自一人在山核桃林里坐了一会儿。后来,她往回走,快到家时,又停了下来。她觉得自己的心里越来越期待某种东西,某种她认不出来的东西。她无法确定这种东西是爱情,还是某种她压根没认出来的恐惧,抑或是两者兼有。她脑海里传来了母亲的说话声:"女儿,你觉得你在做些什么呢?你觉得这一切到底是怎么回事呢?"

艾达·奇泽姆太太知道，那很可能是魔鬼的把戏，可那人似乎是她唯一能求助的人，那人也许——不管用的是不是"黑魔法"——能够给她一些可以参考也相对可靠的建议；而且，如果她够小心，没人会知道她找过那个人。她拿了一笔钱，钱都是她之前偶尔做些缝缝补补的活计偷偷攒下的，这样一来，她就能给那女人一笔可观的报酬，让那女人别把这事讲出去。另一方面，她考虑得越久，就越不在乎别人会怎么看待她去找那个能看手相、开了"天眼"的算命女人。虽然"开天眼"这件事确实有些吓人。据说，在尤金妮娅·萨维尔的丈夫去世之前，他们夫妻俩常常身着盛装，走进自家的客厅。尤金妮娅会弹起钢琴，弹奏一些怀旧的曲子，然后那些死于古老战争的士兵的鬼魂就会从高高的天花板上飘下来跳舞——跳起某种鬼魂才会跳的小步舞。好吧，如果这不算是魔鬼现身，那就很难解释到底是怎么回事了。

等奇泽姆再次去牲畜围场办事，顺便给自家店铺进货的时候，她跟着他一起驱车去了镇上，去了汤姆·莱尔那家很大的杂货批发店，下好订单，然后说好回家时再来取货。买好东西后，她告诉他，自己打算在镇上待一会儿，去街上随便逛一逛，也许会在克莱因那里买一点儿布料。

"那好，我几小时后就能办完事。"奇泽姆先生说。

"我到时候在那个拐角处等你。"

她说完，发现他站在那里看着她。

"怎么了？"她问。

"你可别被火车或者别的什么给撞了。"

"你应该希望的是我不会搭上某列火车的便车。"

"去哪儿？"

"离开这里。"

他驾车经过那个拐角，车上的两头牛动来动去，想要站得更稳一些，还时不时地发出孤苦伶仃的哞哞声。她等他绕过拐角，立刻搭上了开往西边的有轨电车，在某个街区下了车。那个地方曾经有许多富丽堂皇的住宅，如今，这些多为维多利亚风格的建筑看起来让人有些毛骨悚然。大多数建筑都建于战后，因为谢尔曼[1]当年几乎将一切都付之一炬。尤金妮娅·萨维尔夫人的宅子是少数几个例外之一，在战争期间，这所房子曾经做过联邦军的医院，也做过联盟军的医院。这段历史让"士兵的鬼魂跳舞"那则故事显得更加骇人听闻：据说，那些青一块、紫一块的士兵的鬼魂会跟女士的鬼魂跳舞，死后，他们彼此相处时反倒礼貌到无以复加；在鬼魂的世界里，那些得到批准的建立在杀人基础上的愚忠行为全都不复存在。

萨维尔的宅邸坐落在一座小山上，占有一大块地，四周环绕着看起来像是用铁矛做的古色古香的栅栏。门开着。这栋房子本身并不属于维多利亚风格，而是某种希腊复古风格。它赫

---

[1]谢尔曼，全名威廉·特库姆赛·谢尔曼（William Tecumseh Sherman，1820—1891），是美国南北战争时期联邦军（北军）著名将领、陆军上将。在南北战争的"全面战争"阶段，他曾对联盟军（南军）所在地区实施了残酷的"焦土政策"（scorched earth policy，一种军事战略，该战略指导当地人进入或撤离某处时破坏任何可能对敌人有用的东西），因此受到了不少指责。

然立在那里，圆形支柱摇摇欲坠，古怪的粉色石膏已经褪了色、有了裂缝；大块的墙皮从墙上脱落，散在四处，摔得粉碎，躺在房子周围杂草丛生的草地上。她朝着砖砌的人行道走去，野生的蝶豆从砖缝里长了出来。一棵活着的巨大橡树矗立在房子一侧，竟然还有一棵阔荚合欢立在廊台外，一阵微风吹来，树上那些干枯的豆荚发出了"哗啦啦"的声音。常春藤占领了整栋房子，爬上了掉漆的支柱和破损的石膏，又蜷成一团，挤进了看起来已经腐烂了的窗框下紧闭的窗子里。她意识到，自己甚至都不知道那女人是否依然活着，更不知道她是不是还做这种生意——如果能把这种事叫作"生意"的话。她之所以知道有这么一回事，只是因为在她很小的时候，她母亲有一次曾指着这栋房子给她看，又给她讲了这个女人的故事，吓唬她。她永远不会忘记那一幕。可她还是很惊讶，自己居然知道如何找到这个地方，且她没走任何弯路便找到了这栋房子，仿佛自己的心里有一张地图。她抬起那个上面有一个野猪头图案的旧门环，在门上敲了几下，然后等在那里。她听到了脚步声，并不沉重，很轻柔。门把手发出了"嘎嘎"声，转动起来，然后那扇大门打开了一英寸左右。她从门缝中看到了如金属丝般的白发和充满着血丝的眼球。那眼球看了她好一会儿，然后门开了，里面站着一个人，想必正是尤金妮娅·萨维尔夫人。她身着一件破破烂烂的睡衣，以及一双过大的穿旧了的男士居家拖鞋。她的脚踝与胫部看起来就像一张疯狂的地图，上面布满了青色的血管以及突起。她那只放在门上、长着肝色斑点的手很长，指尖很钝，还有着凹凸不平的发黄指甲。她沉默地盯着艾达·奇泽姆看了很久,先是盯着她的脸看,然后又上下打量起来。她的脸上布满了各式各样的皱纹,就像树龄很长的棉白杨的树皮一样。她的眼睛虽然满布血丝、凹陷进去,还有些青肿、写满抑郁,但仍是透露出了警觉与智慧。

"你来找我是为了别的什么人吧。"她说。

"是的。"

"那你进来吧。跟着我。"

老房子里堆满了东西,分不清是垃圾,还是稀奇古怪的收藏品。东西实在太多太多,她们只好沿着一条小路走,穿过了一个宽敞的开放式厨房——那里种满了盆栽植物,有些比人还要高。然后走到了后面的阳光房,那里种满了更为奇异的植物,例如象耳叶和竹子,还有一棵无花果树。那棵树非常大,如果把它种在外面的院子里,野餐时都可以在树下乘凉。

"坐吧。"那女人说着,伸手指了指一张沙发。屋子里的植被太多,她几乎都没注意到那张沙发,而尤金妮娅夫人则坐在了一把老旧的木质轮椅之中。看见艾达·奇泽姆脸上的表情后,她咯咯笑了起来,说道:"你知道,总有一天我会需要这把轮椅。而现在,我坐着只是觉得好玩。"然后她绷着一张脸,回答问题似的说道:"轮椅是我丈夫的。"她朝艾达靠了过来,咧嘴笑着,脸上以及眼睛周围的皱纹都挤到了一起,"他还活着的时候,我倒是把这把轮椅给盖上了。"然后她又变得严肃起来,问道:"这件事跟你丈夫有关吗?"

"没有,夫人。"

"那就是孩子咯？"

"是的。我的女儿。"

"她多大了。"

"十六岁。"

"不用多说了。把手给我。"

她抓住她这位访客的手，放在了自己那只粗糙的大手之中，闭上眼睛，然后沉默下来。艾达看到她的眼珠子在纸片一样薄的眼皮后面动来动去。

"她出了什么问题吗？"

艾达如鲠在喉，说不出话。她的眼眶里满是泪水，于是她闭上了眼睛。再次睁开眼睛时，她用另一只手的手背擦了擦眼泪，然后看见尤金妮娅夫人正直视着自己的双眼，于是回道："她没病。"

"没病。"艾达又强调。

"但她受到了折磨。"尤金妮娅夫人说。

艾达点点头，说："我想知道，她的情况会不会有所好转，变得像别的女孩那样，变得正常——变成正常的女人。"

她以为尤金妮娅夫人会再次闭上眼，可是，夫人却继续凝视着她的眼睛。尤金妮娅夫人放下了艾达的手，摇着轮椅往后退了一些，停了下来，又看了她一次，然后看向了窗外。艾达顺着她的目光看去，发现屋后的院子居然是一座美丽的花园。花园被收拾得井井有条，鲜花与树篱都得到了精心的照料，这与遭人忽视的前院形成了鲜明的对比。她们就在这里坐了好几分钟，什么也没说。然后，尤金妮娅夫人终于推动了轮椅的一个轮子，将轮椅转过来，再次面向她。夫人脸上露出的无可奈何的表情已经说明了一切。

"我看不到变化。"然后她说。

"她会死吗？"艾达问。

"不会死得很早。"

艾达点了点头。

"她很坚强，甚至比你还坚强。"尤金妮娅夫人接着说道，"她甚至有可能会活得相当开心。这一点倒不像你。"

接着，艾达笑了一声，笑得有些唐突，很有她自己的特色。

"什么都做不了吧，我猜。"

"这就是我们。"尤金妮娅太太说。

"是啊。"痛苦现在又回到了她的内心深处。刚才的她本来精神都已经稍稍振奋了一些，还怀着某种愚蠢而又徒劳的希望，希望一个疯狂的老妇人会告诉她，奇迹会降临在她女儿身上，她女儿会成为一个完整的人。

她把手伸进钱包，"我能给你点儿什么呢，萨维尔夫人？"

"叫我琼大婶吧。"尤金妮娅夫人说，"我通常用这个名字。"

"行。"

"如果你有一美元，那这点儿钱可以帮我买点儿杂货，以及一些肥料。"

这一切足够奇怪，却都是真的。她在零钱包里找到一个银圆，小心翼翼地把它放在了伸向她的异常光滑的手掌中。有又长又粗的手指盖住了硬币,然后又拿开,尤金妮娅夫人看着它,仿佛她是用了什么灵巧的手法让它出现在那里。

"琼大婶,"艾达说,"我有些好奇。有传闻说那些老兵的鬼魂,还有镇上那些女士的鬼魂会来拜访你和你的丈夫,而且他们还会在你家的客厅里跳舞。"

她发问的时候,琼大婶先是茫然地看着她,然后眨了眨眼睛,看向了墙上的一处斑点。

"自从我卖掉钢琴,把钱拿去支付我丈夫葬礼的费用以后,他们就没来过了。"她说。

艾达自己走了出去。她看到一场风暴正从北边的沙山[1]刮过来。头顶的天空中满是朦胧的蓝光,那蓝色很深,有些奇怪,在山丘处浓到近似黑色;天空寂静无声,仿佛动了真格。他们得抓紧时间,赶在风暴来临之前回家。要是雨势过大,溪水就会上涨,不过上涨的溪水不会全部倾泻到山谷之中,但如果真的发生这一幕,那住在山谷里的镇民们也只能坐以待毙。无能为力的他们就像这片土地上所有的上帝的孩子一样,需要时不时地收到这类提醒,让他们明白,自己只是凡人。艾达·奇泽姆并不需要这种提醒。

---

[1]沙山(Sand Mountain)是亚拉巴马州北部的一个砂岩高原,其很小一部分位于佐治亚州西北部以及田纳西州东南部。它是阿巴拉契亚山脉南端的一部分,是其中最大的高原。

拿着相机的男孩

　　一天，以利亚拿来一台布朗尼[1]相机，在两人散步时给她拍了几张照片。他把胶卷邮寄到镇上，让那里的人把它们冲洗并印制出来。他最喜欢的一张，是有一次简转过头，风情万种似的看着他时拍下的。她让他把印出来的这张照片送给她，因为她觉得它特别有趣。"可这张是我最喜欢的。"他说。"好吧，那你再给自己印一张嘛。"她回道。

　　她的父母跟他们打招呼时有些冷淡，但不失礼貌。他们在屋前的走廊上看着两人，看着简他们停下脚步，面向彼此，看着那个姓基的男孩有时候在跟简说话时拉住她的手。

　　一天晚上，她父亲一直在壁炉旁坐到很晚，他看着那张照片，思来想去，有了一个决定。他决定把简送到镇上，让她和她

---

[1]布朗尼（Brownie）相机是世界闻名的影像产品及相关服务的生产和供应商伊士曼柯达（简称"柯达"）公司所生产的系列相机，诞生于1900年。其操作简便、价格便宜，将快照技术介绍给了大众。

姐姐格蕾丝住到一起。从女裁缝干起的格蕾丝，这时候已经成了干洗店的所有者。虽然奇泽姆也担心简住到镇上后外出和社交可能没那么自由——至少在这里，她可以漫步在自家的土地上，如果觉得不舒服，她也用不着去社交——但是他又觉得，把简和那个姓基的男孩分开也许会是一件好事，对两人都好。

"宁愿让她对我感到失望，也好过她某一天被那个男孩伤透了心。"他自言自语道。

"那当然了。"他妻子突然说，这把他吓了一跳。他不知道她也在房间里。他看着她，有些被她偷偷摸摸的举动以及嘲讽的口气惹毛了。

在金钱方面，情况并未好转。如果简不在他身边，如果她去了镇上，在那里学会农场之外的谋生之道，进而又学会如何在这个世界上独自生活，也许他会少一些担心。一旦认真考虑起来，他发现实在是没办法想象，他和妻子去世后，她还会愿意继续待在农场里。

他自知自己的酒喝得越来越多，酒瘾越来越大，就越发频繁地偷偷溜到自己的工棚里。可是，喝了几口之后，他就会忘记自己应该小心行事，或者已不在乎自己到底应不应该小心行事，直接把那些壶或罐子拿到家中，但他又担心简看见自己这么做。

他妻子建议简可以做一些缝纫的活计，也许可以从格蕾丝的顾客那里接一些活儿，以此来补贴家用。这么一来，也许她也可以自己开个店。

第二天下午，吃晚餐前，他们把这个想法告诉了简。简看着他们——他们就坐在厨房里的餐桌旁，坐在她站着的地方旁边——听他们说着。她的脸上露出了某种表情——在她小时候，如果有什么事让她不高兴，她也会摆出这副表情来。

"我宁愿一直待在这里。"她说，"我可以自己挣生活费。"

"好吧。"她母亲一边说，一边故意不去看她，"可我们觉得这是眼下最好的安排。"

简走进自己的房间，坐在床上，听见父亲走了出去，母亲做起了晚餐。过了一会儿，她起身走回了厨房去帮忙。她母亲停下来，看了她一眼，然后继续忙起了手上没做完的事。

"我刚才也说了，你可以做一些缝纫的活计，就当是给格蕾丝帮帮忙。"她母亲说，"不管怎么说，实际上是她把你养大的。"

"是啊，女士。"简说，"不过，能别让我现在就走吗？求你了，还不是时候呢。"

她母亲久久地看着她，一直看到简觉得这间屋子开始把她们越逼越紧，觉得外面的世界已经不复存在。"那你为什么想待在这里？为什么想和我们待在一起呢？为什么你现在这么想待在这里呢？"

"我跟格蕾丝不一样。我从来没有不安分过，也从来没想过离开。至少让我待到春天过完吧，那我就又可以参加舞会了。我真的玩得很开心。"

"也许你还真的有些不安分。"她母亲说。她们相互盯着对方，直到她母亲起身离开房间。

"帮我看着炉子上这些豆子，"离开时她说道，"谢谢。别让它们煮沸了溢出来。我得出去一会儿。"

"好吧。"她说得很慢，但她母亲似乎没在听她说话。她母亲伸手去拿放在壁炉架上的那罐鼻烟，然后走到了走廊上，独自在那儿坐了一会儿。

轻柔的微风吹过了干草堆，棉铃开始开花，玉米长出了墨绿色的叶子。简和医生下山进了林子，绕着鱼塘散着步，医生说自己很喜欢炸鱼和炸马铃薯，又拍了拍日渐变鼓的肚皮。偶尔，他会从马甲的口袋里拿出石楠木烟斗，往里面装上烟草，停下来悠闲地抽口烟，这个时候，简就在一旁等着。他已经上了年纪，但还不算真的老了，可在简看来，他确实老了；他常常停下来喘口气，叹息着说，他知道自己并不是真正老了，但也肯定早已青春不在。他们走出林子，继续往下走，来到房子下面的那片牧场。这时候，他停下脚步，把烟斗里的烟灰弹了出去，说道："我一直不想给你看这个，也一直没跟你说我曾答应要告诉你的那些信息，可根据你父母的说法，你和那个姓基的男孩似乎在热恋，于是我觉得自己不能再拖了。"

她听他说着，耳根都红了，因为她模模糊糊地知道，也害怕他接下来要说的那些内容。

"你已经给我看过了。"她说。

"我当时给你看的东西很简单，"他说，"还给了你一个笼统的解释。我现在给你看的要更详细，也更具体。"

"好。"

"我知道，你们两个都很年轻，我也严重怀疑，你们中的某个人已经提前考虑过可能发生在你们两人之间的更严重的事情——还是有这个可能的吧。"

他从自己夹克侧面的口袋里掏出一个印好的小册子，上面有一些插图，然后把它递给了她。

"我那个在巴尔的摩的朋友给我寄来了这个关于你的小册子。这是他们的惯例，而这些只是其中一部分，明白吗？小册子上解释了——配了图，而且写得很详细——男人和女人到底是怎么生孩子的。我知道你也看见过一些东西，"他低声说着，几乎是在自言自语，"可是，无论如何，你都得特别留意第三页，上面配有一幅女性内部结构的解剖图。我之前也说过，你在你母亲体内生长的时候，发生了一些事，修改或彻底改变了这一发育过程。更可能的情况是，在你完全成形之前，有些事阻止了你的正常发育。可现在，当你读完这些内容，看过医生们绘制的放在这里的这些图以后——在你跟我，以及跟孟菲斯的戴维斯医生聊过之后——你就一定会明白我想说什么了。我的意思是，像你这种情况，如果不去做修复类的大手术或者大改造，怀孕生子都是一件极其困难的事。当然，我也说过，我相信，这件事终有一天会成为现实，可我们就是不知道到底会在什么时候。而且，如果以你现在这样的情况，就算能与别人发生性关系——也就是你曾见过的你姐姐和……呃……别人做的那件事——也会跟那些具备所谓'正常'生理构造的人做这件事不太一样。我说过你是个正常的女孩,你也确实是的。可是,你在一切完成之前就停止了发育,有可能是因为一些'线'在这个过程中缠住了,所以,问题出在你的内部——你的这个部分有些'不正常'。如果那个姓基的男孩要娶你,在你们的新婚之夜,恐怕……恐怕他会觉得很困惑、很不安。他甚至可能会坚信自己被骗了。这世上最让我难过的事,莫过于把这一切都如实告诉你。可是,让人在不了解实情的情况下,与别人开始了一段认真严肃的感情,这样是完全不对的。至少得让人了解足够的实情。"

医生停了下来。

"你看一看小册子背后的那张纸条。"

"嗯。"

"你可以看看那张纸条,再和小册子里的图做个比较,纸条上画的是一幅没有任何并发症的女性内部构造图。"

在小册子有图那页的边角空白处,他画了一个箭头,标注道:通过此处可以接触到人体内部的某个器官,该器官保障让人可以怀上孩子。还有一个箭头指向了画着男性那部分器官的图,没有配补充文字,仿佛在说:"这部分你一看就明白了,难道不是吗?"

"你如果看一看这里,就能看到明显的区别。"他指了指小册子里的一张图说。"再看看这里。"他又指了指那幅手工画的图。看起来,那张手工绘制的图就像是从某份专业文件上描摹下来的。她看看这幅图,又看看那幅图,一幅是小册子上的印刷图，另一幅是纸条上的手工绘图，她感到一股浓重的寒意涌上了心头。在某种程度上，她并非对此事一无所知。可是，她从来没办法去想象那些细枝末节。现在，看到这些信息就放在这里，如此直白而又清楚地被展示出来，这让她的自我与现实发生了冲突。她通常都会回避这种形式或这种程度的冲突——而她认为，回避的方式，便是独处。她垂下了那只拿着画与小册子的手，强忍着不让无用的泪水流下来。为了无法改变的事情而感到沮丧，这种做法毫无意义。又或者说，至少没有道理为了这件事而在别人面前出丑。

他伸出他那只指节很大的长手，握住了她的手。她试图挣脱，可他没松手。

"我可能越权了吧。"他说。

"你跟他说了这些吗？"她插了一句，"你给他看了这些吗？"

"天啊，怎么可能呢，孩子。没有。我确实跟他聊过了，私底下聊的，只有他和我。我只跟他说，你可能没办法怀孕，没再往深里讲。我还对他说，应该好好考虑考虑，这是为了你们两个人好。要是你觉得我跟他说得太多了，还请你原谅我。可我觉得，由我来告诉他这些，你会好受一点儿。这就是我这么做的原因。"

她紧盯着他，故意说道："那万一我直接跟他说，告诉他一切，然后看他会说些什么呢？"

"你觉得他听得懂吗，珍妮？"

她没办法回答，努力控制着自己的情绪。她知道问题的答案。

"他们所诊断过的与你类似的这种情况印在了这里,你看。确实还存在一些差别——并非所有案例都完全相同,所以我猜你可能会觉得,情况只是基本属实。不过一般来说差别都不大。根据孟菲斯的戴维斯博士在检查中观测到的信息,再加上我自己所了解到的,我认为,印在这里的情况说明是非常准确的。"

她一言不发,努力地控制着自己的情绪。

"你正在挨饿呢。"他说,"而且还脱水了。我听说有一些年轻女子就是因为不吃也不喝而死掉的,至于她们为什么会这么做,原因也是千奇百怪。"

"好吧。"她说,"这种情况不会发生的。我很好。"

然后,他一动不动地站在那里,这时她说道:"我明白的,汤普森医生。"

他把她留在那里,独自往她家走去。她看见他走上走廊,跟她父母说了一会儿话,而她父母先是什么也没说。后来,她又看到她父亲点点头,说了些什么,然后医生钻进了自己的车里,开着车离开了。

简靠近走廊时,她父亲起身打她身旁走过,什么也没说。简和她母亲的眼神交会,她母亲板着一张脸,对她稍稍点了点头,以示赞同医生的话。简从她身边走过,回到了自己的房间。她坐在床上,放下小册子,又一次看了看上面的那些图。她读起那些自己从未见过,也从未听过的文字,它们就印在那里,给她下了定义:泌尿生殖窦异常;泄殖腔残留。对她来说,这些字眼毫无意义。

她想:"本该让我来告诉他的。"此时,怒火涌上了她的心头。然后她又意识到了事情的实质:要是让她来说,她也不知道该怎么说。她可能不得不背对着他,说出这番话。她真的不知道自己该怎样才能完成这件事。

亲爱的埃利斯:

谢谢你给我寄来那些资料,虽然使用它们让人感到痛苦,但还是谢谢你。她很受打击,甚至比我预料的还要严重。我只好自欺欺人地认为,她并没有被某种年轻人才会有的不合逻辑的乐观主义冲昏了头。

当时,我把自己跟那女孩说的话又讲给了她的父母听,可是,我完全不知道他们在听我讲那番话的时候到底在想些什么。说真的,要是我玩牌,我肯定希望拥有奇泽姆那张面无表情的脸。倒不是说,从他的表情里看不出来他遇到了困难,是不知怎么回事,他的表情并不是愁苦,而是隐忍。就像是某条被重重地碾压过很多次的布满车辙的路的表面,且仿佛天生就是如此。他那位妻子的表情很丰富,但还是有一些令人捉摸不透之处。

也不是说,这整件事就是他们这种人几乎从来不会讨论的那种事。但话说回来,讨论这件事确实也不会让人觉得舒服。乡下人都是这样,他们会出于谨慎、出于礼貌,抑或出于绝望,体贴地回避某些人或事。

如果说这其中还有什么事让人感到安慰,那就是,年轻的简很可能不会再让自己挨饿，不会再让自己饱受脱水之苦，诸如这些估计只有十九世纪那些害了相思病的人才会做的事情。她的样子几乎跟我父亲从前有时候会提到的那些得了肺病的少女一样：她们睁着自己那双布满了死亡气息的黯淡眼睛，向那些年轻的绅士们求爱；很明显，这时的她们正在变成鬼魂，直到她们去了另一个世界为止。

我真希望，在我走之前，我有想起来向他们暗示，自己有没有可能喝上一口那男人鲜酿的玉米威士忌。虽然那么做我肯定会觉得很尴尬。毕竟，说完我不得不说的那些话以后，我就基本没勇气直视他们了。那男人也没有勇气看我。那位太太倒是很勇敢，她就像是某个充满仇恨的被废掉的年迈女王，正打算杀掉信使。

埃德

不久后的一天，简独自一人在林子里散步，她往下走，来到自己最喜欢的那一小片草地上坐了下来，草地的一侧笼罩在树荫之中。这里是她的秘密基地。她光着脚踩在树荫下的草地上，觉得很凉爽。这时她听到了某个声音，抬起头来，发现以利亚·基正站在离她只有几码[1]远的地方，似乎因为跟着她走到这里而感到有些害羞。她想，他肯定一直在注意着他们家。一

---

[1] 英美制长度单位，1码等于3英尺，合91.44厘米。——编注

开始她不免受到了惊吓,可等她看清楚那人是他时,便松了一口气。接着,她又惊慌了一阵子,后来才意识到自己很干净,毕竟她在出门的路上并没想起过这些。然后,她明白了他为什么会在这里,这让她全身发烫。他离她更近了一些,双手插在工装裤的兜里。

"我听说你要搬到镇上去了。"他小声地说。

"我想是吧。"她说,"我想我姐姐的干洗店需要帮手。"

他们沿着通向她家的小路,一起往回走。

"那你和我怎么办?"他问。

她低头看着自己踏在小径那柔软土地之上的双脚。现在已经进入了六月,气温每天都在升高,鸟儿们在林子深处更加凉快一些的阴凉处,表现得非常活泼;林子里的那些树叶依旧是墨绿色的,保留了一丝晚春的气息;树木让阳光斜射到了枝头上,光线被劈开,像是金黄色的倾斜光柱,那光柱没有实体,有的只是惊人的美丽以及完美的静谧。

"情况很复杂。"她说,"我想还是算了吧。"

他拦住了她,然后温柔地将她的肩膀转过来,让她面对着他。

"为什么就算了呢?你可以告诉我啊。"

她觉得自己的喉咙发紧,脸"唰"地一下就红了,她把突然感到刺痛的手放进了裙子的口袋里,什么也没说。

"是我做错了什么吗?"

她还是什么也没说,暗暗努力让自己冷静下来,好摆出一种无话可说的姿态、一副无可奉告的表情。她转开了视线。

"你知道的,不是你的问题。"她说。

"汤普森医生告诉我,你没办法生孩子。我不在乎这一点。"

"某一天,你会在乎的,以利亚。这一点我很确定。"

她摇了摇头,走到了一旁。

"对不起。"她说,"总之,事情不是那么简单。我不能谈这件事。"

"那我到时候去镇上看你。"

她摇了摇头。事情已经变得让人难以承受了。

"别……别这样。"她说。

谁也没再说话。过了一会儿,他又开口了。

"在你走之前,能不能吻我一下?"

她觉得自己的脸又红了,而且有些害怕。然后她点点头,静静地站着。以利亚·基走了过来——他也光着脚,他的脚红里透黑,沾着路上和林间小径上的尘土。她觉得他的脚很好看。他离她近了一点儿,摘下了眼镜,露出他那双未失真的美丽蓝眼睛。她以为他可能会吻自己的嘴唇,泪水涌上了她的眼角,她主动迅速地吻了下他的左颊,他又轻轻地把自己的嘴唇凑了过去,轻柔地吻了吻她颧骨与嘴巴之间凹陷进去的地方,吻了很久。在他亲吻她脸颊的时候,她感受到了他温暖的鼻息。他身上有股讨人喜欢的味道,混杂着马匹、泥土以及干草的气味。然后他轻轻地说:"再见,甜心。"他重新戴上眼镜,沿着小路一路小跑,离她越来越远。她甚至都没注意到,他那条工装裤的背带下面并没有扎着他通常会穿的衬衫。

简将永远为自己没有以利亚·基的照片而感到遗憾，她也责怪自己，怪自己在那天，在他给她拍完照片后，没有想到问他能不能让她给他也拍一张照片。

　　阳光透过斑驳的树影洒在了小路上，她回想起他刚才的声音里似乎透露着一丝迟疑。她还觉得自己也许会哭，但只会哭上一会儿。她把哽咽生生地咽回了喉咙里，慢慢地朝自家的房屋走去，什么也没看，就这样一直走到了院子里。院子里空空荡荡，只有一些从鸡圈里放出来的鸡——毫无疑问，这是她母亲干的——那些鸡摇晃着自己的脑袋，无所事事地走来走去。院子里的光线格外晃眼，照在了它们身上，乍一看，它们就像某种别的生物——某种来自其他世界，在迁徙途中飞落至此的鸟，而她也许是第一个看见这种鸟的人。光线太强，她眨了眨眼睛，抬起一只手挡在额头上方，以免阳光射进眼里。这时她再定睛一看，那些"鸟"原来只是鸡而已。

合乎本性

于是，到了1932年的秋天，简年满十六岁、即将十七岁的时候，她搬到了镇上，跟格蕾丝住在了一起。格蕾丝的性格没有太大的变化，不过看起来，独立后的她在这里确实更为放松。她嫁给了干洗店的店主，那男人叫诺布尔·西德博特姆[1]，听起来不像是一般人会用的名字。后来，西德博特姆先生——他一定早就受够了格蕾丝——跟一个比格蕾丝还年轻的女人跑了，他把干洗店、房子还有汽车都留给了格蕾丝，却连一句"再见"也没说。他也拿走了家里的现金。格蕾丝琢磨着，他们应该是跑到墨西哥去了，那边的物价很便宜。在一些下午，她喝着啤酒或杜松子酒，抽着烟，就待在屋前的走廊上，人行道上途经她家的所有行人都看得见她。

工作日的时候，简会在格蕾丝的店铺当裁缝，缝补男士马

---

[1]诺布尔·西德博特姆（Noble Sidebottom），直译过来，就是"高贵的侧臀"，的确如后文所说不太像是一般人会用的名字。

裤以及衬衣的袖子，或是将冬衣以及马甲的开线处重新缝好。和母亲生活在一起的时候，她便学会了用一整块布料做出连衣裙、短裙以及衬衫。她坐在机器面前，脚踩着踏板，一边工作，一边哼着自己编出来的调子。她让那台巨大的洗衣机一直工作，为那些需要洗衣服的顾客提供服务，又把那些衣服晾在屋后的晾衣绳上。有空的时候，她还会帮格蕾丝熨衣服。工作确实很繁重。

她已经戒掉了禁食的习惯，毕竟她得保持清醒，完成所有工作。不管怎么说，离开了自己可控的环境，她和其他人的联系便很少了。她开始在裙子里面穿好几条衬裙，有五到六条那么多，希望以此隔绝异味，还穿了一件能起到防护作用的橡胶服。她也会喷香水，这也可以稍微遮住一些异味。格蕾丝负责把洗好的衣物返还给客人以及收钱。简就待在店铺后面，一直忙个不停。顾客来干洗店，放下几件衣物，或者取回姐妹俩缝补好的衣物，可她很少见到那些顾客。

他们的房子就在新医院北边几个街区以外的地方，房子是维多利亚风格的建筑，很朴素，木板外墙刷成了白色，窗子很高。第二层是带有天窗的阁楼，简的房间就在那里。

街上的路刚好铺到十四街以北，于是，一年四季，简和格蕾丝都能听到去医院，或是去山下镇子的马车与拉货车经过时马蹄发出的"咯咯"声，还有老爷车的鸣笛声以及稍新一些的汽车加速时发出的"嗖嗖"声——后者的拥有者大多数是住在边远区域的镇上的居民。运送货物与旅客的火车日夜不停地发出汽笛声，定期在一条铁路上来来回回，先是途经前街，再向南开往哈蒂斯堡和沿海地区，接着向北开往哥伦布和图珀洛，又向东开往伯明翰，最后向西开往杰克逊。简从没有这么近距离地听过火车如此有规律的声响。火车长鸣的汽笛声以及汽车的"砰砰"声从调度场里传出来，也"轰隆隆"地从山谷中传出来，传向了四面八方，简觉得这些声音对她来说是一种慰藉。楼上阁楼的房间里，她在春天、夏天以及秋天都会开窗通风，所以她能听到这些声音，还能听到那些在深夜时分从酒吧步行回家的男人们传来的慵懒却犀利的说话声。她觉得自己大多数时间好像没有什么真正的隐私，她最习惯的，还是农场里的安静生活：偶尔能听见奶牛或其他品种的公牛大声叫唤的声音，它们要么朝着月亮怒吼，要么呼唤着幼崽，要么和成群的小母牛打招呼；还有马儿在马厩里焦躁不安，甩着尾巴大声叹气的声音；还有狗吠声、猫头鹰时不时发出的鸣叫声；以及受到惊吓的鸣禽紧跟在猫头鹰之后，于沉默中发出的叫声；郊狼、蟋蟀、蝉、雨蛙，以及牛池边的牛蛙发出的各种叫声；夏日里也总会有片刻宁静，这个时候，玉米地里那些长满叶子的秸秆会在微风中沙沙作响。

如果她一直待在这里，住在格蕾丝的阁楼里，那么她将成为主厨、洗衣工，以及清洁工。但她的生活也并非全都如此，要知道，她一周里有六天必须全天待在格蕾丝的店铺里干活，挣那点儿微薄的工资。格蕾丝非常冷酷无情，她早已下定决心，拒绝做一个软弱的女子，毕竟世上的男人都期望女人软弱，这样他们就可以随心所欲地摆布她们了。

有些时刻,她还会更为冷酷无情,她对简说:"你这是身在福中不知福啊,你甚至都不用考虑如何跟一个整天在你身上摸来摸去、对你发号施令的男人打交道。"

她们当时在厨房里,简打了几个鸡蛋,将蛋黄和蛋清倒入碗中,搅拌了起来。格蕾丝弯下身子,看了看碗里。

"你没有把那些波纹似的小东西挑出来吗?"

"为什么要那么做?"

"那是公鸡的某种体液。"格蕾丝说,"精液。"

"不是的。"简一边说,一边露出一副嫌恶的表情,再次看了看碗里的蛋。

"哟,你懂什么啊?你又从来没见过。"

"不可能是的。"简说。

"就是的,看起来就很像。"格蕾丝说。

他父亲每次去镇上的牲畜围场卖牛——他如今卖牛的次数不如之前那么多——的时候,总会路过这里稍做停留,带上简,让她跟他做伴。他总是周日来,也总是在格蕾丝的屋前拉住缰绳,坐在他运牛的那辆大卡车里抽着烟,一直等到姐妹俩中有一人听到车后面的牛因为被关起来而不耐烦地哞哞叫,然后走到屋外跟他说话。如果出来的是格蕾丝,他就点点头,说道:"告诉你妹妹,让她出来跟我去牲畜围场。"

"他肯定觉得我挑牛的眼光不错。"简说。

"我猜,他自己也知道,如果你陪着他,他就会在做完生意后才喝酒。"格蕾丝说。

简试着跟他交谈,可他这个人变得更加沉默寡言。他那瘦削且轮廓分明的面容如今更具雕塑感,下巴的线条则柔和了一些。眼镜在阳光下或路灯的灯光下隐约地闪着光,像是用细丝做边框的玻璃硬币,而眼镜之后的那双眼睛似乎变成了灰色。拍卖一结束——他卖掉或碰巧买下的牛也装进了车里——他便会独自离开一会儿,回来以后,便拿着能装一品脱酒的酒瓶开始鬼鬼祟祟地一口一口喝起烈酒来——酒是他从某个在附近闲逛、看起来像是正经菜农的当地酒贩子那里买的。一天晚上,他们正在驱车赶往格蕾丝家,突然,一个警察摇响了自己车顶的铃铛,示意他们靠边停车。她父亲看起来有些恼怒,也有些困惑。警察走到车窗旁,跟她父亲说起话来。很明显,他认识她父亲。他上下打量着她父亲,又摘下帽子跟她打了个招呼。

"你好,女士。"他一边说,一边碰了碰警察帽的帽舌。然后又说:"奇泽姆先生,你意识到刚才你超速了吗?"

他父亲看了那个年轻人很久,说:"时间也不早了,我急着要回家呢。"

"是的,先生。这我都明白。您刚才一直在喝酒吗,奇泽姆先生?"

她父亲就这么看着他,仿佛他刚才什么也没说。简鬼鬼祟祟地瞥了那酒瓶一眼,酒瓶正躺在座位上,在她父亲一条腿的旁边。

"我得继续上路了。"她父亲接着说,"我得把我女儿送到她姐姐家,然后出镇子,回到我自己的家——离这里足足有五六英里远,而且我想早点儿上床睡觉,你明白的吧。"

"是的,先生。我明白。不过,还请你稍等一分钟,恐怕我得给你开一张罚单。"

"一张什么?"

"一张罚单。因为你超速了。喝酒的事我就不管了,看起来你还能开车,只要保持速度不快。"

"好吧,可我得继续上路了。"他又重复了一遍。

"好的,先生,只耽搁你一分钟时间。"

可是,警官回到警车上去取票簿的时候,她父亲却挂好了挡,重新上了路。

"爸爸……"她说。她透过后窗,看着那个警察——他正站在他的汽车旁边目送着他们,那样子仿佛刚刚有人问了他一个问题,他却不知道该如何作答。

她父亲什么也没说。到达之后,把她放下了车。她吻了他的脸颊,跟他道了晚安。他向她看去。他耷拉着脸,似乎已陷入一种无尽的悲伤之中,仿佛他再也不愿意,也没能力去让自己的面容显得更加振作一些,仿佛他只能露出一副孤独的表情来。她想说:"爸爸,又能有多糟糕呢?你还有农场,还有土地呢。别人的情况肯定更糟。"可她也知道,他为自己能白手起家而感到骄傲,现在却发现自己的那点儿家业受到了不景气的经济的威胁。她想,这不仅是他的农场的写照,也是他这辈子的写照。如今,他住在那里，与他相伴的那个女人看起来就像是一个对他怀有恶意的陌生人；而对她来说，他只是个虚假的存在。

"晚安，女儿。"他说完便继续上路了。

她看着他的卡车慢慢地向山上开去。车行驶在路中间，但开得很稳。透过车上用来拦住牛的橡木板之间的缝隙，隐约可以看到卡车驾驶室里他的帽子和头部的轮廓。她感到有一阵恐惧萦绕在她的心头。他看上去仍然很健壮，但在许多方面，他看起来又比实际年龄要老上十岁。她突然无端地担心起来，觉得这是她最后一次见到他。但她努力让自己不去这么想，她知道，这种想法很愚蠢，在某种程度上还是一种迷信。

后来，格蕾丝告诉她，她们的父亲拒绝接受罚单的事传遍了镇上。很明显，他在当地可是个名人，而那位年轻的警察也没少遭人嘲笑，因为他居然试图给西尔维斯特·奇泽姆先生开罚单。

这就是她的生活，她在镇上的生活。她一直都很忙，也很累，并且努力在让时间变得似乎一点儿也不重要。时间更像是消失了，而不是流逝了，就像被忽略和遗忘的记忆。一旦生活变成这样，年华就会以这样的方式悄然溜走。

30年代正在慢慢地逝去，情况变得越来越糟糕，但即便如此，格蕾丝依然保住了自己的生意，办法包括：削减开支；提供比竞争对手价格更低的服务；厚着脸皮恭维那些女性顾客——也不管她们到底是美丽，还是相貌平平，抑或是丑陋；鬼鬼祟祟地和那些男人调情（简强烈怀疑，他们不只局限于调情——

格蕾丝常常吃很久的午饭，让简守着柜台；或是让简回家吃午饭，等到简回来时，她发现格蕾丝才把门上的牌子重新转到写着"正在营业"的那一面）。

简想搭建一个菜园，一开始，格蕾丝没同意；后来，她改变了主意，实际上，是她命令简做起了这件事。她还在把蔬菜装罐时帮了一些忙。她们基本放弃了肉类，只在周日吃一点点炖牛肉块。简对这样的安排没什么意见，反正她从来都不怎么吃肉，吃太多肉会让某些异味更严重。

她学会了如何与格蕾丝相处：争论时，她总是坚持己见；周日的时候，她时不时外出，一出去就是一整天。她会在镇上漫游，没有目的地逛街，什么也不买，还会简单地吃顿饭。比如说去一家叫"三角形"的餐厅里吃奇克扒[1]，那些日子里，只用花一个五分镍币，就能吃上这么一顿饭——他们用的是表面裹了面包屑的猪腰肉，味道实在好极了，她完全抵挡不住诱惑——吃完后便回家。外出前，她会像小时候那样不吃也不喝；所以，通常情况下，在回到格蕾丝家之前，她都不会遇到"突发状况"，更不会有真正"严重"的状况。她每周都给家里写信，偶尔会收到她母亲寄来的明信片。明信片都是用的黑色的

---

[1]据资料显示，密西西比州的默里迪恩（Meridian）市在20世纪30至60年代的确有一家叫"三角形"的餐厅（Triangle Restaurant），其中的一道特色菜便是"奇克扒"（Chik Steak）。据说，这道菜的主要材料为牛肉，而不是鸡肉（Chik看起来会让人误认为Chick，即"鸡"），但也可以用其他种类的肉。

马尼拉纸[1]，上面什么也没有印，甚至连方便寄信人写地址的竖线都没有，背面则写满了她母亲潦草的字迹，读起来像是一篇她为自己或是子孙后代写的日记：没有冰，因为送冰的人的卡车抛锚了。一头用来配种的奶牛死掉了，你父亲还不清楚到底是怎么回事。上周大多数时间都在下雨，连一针一线都没办法在晾衣绳上晒干。奇泽姆先生（她总是如此正儿八经地称呼她的丈夫）不得不射杀了一只闯入鸡舍的狐狸，又把它给了哈里斯一家，想把皮毛留给他们；不过据我所知，他们把它的肉也给吃了。你父亲再也杀不了猪了，得雇哈里斯和他家的男孩来做这件事，他知道必须把这件事给做了，但他似乎又不怎么在意，他把半头猪给了哈里斯，作为杀猪的报酬；感谢上帝，虽然是冬天，但那天是个晴天。他的行为有些反常（她偶尔会这么说，在简看来，母亲这句话的意思是，他喝了太多的酒，喝酒的次数也更多了）。

她和姐姐倒是还能在这种日子里坚持下去——她回信时写道。

曾有一张明信片的结尾提到了一件奇怪的事：黄昏的时候，乌鸦成群地飞到了松树上。我觉得这事很吓人，睡不着觉。

若某个周日天气很好，她便会吵着让格蕾丝开车带上她一起去父母家吃晚餐，她们每个月至少会去一次。后来，格蕾丝厌倦了这件事，便在镇卜南边的一块平地上教会了简开她的车。

---

[1]马尼拉纸（manila）是一种相对便宜的纸，与其他纸相比，它经过的提炼步骤更少。相对于牛皮纸，它的强度较低，但有更好的印刷质量。

之后，简一有时间，就会自己去看她的母亲和父亲。有时候她出发得很早，先去跟汤普森医生喝一杯咖啡，再去她父母家。她总是在天黑之前开车回到镇上。她父亲的健康状况似乎越来越差了。她常常碰见他站在牧场边上，看着自己的牛，仿佛他几乎已经不知道这些牛到底是什么了。有时候，他也会独自坐在屋前的走廊上，抽着烟。他在早餐前就开始喝酒，然后全天里每隔一段时间就会喝一点儿。

"爸爸？"她叫了他一声。

"嗯。"

有时，这一问一答之后，他们便不再说话，仿佛这些话已经足够；或者是话都说完了，仿佛这便是对她那些没问出口的问题——对于父亲的健康状况，她有很多话想问——的统一回应。她坐在那里，看着他那瘦削而结实的侧影——他如今戴上了一副金属边框眼镜——她很想知道，在他直直地盯着走廊外的院子，似乎陷入沉思，又一言不发的时候，他到底在看些什么。

追求者

有时候,格蕾丝的某位男性朋友会来家里,每到这时,简就偷偷溜出去,在市中心那些通常没什么人的人行道上散步。她喜欢夜晚的空气,也喜欢在那个时刻缓慢穿过镇子的稀疏车流,听车辆发出的机器运转声和马蹄的"嘚嘚"声。面包房里传来上夜班的师傅烤面包的味道,火车上传来烧煤的气味,这一刻,她觉得自己前所未有地孤独,像今天这样的许多个夜晚,她都渴望就这样独自一人回到农场。对她来说,农场才是她的归宿。

偶尔,某个"朋友"会来家里吃晚餐,那男人有时会待到很晚。简早早就上楼回到了自己的房间,她模糊地听到他和格蕾丝在楼梯井那里低声交谈,有时候他们又在屋外,说话的声音飘出窗户,飘到空气中,又通过他们上方的窗口飘进了简的房间。在这样的夜晚,尽管他们一直开着收音机来掩盖声响,她还是能听见格蕾丝卧室的门那坏掉的铰链发出的微弱"嘎嘎"声,以及门关上时金属发出的轻微的"咔嗒"声。她可能会不慌不忙地走到房子的另一边，到卧室对面她自己布置好的小客厅里，坐在敞开的窗户旁，望着楼下的闹市区，听着他们做爱时发出的声音。他们非常小心地不弄出大动静，就像情人在简的耳旁低语，每当此时，她都会因为偷听到这一切而感到全身发烫。

格蕾丝的追求者中，有一位名叫路易斯·丰特勒罗伊的男子。他在市区仅有的两家女鞋店中的其中一家做推销员，可他的衣着看起来好像他不止是个推销员。他长得很帅气，虽然带着一种漂亮家猫的气质；另外，他比格蕾丝还要年轻。他在丝质领带上别了一个刻有花纹的领带夹，穿一双在简看来格外女气的短靴。他还抽烟，烟都放在一个银质烟盒里。他对简极为客气，有时候，简走进房间时，他甚至会弯腰亲吻她的手背。简能感觉到他是在屈尊俯就，可她还是对他很有礼貌。一起用餐时，他会随便说些让人开心的话，确保自己既照顾到了简，也没冷落格蕾丝。有一次，格蕾丝离开了房间一会儿，这时，他先是夸赞简饭做得好，又说炖牛肉块特别好吃，简非常确定他甚至还冲她眨了眨眼。她的脸红了，可是，当她回头再看丰特勒罗伊先生时，却发现他似乎只是在仔细检查着自己修剪整齐的指甲，仿佛在寻找一些他回家后也许需要处理的瑕疵。她觉得他是个花花公子。

一次，格蕾丝很早便说丰特勒罗伊先生要来吃晚饭，还邀请简和他们一起。那天，简下楼走进客厅，却发现客厅里不仅有格蕾丝和丰特勒罗伊先生，还有另外一个男人。她呆立在门口，心脏怦怦直跳，一股怒意涌上了心头。与此同时，那两位男士都站着，把各自的咖啡杯放在了咖啡桌的茶托上，弄出了一些声响。

"你要不要和我们一起吃饭，简小姐？"丰特勒罗伊问。

"过来坐吧，简。"格蕾丝语带讽刺地说道，"这位是丰特勒罗伊的朋友盖布·萨切尔。"

"奇泽姆小姐。"萨切尔边说边点头，又迈开长长的双腿朝她走近了一步，伸出了自己的手。她伸出手来跟他握手，却发现手掌有点儿湿。然后她坐到了姐姐旁边的那把椅子上，又发现自己的脸发起烫来，于是她把潮湿的手掌放在裙子上擦了擦。她希望自己不至于非得匆匆离场不可，若真是这样，她和格蕾丝都会觉得尴尬。

这位萨切尔先生要年长一些，看起来几乎像是个中年人，不过，主要是他的那张脸比较显老。她能感觉出来，是某种压力让那张脸上出现了那些皱纹。有人说话时，他听他们讲话，看着他们，似乎很清楚他们在说些什么，仿佛那些话激起了他最为浓厚的兴趣；整个过程中，他都表现得很平静。这让她心里一暖，还有一点点脸红。她觉得自己被他的这一点情不自禁地吸引住了，长相是否吸引她反倒没那么重要了。可长相又算什么呢？说起美丽的容颜，一个人的美丽容颜又能保持多久呢？

可是，他又会怎么看她呢？哪怕她已经和格蕾丝在镇上住了整整五年，她无疑仍然是个乡下女孩。为什么她居然还会往那方面去想呢？难道她不清楚自己的真实情况吗？要知道，她都快要接受这个事实了。

可她还是能从这个盖布·萨切尔身上感受到一种悲伤之情，与之相伴的还有一种与生俱来的善意。这让她的心跳得更快了一些，与此同时，也让她再次觉得痛苦，这种痛苦她曾在自己对以利亚·基说再见的那一天感受过。

现在她终于明白了为什么格蕾丝之前坚持让她做一整份炖牛肉块，往里面加的土豆和胡萝卜也比平常更多，也明白了为什么格蕾丝还会亲自用莴苣、西红柿以及洋葱拌了一碗沙拉。现在她几乎什么也不想吃，一些情绪在她心里滋生，她甚至很难把食物咽下去。

他们吃饭的时候，简说话不多，但表现得很有礼貌。萨切尔先生个子很高，比简要高好几英寸，身材细瘦，但还没瘦到像她父亲那样皮包骨的地步，也没有瘦到她快要瘦到的那种地步。在餐厅太过明亮的光线下（她不喜欢这一点，她更喜欢吃饭时的光线暗一些），她发现，虽然他的善意很吸引她，但他的脸有一点儿歪，耳朵也是。尽管如此，他用起餐来非常得体，说话的声音也不会太大。事实上，他算是个安静的人。

"萨切尔先生参加过一战呢。"格蕾丝在某一时刻说道。对此萨切尔先生什么也没说，只是冲着自己的餐盘微微一笑，给自己又切了一块牛肉。

"你在法国服过兵役吗，萨切尔先生？"简问。

"他还真服过。"丰特勒罗伊先生说，"他上过战场。"

"啊，你能回家，我很开心。"简说。

"基本上算是吧，女士。"接着萨切尔先生用一种奇怪的语气说，"我当时受伤了，不过我很庆幸，我现在还活着，身体也很健康。我认识的很多家伙都遭受过毒气攻击，但我没有。"

"萨切尔先生的老家在北边的图珀洛附近。"格蕾丝一边说，一边四处走动，给每个人的玻璃杯里添茶。

"你来这里干什么呢？"简问。

"来工作。"萨切尔说，"战争期间我就一直在铁路上工作，几年前，他们把我调到了这里。我希望我的这点儿资历能够帮我度过这个时期。"

"能在这个时期有生意可做的人都是幸运的。"丰特勒罗伊说，"恐怕唯一能让我把卖鞋的生意一直做下去的方法就是穿坏我自己的鞋。"他一边说，一边因为自己讲的这个笑话而大笑起来。

"你的生意还不错吧，格蕾丝小姐？"萨切尔问。

"嗯，很好。这都多亏简很擅长修补破旧的衣物，她能让它们看起来像新的一样，也多亏她做出来的新衣物能卖个特别好的价钱，要不是这样，恐怕我们也会遇到麻烦。"格蕾丝说。

"你可别忘了，实际上还有一些工作是义务劳动呢。"简说。

那晚就快这样过去了。简没什么胃口，或者说一点儿胃口也没有，但还是勉强吃了几口自己盘子里的食物。整个局面让她觉得越来越不舒服，虽然一切还仅仅是表面上看起来的那样，可说到底，这就是格蕾丝自作主张组织的一场略显莫名其妙的相亲会。慢慢地，她由不适变为了愤怒，她愤怒是因为格蕾丝居然会如此为难她，于是她变得沉默了。萨切尔先生问她是不是不舒服。"我没事。"她回答道。然后她感到"突发状况"即将发生，便准备起身匆忙上楼去，却又选择停了下来，她想：干脆也别掩饰了吧，看看这位媒人会作何感想。一分钟后——在这一分钟里，某种毫无疑问来自身体排泄物的气味开始弥漫到了桌子周围的空气中——她能察觉到其他人的不自在，能看到尴尬的表情悄悄出现在了他们脸上，也能注意到他们的眼睛不再看她。除了格蕾丝。格蕾丝的眼睛直直盯着简的眼睛，她的眼里写满了狂怒和难以置信。

两位男士起身准备离开，他们感谢了格蕾丝，然后萨切尔感谢了简，同她握了手，并且非常勇敢地想要装作一切都很正常。他们直接跳过了吃甜点以及喝咖啡的环节。他们前脚刚离开，格蕾丝后脚就关上了门。一关上门，格蕾丝便赶紧转过身来，飞奔似的跑到简的面前，厌恶和愤怒让她的脸都扭曲了。

"妹妹，这到底是怎么回事？"她问，"这一切到底是怎么回事？"

"是啊。"简马上反问道，"这是怎么回事呢？"

"我敢打包票，发生这个小小的意外后，甚至连路易斯也不会再来这里了。"

"太遗憾了。他跟你真的挺般配的。"她以为格蕾丝会给她一耳光，可格蕾丝只是"砰"的一声撞开了双开式弹簧门走到了厨房里。简跟在她身后，也"砰"的一声撞开了那扇门。

"说真的，你告诉我，姐姐，"她说，"你真的想给我介绍一个对象吗？你就没想过我会觉得有多丢脸吗？他又会怎么想呢？他是个好人，一个心地善良的人，我看得出来。要是我直接拒绝他，甚至都没办法告诉他原因，他会怎么想呢？"

格蕾丝想要开口说话，又停了下来。她交叉着双臂，差不多快要瘫倒在地。

"该死的，别这么生气。"她说，"路易斯坚持说这个男人想见你。"

简盯着她看了一会儿。

"为什么呢？"

"他说自己很孤独，自从打仗那会儿就没碰过女孩了，还说自己伤得很重。我想应该是特别严重，你明白的。"

"他看起来不像受伤了。我的意思是，他有两条胳膊，也有两条腿，虽然脸有些扭曲，但并不吓人。"

格蕾丝只是看着她。

半晌，她才又继续说道："也许在某种程度上，这让他变得像你一样了——没办法去亲近别人。我只是瞎猜的。"

听到格蕾丝的这番话，简仿佛能感觉到自己的脸上瞬间没了血色。就好像一个人明显感觉到自己脸色惨白，几乎就快死掉一样。

"我猜，"她说，"你已经跟那位丰特勒罗伊先生说过我的事了吧？而且，他也把我的事告诉萨切尔先生了吧？"

格蕾丝张了张嘴，手里拧着的那块抹布已经变形了。她迅速看向了别处。"没把所有事情都告诉萨切尔。"她说，"说到那

- 243 -

方面，你的情况确实让他觉得吃惊。"

简说："你怎么能做出这种事来呢，格蕾丝？"

"好吧，该死的！"格蕾丝一边说，一边把那块抹布扔到了柜台上，"我还真是好心没好报呢，妹妹。也许那个人很适合你，你觉得呢？还是说，你只想一辈子做个老姑娘呢？"

"好啦，不管我'老不老'，我都已经这样了，难道不是吗？"简说。

"是啊。"格蕾丝说着，稍微冷静了一些。在厨房灯光的映照下，她的耳朵从粉色重新变回了半透明的肉色。

"所以，你觉得这个男人因为没办法和女人保持正常的关系，所以他会愿意和我在一起？你告诉他，说我可能有点儿'畸形'，但我猜，你没告诉他，我没办法控制自己的大小便吧。你也没告诉他，成为这样一个女人的伴侣，在这个女人身边，他会经常"享有"厕所才有的臭味。你也没告诉他，这种感觉就像是和一个总需要换那该死的尿布的巨婴生活在一起。看他在餐桌上的反应，我猜，你没跟他说过这些话吧，可怜的男人啊。"

"可怜的男人？你怎么会让这种事发生呢？你为什么不给自己找个借口，然后上楼去，你之前不都是这样做的吗？"

经过长时间的静默，空气仿佛开始嘶嘶作响，就像另一个房间里的一个微型蒸汽阀。这时候简说："我想，我这么做是想表明一种态度。我不想成为这个谎言的一部分。"格蕾丝什么也没说。"我二十二岁了，格蕾丝。在过去，要是一个女人在这个年龄还没结婚，那她就是个老姑娘了。现在的我基本就是个老姑娘了。如果我不得不接受这个现实,那么你也得跟我一样,接受这个现实。我就像个老姑娘一样,已经在这里住了这么久,我猜,我已经快把你烦死了吧。所以,如果你希望我离开,希望我自己找个地方住,你就尽管说。"

"我可没说过这种话,我也没打算这么做。你是我的小妹妹,我只想尽力照顾好你。"

"谢谢了,格蕾丝。可是,如果你希望我走,想要回自己的私人空间,你就尽管说,好不好?"

格蕾丝点点头。

"你也不年轻了,格蕾丝。"她说话的语气很轻柔,一点儿也不刻薄,"我不想自己碍着你的事。"

格蕾丝看起来都快哭了。

简离开厨房,直接走回了自己的房间。她坐在床上,看着窗外的闹市区,听不见外面的声音,也闻不到外面的味道,甚至连自己身上的味道也闻不到了。她只能看见镇上的夜景,只能看见她身体中的某个部分似乎飘到了空中,在无人察觉的情况下融入其中。它顶多相当于夏日树荫下仅用一个小容器便能盛得下的和煦微风,是如此的微妙,使人不禁要问,它真的存在吗?还是已经离开了?又或者,它只是存在于某人梦中,只是灵魂出窍的一个瞬间?那个幽灵般的自我如今似乎常常在简独自一人时陪伴着她。

关于爱情

汤普森医生会时不时地来格蕾丝家,若是周日,他就开着自己的车,带上简去兜风。他们会开到很远的机场,在那里看着飞机偶尔的起起落落。他还会带上午餐盒,带着简在高地公园野餐和闲逛,把简从格蕾丝家带来的不太新鲜的面包片投喂给鸭子。

有一次,他说服了简和他一起去坐一坐公园里的旋转木马。这本应当是段相当平淡无奇的经历,毕竟他年纪也不小了,而简也不想跨坐在一匹木马、一头木狮,或是其他什么奇怪的动物身上,于是他们坐上了雪橇形的座位。哪怕只是这样,在旋转木马加完速,快速旋转起来后,他们还是觉得很刺激。旋转木马所创造的那个世界,以及在斜射进来的光线下透过窗子所看到的外面的世界,都在快速移动之中变成了条纹状,让人仿佛身处无比兴奋的梦境。旋转木马慢慢减速,最终停下来时,她不得不紧紧抓住他的前臂,求他给她一会儿时间,好让自己平复心情。接着,她不出所料地拿着自己的包,匆忙跑到了公共泳池的更衣室去清理自己——坐旋转木马的时候,她在很长一段时间里彻底忘掉了自己,等她清醒过来,却意识到"突发状况"又出现了,她得先处理完这个状况,之后才能去别的地方。

他们走回停车的地方,上了车。这时候,他在方向盘前坐了一会儿,什么话也没说。

"你在想什么呢?"她问。

"呃,只不过是开了个小差。旋转木马把我给转晕了。"

他们坐了一会儿。

"我想问你一个问题。"她说。

"问吧。"

"你怎么一直没有再婚呢?"

他皱眉思索了会儿,然后答道:"我觉得没必要。有些人觉得自己必须结婚,必须找个伴儿。莱特死后,我想明白了,觉得自己不是那种人。我想,跟莱特结婚让我想明白了这一点。"

"对不起。"她说,"问这问题时我都没过脑子。我并不想窥探我不该窥探的隐私。"

"没关系的,我不介意。有时候,人们之所以结婚,是因为在那个时候,觉得这个想法似乎挺不错。还因为,某某人可能会是个不错的伴侣,跟那个人过一辈子兴许还挺不错;就算是一起生孩子,也挺不错。人们结婚的原因很简单,因为他们估计自己跟自己的对象意趣相投,觉得自己能和自己的对象处得来,仅此而已。"

"所以你也是因为这样才跟汤普森太太结婚的吗?"简问。

"我们处得挺好的。"

她再次表现得有些鲁莽,她很想踢自己一脚。但她还是很好奇,而且依然对格蕾丝给她做媒的那件事感到沮丧,她觉得,她是在用这种方式向汤普森医生"发泄"着自己的愤怒。毕竟她只有汤普森医生这么一个真正的朋友。

"对不起,我不该问这个问题的。"她说,"我看我还是闭嘴吧。"

"没关系,我真的不介意。到了最后,我们确实有点儿像是分居了一样。我爱过她,我觉得她也爱过我。可是,她渐渐地很难表达她对我的爱。我觉得,到了最后,我可能不能算是个百分之百适合她的男人。我觉得她更喜欢生活在镇上。"

"可你们家基本上就算是在镇上啊,在镇子边上吧。"

他微微一笑,可只有一边的嘴角扬了起来。

"我猜她更喜欢镇上的生活,镇上的那种社交圈。"他看着她,"在她成长的过程中,她很孤独。可我也从来没有真正地关注到这一点。"

"你们是怎么认识的?"他还从来没跟她讲过这段经历。

"既然这样,那我就跟你说说吧。我当时在亚拉巴马大学学生物,准备申请去范德堡大学的医学院——不过那个时候我也没确定下来。言归正传,某个周末,我和我的朋友纳特·麦克勒莫尔一起回了家——我朋友是墨丘利人——那天,有人在自家门口的草坪上办联谊会,我想那家人应该叫迈耶。那天非常热,一些年轻的女士打着阳伞来遮阳和隔热。我从一个没有阳伞的女孩身边走过,这时候,她竟然当场晕了过去,正好倒在我怀里。我就那么抱着她,就像你在跳探戈之类的舞蹈时让你舞伴的身体后仰那样,我只能先那样紧紧地抱住她,不然就会失手将她摔到地上。我还没来得及把她放到草地上,她就醒了过来,然后直视着我。很明显,她吓坏了,也很震惊;当然了,她还有些摸不着方向。出于某种原因,人们总会一时冲动,做出些奇怪的事情来,就如当时我说:'别担心,我是个学生,以后打算做个医生。'你知道她后来做了些什么吗?"

"跟我说说。"

"她当然笑了。哪怕她当时处于那样一种状态,她肯定也意识到,我跟她一样,脑子里也是乱糟糟的。喏,这就算是我们的开始吧。"

"她有机会近距离地看着你,就像你们俩很亲密一样。虽然是个意外,但确实奏效了。"

他歪着脑袋看着她,脸上露出了一丝含糊的微笑。

"也许吧。"

他叹了口气,似乎在嘲笑自己。"我不知道,我只是在泛泛而谈。"他再次转向她,"我一直在思考爱是个什么东西。我意识到自己对爱一点儿概念也没有。可你从那个姓基的男孩那里感受到了爱,不是吗?你相信你自己感受到了。"

她脸红了,但还是说:"是啊。"

他沉默了一小会儿,似乎在仔细观察自己的指甲。

"简,我必须说,虽然我干涉过你和那个男孩的事,但我从来都不确定我那么做是否正确。"

"你真这么觉得？真觉得你干涉了我们？你说过的，你只跟他说了我没办法生孩子。"

"是的。我只跟他说了这么多。可我不得不问自己，为什么？难道我是在试图用某种办法让他做好准备，去直面他和你在一起时会了解到的那些真相，或者你某一天不得不告诉他的那些真相？我也说不清楚。不知怎么回事，我老觉得这是我的责任，当时我有必要说点儿什么。可也许不是这么回事。也许我应该让事情顺其自然，不管结果会怎么样。"

这时候，她沉默了一会儿。然后她说："我也想过这些，当然想过。我一开始很愤怒。我觉得你本应该让我来告诉他。可你也该知道，我后来断定，我自己其实没那么确定我是不是真能亲口告诉他真相。我想，也许我该感谢你，因为你至少让他了解了一些事。"

接着，她告诉他，那天下午，以利亚见了她，而她拒绝了他。

"你现在的意思是，当时我应该留下来？"简问，"我应该直接告诉以利亚一切，去冒个险？"光是这么想一想，光是把这些话说出来，就已经让她心跳加速了，仿佛她很恐惧。

"我也不是什么事情都拿得准的，珍妮。"

"可是，如果他一直没办法知道我跟他讲的那些事实之外的真相，就像你当时说的一样，我难道不会心痛得更厉害吗？说不定他也会更心痛吧？"

"我不知道。"他又说了一遍。"我当时确实是这么想的。"

他看着她,"你也是这么想的,难道不是吗?"

一时间她无法回答,直到她觉得自己的心跳渐渐慢了下来,恢复了正常。

"是啊。"然后她说,"我确实是这么想的。"

"可事实上,我们真的永远也不会知道有没有另一种结果了。"

"是啊,"她说,"我想你说得很对。"

第二年,也就是1938年,干洗店终于倒闭了。这时候,简以为自己会回家,回到农场,但格蕾丝有些故作神秘地让简给她一点儿时间,还说简也许用不着离开。

"我也不知道为什么,格蕾丝,"她说,"我只是模糊地觉得,农场才是我该待的地方。话说回来,你现在能做些什么?我的意思是,我们能做些什么?"

"我觉得,我知道自己可以做些什么。至于你,如果我能做的那些事真的行得通,我们可以稍后再去考虑这个问题。"

"好吧,我希望那些事都是合法的。"简开起玩笑。

格蕾丝愣住了。此时,她穿着一条简勉强才能不将其划为伤风败俗之流的连衣裙,喷了香水,穿着高跟鞋,化着很浓的妆,招摇地戴着一顶黑色的棉质帽子,帽檐几乎遮住了她的一只眼睛,而另一只眼睛也差不多被刘海给盖住了。

"实事求是地说,其实不合法。也许也可以这么说,这种事只是在一定条件下得到了许可。"

然后她离开了。坐上了自己的车,掉个了头,朝山下的闹市区开去。

　　一个小时后她回来了，手上拿着一瓶私酿的威士忌，一边喝着酒，一边让简跟她去厨房坐坐。她往一只矮玻璃杯里给自己倒了一点儿酒，喝了一小口，清了清嗓子，又摘掉了帽子。格蕾丝涂了亮红色的口红，有着乳白色的皮肤，还有一头黄褐色的头发，这让简突然惊讶地意识到，她实际上是个美丽的女人。很性感，她不得不承认。她之前可从来没有注意到这一点。每当她看着格蕾丝，她真正看到的，似乎只有格蕾丝性格中丑陋的那一面。对于简来说，这丑陋的一面实际上一直掩盖住了格蕾丝的外在美。

　　"你在盯着什么看呢？"格蕾丝问。

　　"啊，没什么。"

　　格蕾丝看了她一眼，又喝了一小杯威士忌。

　　"好啦，我来跟你说说我的大秘密。我明天就开工了，为明妮女士工作。你知道我在说些什么吗？"

　　简摇摇头。

　　"你听说过妓院吗，妹妹？"

　　简再次摇了摇头，然后又点了点头。"好吧，"简说，"有点儿模糊的印象。"

　　"在那里，男人花钱和女人上床。明妮的妓院待遇很不错。"

　　简微微点了点头，她知道，此刻自己的眼睛睁得大大的，眼神看起来一定很悲伤，还有点儿傻。格蕾丝笑了笑，仿佛是为了证实简所想的，她的笑声很小，几乎是在笑给她自己看。

"好吧，我不想去廉价的餐馆伺候别人，也不想在富人的家里打扫卫生，更不想在肮脏的工厂里做工。明妮女士一直都很喜欢我，她是店里的老主顾了，你难道不知道吗？"

"哦，那个明妮啊。就是个子很高，有一头漂亮白发的那个明妮吧。"

"对。而且穿着很贵的衣服，还有北方人的口音。她来自密歇根。哪怕她确实掌管着一栋满是名声不好的女士的房子，她依然是位高贵的女士。而且她在这个镇上的警察和富商中的口碑很好。"

"她经营着——你刚才说了个什么词来着——一家妓院？格蕾丝，要是爸爸和妈妈发现了——"

"爸爸和妈妈从来就没能真正管得住我，这你也知道。"

"是啊。"简说。

"还有一件事。"

"什么？"

"她也同意帮我另外一个忙了，那就是，把你也给雇了。"

"我？你这是什么意思？"

"看在上帝的分儿上，你又不用去服侍那些男人。明妮女士的那家妓院很高级，他们去那里，我们这么说吧，不是为了去寻求一些古怪的体验的。"

她们盯着彼此看了一会儿。

"总之，我刚才是在跟你开玩笑呢。我不会去那里当娼妓的。"

"娼妓？"

"对啊，就是和男人做那种事的人。明妮小姐很钦佩我的商业头脑和聪明才智，而且她知道我做生意的时候非常较真。我将成为人们口中的她的经理。从现在起，就由我来为她分忧解难。"

"哦。"按照简原来的想象，格蕾丝会躺在有四根帷柱的大床上，身体全裸或半裸，拿着一把日式扇子给自己扇风，一边还喝着杜松子酒、抽着烟，又抽空对着一个陌生人发情。可现在，她又想了想，格蕾丝不喜欢人，男人和女人都不喜欢，不至于去做那样的工作。那种工作需要一直和人亲密接触——虚伪的亲密也好，粗俗的亲密也罢。

"哦。"她又问了一句，"好吧，那你准备让我做什么呢？"

"你可以想象，在那样的地方，会有很多床单要洗。"格蕾丝说，"性是一件可能把一切都弄得乱七八糟的事情。他们那里每张床的床单一天都要换上好几次。你现在也知道如何操作一台巨大的洗衣机。钱不会像我挣得那么多，但至少可以让我们保住自己的容身之处，也能让我们的食品储藏室里总有吃的。如果我们一直吃你在菜园子里种的那些蔬菜，每周只能吃一片肉，那我会跟你一样，瘦得只剩下骨头。"

"不，格蕾丝。我觉得我做不了。我觉得我办不到。"

"不？所以，你希望我来养你吗？还是希望妈妈和爸爸来养你？"

"我可以种地，可以做饭和打扫卫生。我可以在农场里自力更生。如果有需要，我还可以养牛。爸爸现在比以往任何时候都更需要帮手。"

"好吧。"格蕾丝说。她又给自己倒了一小杯威士忌,然后点燃了一支烟。显然,现在在户外抽烟会有特别多的麻烦。"好吧,如果你想住在农场里,想犁地,想去田里除草,想摘棉花,想把自己的胳膊伸进奶牛的屁股里,那我觉得,这都是你自己的事。"

"有这么一所房子,在那里,每一扇门的背后都有一大群像个旅行团一样的陌生男人,他们成天把自己的'臭喇叭'插入同一个女人的体内。你觉得我会愿意待在这么一座房子里吗?我也想知道,你要过多久才会喜欢上这么个地方。"

格蕾丝的嘴里吐出一口烟来,又用鼻子把部分烟吸了进去,她眯着眼睛看着那些在空中四散的烟,然后从自己的嘴角又把烟吐了出来。

"我猜,我到时候就会知道了。"她说,"但那只是她们,又不是我。我只会见到我自己摘的那些'臭喇叭'——当然,'臭喇叭'是你的说法。"

遗 忘

可眼下的问题是,如何才能回家。困难不仅仅是"回家"这么个简单的行为,如果是那样,她可以打电话给医生,搭他的便车回家,或是打点好行李,等着下次她父亲来镇上时跟他一起回家。问题在于,如果她回了家,家里人肯定会问她"为什么要回家""为什么现在回家""格蕾丝怎么了",以及诸如此类的问题。她从来没对他们撒过谎,没真正撒过谎,况且她也不善推诿。骗人,有此企图,甚至动这方面的心思,都会让她尴尬,仿佛这是她的弱点。这弱点既古怪,又让她觉得丢脸。

所以她一直在磨蹭,这激怒了格蕾丝。不过看起来,她也不是接受不了格蕾丝的这份新工作。如果说有什么变化,那就是格蕾丝每次回家时心情更好了,比之前从干洗店和洗衣店回来时的心情要好很多。简努力想给格蕾丝留下好印象,她把屋子打扫得一尘不染,把菜园子和院子收拾得井井有条,而且总是主动做晚餐、洗盘子。格蕾丝抱怨过几句,但她明显也很高兴,毕竟不用自己做这些事了。六年前简来到这里后,她就很少做这方面的事了。

后来有一天，她父亲来了——如今他一周，甚至一个月也去不了一次牲畜围场——她出门走到他的卡车前，发现卡车的拖斗里空空荡荡，一头牛也没有。她站在副驾驶座那扇开着的车窗外跟他说话，可他似乎没有听见。她提高了声量，他这才慢慢转过头来。然后他说："要不，接下来你来开车吧，女儿？"

他熄了火，缓缓地下了车，绕过引擎盖走到卡车另一侧，手一直扶在车上。他的身子看上去在发抖；他的双眼盯着脚下的路，可似乎什么也看不见，像是瞎了一样。她扶着他的胳膊，帮他坐到了副驾驶座位上。她触碰到了他的身体，觉得他比看起来还要消瘦。上午还没过完，她却已经闻到了他身上浓重的酒味，可她觉得，这并非是他的主要问题所在。

"我们去哪里呢，爸爸？"她问。

"去牲畜围场。"他说。

"你打算去看看有什么可买的吗？"

他看着她，仿佛她说了些古怪或神秘的话。然后他伸长了脖子，把头转过去，隔着后挡风玻璃看向了卡车的拖斗。

"好吧。"他说，"我以为我带着一头牛呢。"

"你是不是忘了把它装到车上？"

他再次看向她，样子看起来有些迷蒙。然后他转过头，向挡风玻璃外面看去。他抬起了一只手，仿佛在说：那么我们现在出发吧。

于是她开着卡车，带着他穿过镇子去了牲畜围场，又和他坐着看完了整场拍卖会,但他对眼前发生过的一切几乎都无动于衷。他会时不时地关注起一头牲畜,看着它进入展示区,被展示给众人,然后离场,但也只是看似如此。大多数时间里,他只是久久地盯着什么,眼神空洞,与之前他到格蕾丝家时露出的那种眼神一模一样。他们准备离开的时候,他让她给他弄点儿酒来。

"去哪儿?找谁?"简问。

他只是看着她。

"爸爸,我觉得你现在最不需要的东西就是酒了。对不起。"

他眨了眨眼,看着她。接着,他颤颤巍巍地离开了,走向一辆皮卡,在那里跟一个男人说了些什么,然后拿着一瓶酒走了回来。他把酒塞进了他工装裤前侧的口袋里。

简什么也没说,只是上了车,坐到驾驶位上。他从另一边上了车,开出围场后,他拿出酒瓶喝了一大口酒。回格蕾丝家的路上,他都在小口喝着酒。

那是十一月的一天,当时已经快到傍晚了。暑热终于完全退去,偶尔能在夜晚的空气中感受到一丝寒意。

"你很冷吗,爸爸?"简问,"要不要把车窗摇上去?"

"我没事。"他说。他看起来没有出现任何不适症状,只不过嘴巴张着,好像是为了帮助自己呼吸。他的脸颊凹了下去,饱经风霜的皮肤绷得紧紧的,正好凸显了他那看起来很单薄的下颌骨的线条。

她把他的车停在了格蕾丝家门前,扶着他进了屋,坐到了客厅的沙发上。格蕾丝是在简煮咖啡的时候到的家,她环顾四周,然后进了厨房。

"怎么了?他看起来不太对劲儿。"

"是啊。我不知道是怎么回事。他变成这样应该不仅仅是酒的原因,不过我猜,如果酗酒的时间太长,那很有可能就是因为酒。妈妈没有把所有事情都告诉我们,我知道。"

简端了一杯黑咖啡给他,格蕾丝跟在她身后。

他看着咖啡,仿佛那是什么奇怪的东西,然后又抬头看了看格蕾丝和简。他对格蕾丝说:"我知道你最近在忙些什么,别以为人们都没长嘴巴。"

"我只是在赚钱养活自己。"

"靠当娼妓谋生吗?靠给你的母亲脸上抹黑谋生吗?"

"我不是娼妓。我是一家妓院的经理。我坐在一张办公桌后,脚踏实地地工作。区别很大的,你知道吗?话说回来,我去做什么行当,那都是我自己的事,不管你和妈妈喜不喜欢。至少我们在这里还活得好好的,你们呢?"

"我准备带着珍妮回家,离开这里。"

"她听到这个消息一定很开心。"格蕾丝说。然后她从门厅放钱包的那把椅子上取下钱包,走了出去。

她们的父亲摇着头。他摘下眼镜,擦了擦眼睛。简很震惊,她还从来没有见过父亲这么激动,更没有见过他这样失控地哭出来。

"对不起,真的对不起。"他说。

"爸爸，为什么道歉呢？"

"因为你。"他说，"因为你的人生。因为你必须忍受的这一切。"

"爸爸，"她说，"我没事。我就是我。我知道如何面对这一切，以及怎么活下去。"

他又摇了摇头，重新戴上眼镜，看起来是已经重新振作起来了。

"我要回家了。"他说。

"可是，你现在这个样子根本没办法开车。"

"请你别告诉我，我能做什么，又不能做什么，女儿。"他说，"等我先处理好一些事情，再让你妈妈把你的房间准备好，几天后你就能搬回来和我们一起住了。听到了吗？"

"行吧。"

他抬头看着她，说："我想再跟你说点儿事。"

可是，他似乎想不起他要说的话了。他起身戴上帽子，走了出去。过了一会儿，她听见了卡车启动的声音。她走到窗前，看着卡车慢慢地开走，方向盘后，她的父亲身子僵直，但坐得很稳。

他没直接回家，而是驱车穿过闹市区，去了镇上西边的一条街。那条街在铁轨附近，大部分地都空着，只看得到几幢老旧破败的砖砌建筑和摇摇欲坠的木质建筑，各色各样的店铺就开在这些建筑里，包括一家杂货店——店里兼做着车马出租以及机械修理的生意,而其他的也都是一些诸如此类的店铺。一栋看起来更旧一些的房子矗立在一大块地上,那块地被一大片橡树林所环绕,它们几乎挡住了房子的廊台。现在若是沿路把车开到这栋房子跟前,人们一眼就能看到廊台上那些无事可做的女士在给自己扇扇子或抽烟,其中有些女士还在小口地喝着什么,看起来像是甜酒,又像是小杯的烈酒。一位女士站住了——他看那女孩有点儿眼熟——然后进屋去了。另一位女士大声喊道:"来啊,宝贝儿。"他没搭理她们,而是直接走上廊台,走向了前门,连门也没敲、帽也没脱便走了进去。一个年轻女人慢慢走近他,她看起来有些不安,他也没搭理她,而是站在那里,仿佛在等待着什么。空气里有某种东西散发的味道,闻起来像是凋谢的玫瑰。他听到自己的女儿格蕾丝说:"我来处理这件事,尼莎。"

他看见她站在一个像是办公室的房间的门口,穿着一条长长的、类似外套的连衣裙,戴着一顶钟形女帽,她早些时候出门那会儿就是这么一身打扮。

"我觉得你看起来更像生意人,倒不像娼妓。"他说,"你现在已经习惯了晚上也工作吗?"

"你想干什么,爸爸?"

"我想让你离开这里。你没必要在这儿工作。"

"是我自己选的,爸爸。"

"即使是在这个年代,也还有一些别的工作。"

"这工作很稳定。而且,我在这里做的是管理,正好用得着我的经验。你想让我去制造袜子,一天挣五毛钱吗?像你这样称职的商人,是不是觉得做苦力活要比为别人提供他们急需的商品而挣上一大笔钱更高贵?"

"你可以去服装店工作,你还挺懂时尚之类的。"

"卖些花哨的衣服给乡村俱乐部里那些上流社会的女士吗?棒极了。"

他摘下帽子朝她走近了些,眼神温柔地看着她那双冷酷无情的眼睛。

"你为什么一直这么讨厌我们?"他问,这时他说话的声音更小了,"你跟自己的家人待在一起时就从来没满意过,一有机会,你就马上离开了我们。我真的不明白,女儿。"

她犹豫了很久很久——他都以为她也许不会回答了——才说道:"因为我妈妈给我树立了一个'好'榜样,抛开这一点不说,我本来还想指望你的。"

"我从来没有亏待过你。我给你创造了良好的生活和成长环境。"

"爸爸,只是桌上有吃的远远不够。"格蕾丝说,"你知道吗,你刚才对我说的那番话,可能是你对我讲过的最长的一番话,它比你以前说过的那些话更能表达你对我的关心。如果妈妈算小心眼,那你看起来就是铁石心肠。你以前唯一会念叨的,只有那些瓶瓶罐罐。我一直都知道,你不是在自言自语。你其实是在跟一个想象的世界对话,那里充满了敌人。我觉得,我们也是那些敌人里的一分子。我真是这么觉得的。"

"不管怎么说,都不存在什么所谓的敌人,我的家人更不会是敌人。只有对手,是的。别人会占你的便宜、利用你,所以有时候,如果想成大事,你就得残忍一些。你自己也会渐渐发现,这个世界本来就很残忍。"

"这个世界还没残忍到你没办法让自己开心点儿,也没残忍到你没办法时不时找点儿乐子的地步。你知道吗,爸爸?我有时候觉得喝酒令人开心。你呢?你喝酒的时候开心吗?还是说,你喝酒只是为了对付你脑子里的那些魔鬼?你做爱的时候觉得开心吗?就像那些来这里的人,那些所谓的不道德的人。还是说,你做爱只是为了让自己镇静下来,时不时地生个孩子?"

"不管你说得对不对,我都不允许你这么跟我说话,闺女。我告诉你,如果我再次经过这里时,你还在这里工作,你就休想从我这里继承任何遗产——"

"我倒希望我不用去继承那些遗产。"

"如果还有现金,我也不会把现金留给你。不会把土地和房子留给你,不会把保险留给你,也不会把股票留给你。你明白吗?"

"……你急着要走吗,爸爸?"

"不,我不急。"然后他说话的声音更小了,"我的胸口有点儿疼,但不碍事。我带了些药,疼得厉害的时候就吃药。"

她仔细地端详着他,仿佛在查证他是不是在说谎,然后把眼睛闭上了一会儿。

"我不需要你或者妈妈给我什么。"她说,"我靠自己就能过得很好。"

"但愿如此吧。"

他出门走到卡车前,心里确实异常激动。他拿起自己留在座位上的那瓶酒,猛地喝了一大口,然后,在这个天光渐暗的傍晚,开车驶向家中。他没开卡车的前灯,因为他知道,在黄昏到来之前,他就能驶离公路,开到回家的那条小路上。他本想在经过医生家时按响汽车喇叭,但在这个时刻,他并没有心思跟医生或者其他人打招呼。下了公路后,他凭着记忆,借着一点儿微光开着车,那微光就像叶子上将死的萤火虫发出的暗淡的光。他一路向下,朝更为黑暗的地方开去,在那里有他的老对头——那座横跨小溪的旧桥。他在桥前停了下来,坐在车上看了一会儿,看着身前那座桥的模糊轮廓,他依然不想用人造的光线去破坏夜晚带给他的那种感觉。如果开了灯,这感觉中某种脆弱的东西便会碎掉。此时,真正的萤火虫都在水边和树丛里闪闪发光。他下了车,走到桥跟前,端详了一会儿,然后回到车上,慢慢地从嘎吱作响的桥面上开过,最后加大油门上了山。他把车停在棚屋旁,看见他妻子站在家里敞开的大门门口,像是一个背着光的真人大小的碎布玩偶。筋疲力尽的他缓缓地走近走廊的台阶,这时,她推开了纱门,跟他说起话。他的胸口疼了起来。他跟格蕾丝撒了谎,其实自己没有带药片,否则他现在就会吃上一片,让自己没那么痛苦。

"你把你打算卖掉的那头牛落在了这里,它就拴在棚屋旁边的那根柱子上。"她对他说,"你现在准备把你的疯病也传染给我吗？我可没办法自己一个人来照顾一个疯老头子。"

"你就安静点儿吧，太太。"

"哟，你怎么了？"

"我脑子里太乱了。我心里有点儿慌。"

"我看你是老糊涂了。你这会儿准备去哪儿？你觉得下山去那里喝酒就能让你头脑清醒过来吗？奇泽姆先生，也许你只是傻了，就这么简单。我也见过别的人喝酒喝傻了。我自己的爸爸就是，到最后他连账都算不清楚了。"

"我说了，闭嘴。"他用她那样的语气对她说道。她闭了嘴，还保持着话将出口的姿势，仿佛是有人冻结或暂停了时间。他绕过房子，沿着黑暗的小径下了山，走到自己制酒的蒸馏室前时，听到了家里那扇纱门被重重关上的声音。他心烦意乱地走着，宛如一个瞎子，摸着黑走在小径上。处在如此心境下的他重新点燃了炉火，又用钩子从架子上取下一罐酒，坐在了忽明忽暗的火焰前。突然清醒过来时，他发现自己正坐在一个树桩上给自己卷烟，仿佛他从家里出发，一直梦游到了现在。

他猛地喝着酒，喝得很急。一开始，他有些忧郁，后来，他又将忧郁抛到了脑后。炉子里的火烧得很旺，他躺在温暖的炉火旁休息，想让自己别再去想那些杂七杂八的事情，只静静看着头顶上的树叶映出的柔和火光。

铜　币

第二天接近正午的时候,简从一家食品杂货铺步行回到格蕾丝家,发现医生的皮卡正停在屋前的路边。她的心因此都快提到了嗓子眼,后来,又似有某种黏糊糊、冷冰冰的东西涌入了心里。

她走进客厅,看到医生和格蕾丝坐在凸窗旁的椅子上,两人中间那张桌子上的茶碟里放着咖啡杯,里面的咖啡已经被喝掉了一部分。他们似乎正在安静地等着她从某个漫长且幼稚的梦中醒过来,重新回到这个世界上。医生看见她后站了起来,手里拿着帽子。她把一麻袋食物和杂货放到了地板上。

"爸爸他……"格蕾丝说,"爸爸去世了。"

"怎么回事?!"

"他走得很安详。"医生说,"在睡梦中走的。"

汤普森医生主动提出由他开车送她们回家,可格蕾丝说,她打算开自己的车回家,这样她可以在必要时去镇上核查一些事情。

"你知道吗,他昨天离开这里后,又去见了我。"她说。见医生和简都没对此做出任何反应,她又说道:"他希望我辞掉这份工作。"

接着是一阵尴尬的沉默,然后简问:"他还生气吗,格蕾丝?"

格蕾丝看着她,有一种陌生的情绪写在了她脸上。

"我觉得,他看起来更像是悲伤,而不是生气。"她说,"该死,我最后对他说的那些话太重了。"

没人说话,房间里很安静。死神就在房间里,在它面前,他们三人都很安静。然后格蕾丝拿着包和钥匙离开了。

开车回农场的路上,简和汤普森医生都很沉默,医生把车开得很慢。起先,他们的车紧跟在不断扬起尘土、把沙砾抛向空中的格蕾丝的那辆普利茅斯[1]之后。后来,他们被远远甩在后面,再也看不见格蕾丝的影子。直到这时候,简才又问了一遍:"到底是怎么回事?"仿佛刚才格蕾丝能听见他们的声音一样。

医生似乎一直在咀嚼着什么东西——上了年纪以后,他养成了这样一个需要动嘴的习惯。他沉默了很久,然后说道:"这事一点儿也不神秘。我猜,他终于还是因为喝酒把自己给喝死了。"

"他喝酒也不是一时半会儿了。"简说。

"嗯。但原因很可能就是这样。"

他们一言不发地开了整整一英里路。她那件料子轻薄的连

---

[1]普利茅斯(Plymouth)是美国著名汽车制造公司——克莱斯勒公司——的一个中级轿车品牌。该公司始建于1928年。普利茅斯的英文名称"Plymouth"是英国一个著名港口的名字。当年曾有一批僧侣乘坐"米福拉瓦"号帆船从英国的这个港口到美国去,所以这个名字有一帆风顺的含义,也有人把这种车型叫作顺风牌汽车。

衣裙的下摆在她惯常穿着的层层衬裙上飘动着，她便把裙摆按到了衬裙上，让它不再飘来飘去。她注意到医生小心翼翼地扫了她一眼。

"我真的不觉得是因为肝功能衰竭导致的。"他说，"很有可能是心脏出了问题。喝太多酒会导致这方面的问题，况且他烟也抽得太多了。"

简看着前方的路。

"我猜他这一次比平时要放纵得多。"医生说，"至少是酒喝得太多了。"

"妈妈怎么样？"简问。

"她挺安静的。"

又过了一会儿，简问："他在家里吗？"

"她在他的棚屋里发现了他。他在地上躺了一晚上。她早上起来，发现他没在家，她煮好了咖啡，做好了早饭，准备了鸡蛋什么的，他还是没有出现。她就下山去找他，这才发现他躺在那里，紧挨着那个小火炕躺在地上——火坑那会儿还在闷烧着。还有个基本空掉的酒罐子，不过这也不能说明他昨晚把那些酒都喝了。他躺在那里，就像是平躺下来睡着了，不像是摔倒了。每年到了这个时候，晚上还是挺冷的。事实上，酒精会降低体温，也有可能是真的冻着了。我到那里的时候，他那点儿炉火看起来早就熄了。"

过了一会儿，简说："我很好奇她现在打算怎么办。她总是给人一种感觉，好像她只希望别人不要管她，让她一个人待着，可不是这种一个人待着,连个做伴的人都没有。当然,我会在她身边的。不管怎么说,我之前就打算搬回来了。我没办法和格蕾丝住在一起了,再也没办法了。"

说完这些,她瞥了医生一眼——有那么一瞬间,他似乎咧开嘴笑了,那笑容不太自然。

他放慢车速,驶离主路,开上了一条泥泞的道路。她父亲经常走这条路,在这条路上,他往返于镇上和家中。经过那座旧桥,在山顶处向左拐,驶向通往他们家的车道——简就是在那里长大的。

格蕾丝在厨房里和她母亲待在一起。厨房的天花板上有一个插座,插座上插着一个光秃秃的亮着的灯泡。去年,他们家通了电,还装了电话——一台装在墙上的崭新的曲柄电话机。她母亲一脸松弛且平静的模样;她的头发很直,向后梳着。她抬头看了看简和医生,耀眼的灯光下,她的那张脸显得有点儿呆板,脸色有些苍白。简伸手拉了下绳子,把灯关掉了。

她父亲在卧室里,穿着自己的衣服和鞋,躺在铺好的床单之上,双手交叉放在胸前。她看见他每只闭着的眼睛上都放了一枚闪亮的铜币,这让她有些惊讶,近乎惊恐。她差点儿伸手去拿掉那两枚铜币,却听到了某个声音,是她母亲进了卧室。

"嗯。"她母亲说,"他就在这里呢。"

她母亲深吸了一口气,那吸气声听起来很疲惫,随后呼了出来。

汤普森医生说他会安排人来挖制墓穴,第二天下午的报纸上会登出讣告，通知大家葬礼在周日举行。

"要是你希望的话，我会给你的哥哥们发电报。"他说。

"谢谢你。"简说。

"如果你们能一直保持室内凉爽，把遮帘放下来，将那个房间和其他暖和的房间隔离开来，那么他待在卧室里也没什么问题。你们整理好他的遗容、给他穿好衣服以后，芬尼克尔先生会把棺材送来。我估计你们用不着在他身下放冰块，除非要一直这样等到葬礼开始。可是，如果你们不赞同我的想法，直接发电报给我就行，我到时候送一点儿冰过来。"

没人接他的话，厨房里很安静，只听得见炉子里就快熄灭的火苗发出的"噼啪"声——火还是做午饭时生的。

汤普森医生离开后，格蕾丝说她要回镇上打点生意，顺便会安排好调休的时间，然后她也离开了。

那天下午稍晚的时候，弗吉尔舅舅来到了她们家。他接过一杯咖啡，为自己的妻子比阿没能跟他一起来道了歉，不过又说她明天会和孩子们一起过来，除非简和她母亲不希望他们来。气氛凝重地说了一些客套话之后，他清了清嗓子，从自己夹克里面的口袋里取出了一个信封。

"这里有一张我公司给的支票，这笔钱来自你父亲买的保险，他给自己的佃农办保险的时候也给自己买了一份，你们还记得吧。我不得已暗中打通了一些关系才拿到这笔钱，这年头，连老天都知道公司那些人办事肯定会磨磨蹭蹭的。"他把信封放到了桌上。简的母亲坐在那里看了那个信封很久，然后起身离开了房间。他们听见她在走廊上晃动着她的那把摇椅。

弗吉尔和简沉默地坐了一会儿，然后弗吉尔站了起来，感谢简给他倒了那杯咖啡。

"你知道受益人是谁吗，简？"他问。

她就那么看着他。

"第一受益人是你。"弗吉尔说。

"我？"

"对。"

"为什么不是我妈妈？为什么不是格蕾丝，或者我的某个哥哥？"

"他没说。"弗吉尔一边说，一边把帽子戴到头上，"我不知道。我猜他应该是明白，最后陪在你妈妈身边照顾她的那个人是你吧。"

简打开信封，看了看支票上的那个数字。

弗吉尔说："我猜，他觉得你妈妈可能不知道该用这笔钱干什么，毕竟她从来没管过钱。我知道，他觉得你在这方面很有天赋，对你赞不绝口；觉得你很聪明，对事情很负责。"

"也许他是生格蕾丝的气吧。"

弗吉尔低下了头："也许吧。"

"刚把我送去跟格蕾丝住到一起的那会儿，他觉得我表现得不够冷静。"

弗吉尔扭头看向一边，仿佛知道这些事跟他没什么关系。

简研究起那张支票来。

"数额比我想象的要大。"简说。

"几年前，他加大了投保的额度。"

她抬头看着弗吉尔，他也看着她。

"他怎么花得起这个钱呢？"她问。

"这个嘛，"弗吉尔一边说，一边再次摘掉帽子，整理了一下帽檐，"肯定是觉得这样做比把钱存到某个银行然后亏掉要好。再说也没多花他很多钱。"

简又看了看那张支票。

"我猜，他也知道自己的时间不多了。"弗吉尔说。

简依然心不在焉地看着手上的那张支票，没对弗吉尔的话做出任何反应，然后弗吉尔走了出去。简很好奇，父亲是觉得自己的那条命只值支票上的这些钱吗？又或者是他最多只能买得起这么贵的保险？还是说，他觉得自己的那条命没那么值钱，但作为一个商人，他抓住了机会，充分利用了保险的制度呢？

尽管小西尔维斯特和贝尔蒙特两兄弟表示可以从怀俄明远道而来参加葬礼，但简他们等不了那么久。简让汤普森医生发电报告诉他们俩，葬礼上会拍照，他们可以在最方便的时候再回家来看看。

他们在坟墓旁边举办了葬礼，在离他们家很近的一小块地上，而不是教堂。大多数前来悼念的人都是邻居，以及跟他有买牛卖牛那方面生意往来的人。葬礼在下午早些时候举行。这时节庄稼已经收割完了，田也耕过了。很明显，他至少等到了把这些事都做完才撒手人寰。他这个人总是要把手头上没做完的事情给做完。

该说的都已经说完了，前来悼念的人也已经散去，这时候，她看见一个年轻男子正站在小小的墓地边上，就在路旁。在阳光的照射下，他的眼镜闪闪发光。她朝他走了过去。他摘下帽子，但没取下眼镜。他正看着她。她看见他手指上戴了一枚婚戒。她又抬起头，发现他注意到她看到了那枚婚戒。如今的他是一个帅气的年轻男子，一点儿也不输给当年还是美少年时的那个他。他的手方方正正，看起来强而有力。他的那双蓝眼睛周围有着好看的轻微细纹，脸颊刮得干干净净，下巴比他年轻时的更为结实，其实他现在也只有二十六岁。他的眼睛和表情中，仍然透露着他善良的天性。他看起来有些饱经风霜，做了不少农活的样子；她便问起，他是不是做了很多农活，他说是，还说他在斯库巴以北有一块地。他穿的那件灰色的羊毛西装看起来有点儿紧——仿佛他在买下这西装后又长胖了一些，可毫无疑问，只要西装还能穿，身材还允许，这套西装他就会一直穿下去。

"已经成家了？"她问。

"是啊，不好意思，还有了两个小男孩。"他温柔地笑了笑，知道这番话对他自己来说意味着什么。

"没再生几个？"

他咧嘴笑了笑："嗯，目前为止就两个。不过我觉得，如今这年头，两个就够了。应付他们就够呛了。"

他稍微转过脸去，仿佛在查看天气。他颧骨的轮廓看起来更加清晰了，那张脸也变成熟了，显露出男人的味道来，再也没有了男孩特有的那种柔弱气质。

"嗯。"她说，"你能来真是太好了，挺体贴的。"

他点点头。

"我得坦白，我只是想再看你一眼。"

她的内心起了波澜，咽了一下口水。

"你父亲是个好人。"他说。

"是啊，他确实是个好人。"

"他们把你送到镇上以后，他来见过我，你知道吗？"

"不，我完全不知道。为什么呢？"

"他告诉我，他对这一切感到很抱歉，还说我是个好孩子。他的原话是'年轻小伙'。他说，我应该继续过自己的生活，还保证你会没事的。他说，'让我来处理这些事，孩子'。我想，他对我说的那番话对于当时的我来说算是一种很大的安慰吧。"

他用自己结实、长满老茧的手指握住她的手，弯下腰来，吻了吻她的手背，就像是个"旧世界"[1]里的绅士。他摘下眼镜，把它放进外套口袋里，仿佛是为了让她再看一眼没戴眼镜的自己。然后，他戴上帽子，沿着她们家的车道步行离开了。很快，她听见了汽车启动，然后又开走的声音。

他的嘴唇碰到她手的时候，她的手像烧起来了似的。或者

---

[1] "旧世界"（Old World）对应"新世界"（即哥伦布发现的美洲），泛指亚、非、欧三大洲。

更准确地说,那种感觉就像是神经末梢的刺痛感,你也分不清楚那到底是冷还是热,是疼痛还是愉悦。这感觉久久不散;可过了一会儿,她还没注意到这感觉正在消失,它便不复存在了。

第二天的下午三点左右,宾客散尽。

"今晚就让我一个人待着吧。"她母亲说。见简没搭理她,她又说:"我没事。我今晚只想一个人待着。"

"好。"然后简说,"那我明天回来。"

于是医生开车回了自己的家,她和格蕾丝则开车回到镇上。一路上都很安静,到家后,她们俩钻进了各自的房间。简站在窗前,看着窗外的镇子,看着星期天路上稀疏的车流,看着火车打东边和西边开了过来,看着从发电站、锻造工厂、花生酱咸饼干厂、木馏油厂的烟囱里冒出的蒸汽,以及从医院的洗衣房里冒出的蒸汽。绒团状的白云低空飘过丘陵,飘向南边,沿着山谷行进,就像载着死者那没有重量也看不见的鬼魂的幽灵舰队,耐心地向东北边飘去。一切都是那么的安静。

第二天,格蕾丝开车送她回了家。让简惊讶的是,格蕾丝提议让母亲搬来镇上跟她们住到一起。

过了很久,艾达·奇泽姆说:"我不愿意。我十七岁的时候就住在这栋房子里了。我甚至都不记得我在别的地方住过没有。就这么——"她挥了挥手,仿佛有只蚊子,"消失了。"

她确实失去了一些东西。她开始睡过头,之前她可从来不会这样。如今由简来负责挤牛奶、拾鸡蛋、煮咖啡,以及做早餐,不过她母亲基本上已经不怎么吃东西了。她只是在晚餐的时候会吃上几口绿叶蔬菜或是豌豆,还很鄙视面包。她养成了用玉米穗轴烟斗抽烟的习惯,常常在屋前的走廊上抽着那烟斗。

"我有点儿想去看看棚屋里还有没有你爸爸剩下的苹果白兰地。"她说。然后她大笑起来,笑声很尖,只是"哈"的一声,仿佛在问:"说到这,你怎么看?"可接着,她皱了皱眉,又抽了几口烟斗。

她们俩熬过了没有她父亲的第一个冬天。她母亲把自己裹在厚实的外套和毯子里,不论天气好坏,都坐在走廊上,仿佛她除了睡觉,就完全受不了待在屋子里。汤普森医生常常来看她们,跟简聊上一会儿。有一次,奇泽姆太太不假思索地说道,她希望医生能给她些鸦片酊,这时候,他先是犹豫了下,然后又说可以。自那以后,简的母亲起床的时间更晚了,而且吃完晚餐——她吃得也很少——便立即上床去。

春天时,简开始在家里那个老菜园子里忙活起来,她种上了番茄、菜豆、棉豆,还有一排甜玉米和西葫芦。

她母亲这辈子有多半时间不仅跟别人过不去,也跟她自己、跟周遭的环境过不去。她总为各种各样的事情发脾气,大多数情况下,她对自己的命运感到不满,甚至厌恶自己的命运。可现在,她似乎全都看开了。但取而代之的,仿佛是万念皆空。她的不满宛如一场久燃不灭的火,到最后,这火焰也将她关心事物的能力给烧了个精光。如今,她已经什么也没剩下了。

她老是坐在屋前的走廊上,晃着摇椅,抽着烟斗,除此之外，她很少做别的事。她话说得很少。她也丝毫没有做饭的念头，基本什么也不吃。简很难成功劝她去洗澡，甚至都很难说服她梳一梳头发。慢慢地，她看起来就像是人们口中的"疯子"一样。那些"疯子"常徘徊在镇上的街头，甚至在乡间的道路上，什么也不看，谁也不理，只顾自说自话。之前，在最最困难的那段时期，她那可怜的父亲似乎就失去了理智；如今，她的母亲也渐渐如此。但两人失去理智的原因却有所不同，且母亲看起来不让人觉得害怕，甚至也不让人觉得困惑，只是让人觉得她很悲伤。如果她母亲在自言自语，那么这实际上是一种无声的对话。等到小西尔维斯特和贝尔蒙特终于带着孩子来看她们时，她却对自己的孙辈们一点儿兴趣也没有。她看着他们，仿佛是在观察陌生人的孩子，似乎不太明白这些人为什么会出现在她面前。

简开始打点起农场上的那些生意，她帮哈里斯家计算他们的庄稼值多少钱，又把她父亲还没来得及卖掉的那些肉牛卖给了附近某个牧场主。她把父亲运牛的卡车卖掉，买了一辆汽车——一辆黄色福特双门小汽车，以便她偶尔能自己开车去镇上。到了1939年的秋天，她开始考虑要不要再给农场招一个佃户或是收益分成的佃农，或者在她父亲一直自用的那块土地上养牛。

接着，刚进入十二月不久，一场罕见的严寒便袭来了。在这个月的某天三更半夜的时候，她母亲偷偷从家里溜了出去。第二天一早，简发现母亲躺在光秃秃的玉米地里，只穿了一套薄薄的睡衣，缩成一团，双拳都冻住了；双眼紧闭，张着嘴，仿佛在喘最后一口气，又像是在做着某种难以想象的祷告。

简先给汤普森医生打了个电话，然后又给殡仪馆的芬尼克尔先生打了个电话。如今，大马士革的卫理公会教堂多少算是有了个正式牧师。简决定，如果那牧师得知了这个消息，又觉得他有必要出席葬礼，那她会让那个人来参加葬礼，但她并没有直接跟那牧师联系。她想，如果让她母亲自己来做决定，她母亲肯定也不会主动联系牧师。

汤普森医生和芬尼克尔先生一起来到了简的家，同行的还有两个年轻人，他们帮忙把她母亲从玉米地里抬走了。

"你想让芬尼克尔把她带到他那里去吗？"医生问。简犹豫了一会儿，然后同意了。在家里举办葬礼在某些地方已经渐渐过时了，而且，一想到要在家里——在家里的时候，母亲常常不高兴——给她举办葬礼，她就觉得这个想法似乎让人有些压抑。芬尼克尔叫来的人手用带有轮子的病床把她母亲抬上了他那辆长长的殡仪车。他们还没来得及关上门，简就拦住了他们，走上前去，在母亲那干瘪、皱缩的眼皮上各自放了一枚便士[1]。那些人看着她，脸上露出了惊讶的表情，却什么也没说。然后她向后退了几步，看着他们开车载着自己的母亲驶向了永恒，带着母亲失去的那条生命去了来世。

---

[1]关于这种做法，有几种解释，其中一说为：人在深度昏迷的时候，常常会被人当作已经死亡而埋入土中，造成很多不必要的惨剧；因此在死者的眼皮上放硬币，是用来监测死者眼球的细微动作，一旦这个人还没有死，眼睛就会无意识转动，硬币就会滑落。还有一说为：在死者是睁着眼睛死的情况下，通常会由别人来帮他把眼睛合上，但过一段时间他的眼睛又会自己再张开，放硬币是为了压住眼皮。

蠕　虫

虽然汤普森医生还是经常来看她，可如今，她真是独身一人了。她偶尔会去拜访自己的佃农，问问他们最近过得怎么样。她还搭建了自己的菜园子。七月的某一天，她站在自己种的那排番茄旁，略微惊讶地看着一条注定会死掉的番茄天蛾的幼虫吃着她最好的蔬菜。那条蠕虫分了节的肥大身躯上覆盖着成排的纯白色的茧，那是由黄蜂产在它皮肤下的卵发育而成的。那些茧看起来像是镶在蠕虫身上的泪滴状的珍珠，又像是从它那翠绿色的皮肤上长出来的微型葱头。黄蜂的幼虫待在茧里吸食着蠕虫的软组织，如同孩子用吸管喝麦乳精一样轻松惬意。而蠕虫完全一副镇定自若的样子。毫无疑问，自出生时起，番茄天蛾的幼虫便等待着以这种特殊的方式缓慢走向死亡。不知何故，它被创造出来，又注定会死于这种方式；它的大脑或神经中枢——或是什么别的部分——会自然而然、条件反射般地承认并接受这一事实。这就像是一个人在临死前才会意识到，漫长的贪图享乐之后，等待他的原来是死亡。

她弯下腰,用裙子的下摆擦去额头上的汗水。七月的天气很热,可吹过了一阵微风,人们便觉得这样的天气也可以忍受。它轻快地吹过一片土地——早在简出生前很久,她家的房子、牲口棚以及其他附属建筑物便坐落在这片土地上。这阵微风的背后存在着更为复杂的自然现象,源自似乎每时每刻都在变大的巨型积云。白色的积云宛如一座巍峨的山峰,似波浪一般翻滚着向南边飘去,中心区域像是生了锈的银器。

她似乎听到了医生的皮卡从主路开了下来,然后车轮跌跌撞撞地过了小溪上的桥,又越过了桥边与他们家之间的树丛。那辆车的引擎在小山上发出了搅拌器似的声音。她跪下来,用自己的拇指和食指把那条蠕虫从番茄的叶子上捏了下来,又把它卷成一团,放到自己窄小的手掌中,蜷起手掌托住它,感受着那些又短、又粗、又小,还很奇怪的腿在她柔软的皮肤上动来动去,挠她的痒痒,以一种奇怪的方式刺激着她。她"啪"的一声折断了蠕虫刚刚还在享用的番茄叶茎,把叶子拿到了院子边上,放到地上,让蠕虫重新爬了上去。它立即又啃食起那叶子来。对于这条蠕虫而言,这一茎一叶便是它的整个世界。而之后,会有某只鸟直接将它衔起来叼走。医生的皮卡出现在了他们家长长的车道的拐角处,车后扬起了稀薄的红色尘土,那尘土飘浮在空中,见状,她迅速地朝家里走去。在那个她一边睡着懒觉,一边长大成人的房间里,她轻轻地将少许她最好的香水拍到自己的手腕和脖子上,将被自己的粪便弄脏的内衣丢到了一只桶里——她一直盖着那只桶,把它放在房间的角落——

又撒了一点儿稍微便宜一些的香水在桶里,然后盖上了桶。她又走到屋后走廊上的洗涤槽,用水和香皂清理了一下自己,然后走到了屋外。

那辆蓝色的皮卡停在了屋前。医生下了车,用帽子给自己扇着风。他一边同她说着话,一边走到屋前的走廊上,站在了她身旁。她给自己和医生各端来一杯加了冰块的甜茶。在她母亲心爱的那棵苹果树的高枝之上,一只啄木鸟沐浴在炎热午后的柔光之中,扯着嗓子断断续续地唱着歌。医生晃着摇椅,小口喝着自己那杯茶,他那张贵族似的脸看起来有些像一只鸟,此刻挂上了一副"关门歇业"似的表情,"鸟嘴"上方的眼睛也眯了起来。

"你还是把自己心里的想法说出来吧。"她终于开口了。

他看着她,仿佛自己的思绪受到了打扰,又仿佛思绪纷纷的他是独自一人待在走廊上。这种情况倒不少见。他微微一笑——他一直是个体贴的人。接着,他换上严肃的表情,仿佛他心里的那个想法真跟她有关系。他喝了一小口茶——冰块在玻璃杯里叮当作响——接着放下了杯子。

"好吧。"

然后他告诉她,多亏了一个在巴尔的摩的朋友,他能够一直跟得上社会的发展。自打她出生以来,医学已经有了很多进步。他觉得,他们差不多也该去找另一个专家给她做检查了。

"找最好的专家,这样你就可以确切地知道到底还有没有可能改善你的状况,能知道是否可以做出一些改变。"

"借助手术?"

"是的。"

他说起了巴尔的摩那些卓越的工作成果,每一年都有新的发展。他还觉得,全国上下,还没有哪里的人能比巴尔的摩的人更有把握地给她做检查。

"也许现在还是没可能,也许情况还是太复杂,你之前也经历过这一切。不过,在过去的十年里,他们取得了巨大的进展,所以我觉得值得去冒个险,哪怕最后你还是会感到失望。我觉得我们应该更大胆一些。如果他们现在还是没办法改善状况,那么,也许他们至少掌握了足够多的信息,能够告诉你到底什么时候可以改善状况。"

他严肃地说着这些话,却仍然有着一如既往的温柔体贴,这算是他身为男人、身为医生的一种特质。他严肃地说话时会眯起眼睛,露出敏锐的目光,仿佛他眼里进了一粒尘埃。

她突然想起,父亲生命即将走到尽头时,眼里似乎写满了心事。可其实多年来也都是如此,真的。

她盯着医生看了一会儿,然后扭头看向了别处。她莫名其妙地感觉有些心慌,却也懒得去隐藏这种情绪。

"肯定很贵吧。"她说。

"是啊。"他说,"当然了,不过现在你手头上还有你父亲的那笔保险金呢。"

她抬起头。

"你跟他聊过这件事?"

"很多年前,在你刚出生的时候,我跟他提过,他可以攒下点儿钱,兴许以后有可能治好你的时候会用上。"

"我想问的是,你最近跟他聊过吗?"

"他去世前几年——那时候你住在镇上——他问起过我,我确实跟他说过,希望越来越大了。"

她看了他一会儿,仿佛他说了些她听不懂的话,然后起身走到了走廊边上。

"你刚才在说些什么呢?"

"就是我刚才说的那些话啊。"

"我想问的是,你说的关于我父亲和保险的那些话,到底是什么意思?"

"我就是觉得,如果你愿意,他肯定也希望你把这笔钱用在这方面。"

她转过身来面向他。他低下头,拿出随身携带的小折刀和一块尚未雕刻成的木头。他试图用这种法子来减少自己抽烟斗的次数。

"我相信,这就是他的想法。"他说。

"他的想法。"她重复道。

她看向院子外的远方;看向那个工棚;看向如今已空空荡荡的猪圈,还有猪圈外那摇摇欲坠的护栏;看向那片牧场——沿着牧场的斜坡一路向下便是牛池,因正午阳光的照射,牛池旁一头牛也没有。可事实上,她基本什么也没看进去。

"简,"他说,"你是个非常健康的人,你的身体状况对你的健康没有任何实际影响。据我所知,你也没有不健康的习惯。

你很可能比你的姐姐和哥哥们还要活得久，很可能有一天会独身一人。如果你的生活里能少一些限制，那么，哪怕你没有家人——"说到这里，他停了下来。

简平静地说道："我早就觉得这不算什么事了。"

她之前也曾想过，若是真的独身一人，那会是一种怎样的感觉。不管怎么说，她母亲很早以前就变成了一个没什么存在感的人。而如今，医生无疑也在走下坡路。她觉得心里很沉重，这种感觉近似于打点滴，明显让她觉得很孤独。她这个人一直都很奇怪，有着自己的秘密。她总是一言不发地从陪伴着她的人身边跑开，过了一阵子，又重新回来，仿佛自己的行为一点儿也不反常。她早就习惯了在裙子里面穿好几条衬裙，喷上一点儿香水，试图用这种荒谬的办法来掩盖自己身体的那些事实，掩盖自己的尴尬，但到头来却只是徒劳无功。

可这些真的有那么重要吗？自打她搬到镇上，向自己真正的命运投降，到如今，已经过去八年了。她一个人跟她的母亲一起在农场里住了一年，母亲死后，她又独自生活了半年，而且她打算继续在这里待下去。她并没有不开心，她不会用"不开心"这个词来形容自己的生活。事实上，哪怕她现在还很年轻，哪怕她只有二十四岁，她也不知道该如何从头来过，也没办法彻底改头换面。她选择了一条别人难以理解的路。

"你知道吗？就算他们能治好我，我也没办法付钱。我知道，我父亲把钱都留给了我，但在我看来，我应该好好管理这笔钱，以免在困难时期有别人需要它。我想，得把钱用在更实在的地方。"

医生看向别处,深吸了一口气,像是在让自己冷静下来。他的右手轻微地抖动着,他用左手握住右手,想让它别再抖个不停。他合上了小刀,把它放到了自己马甲的口袋里。

"我来出钱。"他说。

"别这样。"

"让我来付吧。"他说,"希望你能谅解,简。对我来说,你从来都不仅仅是个病人。莱特和我没有孩子,要是我走了,我的那些遗产都不知道该留给谁。我这辈子已经没有什么牵挂的人了,不管怎么说,在这里,已经没有了。那些跟我走得很近的家人也不在了,剩下的那些我甚至都不太熟悉。如果你愿意让我为你做些事,起码让我把这件事做完,那我会觉得,在这个世界上,对某个人来说,我不仅仅是个和蔼可亲的陌生人。"

"你从来都不是个陌生人。"

她看着他。她觉得从某些方面来讲,他也许真的爱着她。那是一个人类对另一个人类的爱,无须分类,也不属于任何模式。

"父亲是故意的,难道不是吗?"她说,"自从那天以后,我就在这么想。"

医生直接看向了院子外面,脸上什么表情也没有。

她说:"你自己也清楚什么事情办得到,什么事情办不到,不是吗?如果你愿意承认。你希望我见那些人,因为他们是最好的专家。可是,我活了这么久,你一直都在跟他们交流,一直都在跟他们通信。你肯定知道他们到底能不能治好我。你在巴尔的摩的那位医生朋友是不是已经给了你确切的答复？"

"要是他们至少能解决失禁的问题呢？"

"你那位朋友真的暗示过希望很大吗？孟菲斯的那个人说，我生来的身体构造就决定了这件事成功的概率微乎其微。难道情况发生了变化吗？"然后她更为轻声细语地说道，"希望到底有多大呢，埃德？我觉得，你很想相信希望很大，但我也觉得，你心里面要么对此表示怀疑，要么清楚知道此时此刻，他们还是做不到。我们就不能坦诚一点儿吗？"

他看起来很震惊，这种情绪写在他的脸上，然后他扭头看向了别处。

她又想到了自己的父亲，于是情绪泛滥起来，心里也变得异常激动。她向自己放下那条番茄天蛾幼虫的地方看去——蠕虫不见了，叶子和茎也不见了，全都不见了。

"我不想让你的生活变得更复杂。"他说，"我只是觉得，从长远来看，你的生活也许能变得更简单。"

过了一会儿，她说道："好吧。"她的这句话仿佛是在说给院子听；说给先是被她莫名其妙强行抓走，后来又消失不见的蠕虫听；说给云海翻涌的天空听；说给在某处尽情享用美食的野生小鸟听——很可能是此前从苹果树上悄无声息地飞走的那只啄木鸟。

"好吧。"她说，"可我的生活并不复杂。"

静谧的午后，他们也很安静。此前预计会降临的风暴似乎已经减弱，去了别处。接着，医生坐上自己的卡车离开了，她看着他把车开走。此时已经临近傍晚，天光看起来闪烁不定，像是黑白电影"咔嗒咔嗒"发出的光，目之所及的一切都开始褪色，仿佛也变成了黑白两色。这一切都被一只手牢牢地掌控，那只手转动着摇杆，终于让这个世界变成了不断放映的电影。

跟她谈话时，医生提到了会照顾她。她身体里的某个部分正在努力地理解这到底是什么意思，也在努力地弄明白，他为什么会一直帮助她。也许是想让活在这个世界上的她少一些孤单，不会总觉得自己是个怪胎。

亲爱的埃利斯：

我告诉简·奇泽姆小姐，现在有一种新的可能，至少可以通过小型外科修复手术来改善她的情况。对此她表示怀疑，而且，若我们这边不够有把握，她也不愿费心做这种尝试。恐怕再没有"试试看"的余地了。她的性格非常独立，此外，她相当固执，这一点很像她的父母。我主动提出帮她支付费用，但她还是连任何尝试都不愿意做，我实在是接受不了这个事实。我想弄明白可以做到哪一步，不能做到哪一步。也许我的想法很自私，但那种固执，那种乡下人特有的该死的固执实在让我难以忍受。事实上，只要存在可能，就有充分的理由去尝试，根本完全没有任何实际理由不借助医学手段去确认一些事实。

我从来没提过"结肠造口术"这件事，甚至想都没想过。在我个人看来，这种手术不算是一种进步，甚至还有可能出现感染等情况。整体来看，她的运气非常好，毕竟她用不着去做这种手术。

她认为，她的父亲是带着某种目的结束了自己的生命。考虑到他当时的情况和他的习惯，实在无从得知他那么做到底是不是出于某种目的。当然，也没办法用哲学来解释他的那种行为。至于这件事跟她的决定有多大的关系，我也说不上来。如果非要让我猜，那我会说，这件事对她的决定产生了巨大的影响。

如今，我的莱特已经走了将近二十二年了，每到夜晚，这所房子都特别安静。我还没有完全从悲伤中走出来，而且我觉得，我永远也不会走出来了。我养的那些孔雀——现在它们的数量相当巨大——对我来说是一种安慰。不过，它们还保有部分野性，有时候，它们的叫声会让人觉得孤单，却也让人觉得宽心。它们的美很别致。有时候，我会想是不是该养条狗，我还会想，该死，为什么我从来没有养过狗呢？为什么在莱特过世以后，我也没养条狗呢？我认为，如果单纯地因为觉得自己很可能比狗活得久而不去养狗，这种想法如今一点儿意义也没有。不过，我现在应该不会费心去养狗，毕竟我也一大把年纪了。我相信，要是我真的养狗，珍妮·奇泽姆到时候肯定会领养我的狗，但我并不希望欠任何人的人情。

埃德

超凡脱俗的鸟群

之后迎来总是显得漫长而又安静的秋日，再接下来是隆冬与晚冬：有奇怪地斜着飞过田野上空的乌鸦；盘旋着搜寻无处可躲的老鼠的老鹰；一丝寒冷的微风；蒙上一层霜的坚硬土壤；透过橡树、美国梧桐、北美枫香、山胡桃树、枫树、白杨、山毛榉光秃秃的树枝就能看到的四季常青的松树；荒芜的果园里扭曲的、疯狂的、光秃秃的美洲山核桃树；经历了风吹雨打的牲口棚，生锈的铁皮屋顶、带刺铁丝网，以及各式工具；挤作一团的牛群；正在吃草的饱经风霜的马和骡子；有云掠过的灰色天空。米斯特回来了，成了她的新帮手。在他的帮助下，她安排哈里斯再多负责二十英亩的地；另外八十英亩地由一个叫莫斯的人和他的家人负责，他们和哈里斯一家是朋友。医生建议她多雇有色人种，少雇白人。"他们更可靠，更值得信赖。"他常说，"这可是吃过亏以后的经验之谈。"莫斯是个大块头，自尊心很强。她把种庄稼的收益与他对半分，还让他和哈里斯在有需要时随便使用她父亲的那些设备，前提是他们保证会做好维护保养工作,燃料以及大修的费用则由她来付。她还告诉莫斯,如果他想扩建坦普尔一家居住过的那间小木屋,她会给他提供木材和钉子。

她真正需要操心的只有一件事,那就是如何去打理她的菜园子,让它以良好的状态迎接第二年的夏天。她把父亲剩下的庄稼和牲畜卖掉,用这样挣来的钱撑过了冬天,不过其实花销并不大,毕竟家里只有她一个人。她把保险金存在了镇上的一个保险箱里。白天,她会去散步,跟哈里斯、莫斯或是埃玛莱尼聊天;若是碰巧遇到在户外走动的米斯特,她也会跟他说上几句。有时候,她会在林子里偶遇他,通常情况下她都是在散步,而他则是带着自己的杂种狗在捕猎松鼠。他还是老样子,瘦得皮包骨,非常滑稽。虽然他们打小就是朋友,可他每次跟她说话时都会摘掉帽子。尽管如此,他还是看起来有点儿像个无赖;她也不怀疑海蒂跟她说的那些事——他在镇上的夜生活相当丰富多彩。虽然还是冬天,可只要有空,他便会从这里消失,跑到山下的镇上去;等他回来时,他的外公哈里斯先生往往已经因为这事而愁容满面好几天了。

在她父亲制酒的蒸馏室旁的棚屋后一个黑黑的架子上,她发现了好几罐他的苹果白兰地。她母亲难道不知道这些酒在这里吗?在冬天的晚上,有时候,简会在走廊上或是在厨房的炉子旁喝一点儿这种白兰地。

她问汤普森医生能不能给她推荐一台不错的收音机,结果等到他再次来看她的时候,他直接给她买了一台。她把它放在厨房里，因为唯一的电源插座就在那里的灯泡通电处。有时候碰上他上门巡诊，他就会在那天早些时候顺便来她家里坐坐，这时候，她便会说服他留下来吃晚饭。晚饭后，他们会一起喝一点儿她父亲的苹果白兰地，听一听收音机里的节目。接着他会在时间还不算太晚的时候动身回家。如果她觉得他白天的时候酒喝得太多——这种情况很少见——她便会一直挽留他，直到他同意睡在过道对面她父母曾经住过的那间房里。她总是在还没来得及起床冲咖啡时，就听到他的汽车或卡车启动的声音，接着又会听到他开车时汽车在车道上发出的"嘎嘎"的摩擦声，以及车开上公路的声音。

有时候，她也会顺便去他家看看，待在那里吃晚餐。海蒂每次见到简都很开心。海蒂一直都没有结婚，也没再要一个孩子。她也变得矮矮胖胖，像她母亲埃玛莱尼那样，不过不同的是，她的性情要更开朗一些。简猜，身为医生的管家与帮手的她在这里的生活，相比身为助产士和佃农之妻的她母亲所经历的生活，要容易一些。嗯，这当然是事实。

她经常去镇上，渐渐地，人们对她越来越友善（超出了一般意义的友善），他们直呼她的名字，也知道她喜欢在那些小餐馆点些什么菜。每次去之前，她都会一如既往地禁食，这样她便不用担心会出什么岔子。这么一来，去镇上就相当于比较正常的外出活动。在浓雾中开着她那辆黄色的双门小汽车会带给她一种梦幻般的乐趣。她开得很慢，整个世界打她旁边走过，如同一部彩色电影中的一个慢镜头。

墨丘利人口众多，人们都不经常碰面，所以哪怕她只是偶尔出现，人们也不会觉得她很面生。在电影院门口卖票的，是一个看起来有些吓人的女人，她面色苍白、骨瘦如柴、妆容花哨，但甚至连这个女人都认识简，也会跟简闲聊。简觉得，那女人的声音就像乌鸦一样。拥有且经营着那家"三角形"餐厅的菲普斯一家对她非常好——他们很早以前就认识她父亲了——结账的时候，她经常不得不跟他们争论一番。她威胁他们，如果他们继续不让她付钱，她就再也不来了。听到这番话，他们才笑着答应收下钱。

她一直都吃得不多，也喝得不多，以防自己突然想在镇上待得久一点儿，走得晚一点儿。

男士们不可避免地开始注意到她。她算不上是个大美女，也不如她还是个小女孩时那么漂亮，但她也并非相貌平平，当然也不丑，于是，她注意到有相当多的男士正在关注着她。他们会用自己的眼睛看着她的眼睛，微笑着，点点头，摘下帽子，说声"早上好"或是"下午好"。她也学会了给他们一个淡淡的微笑，对他们点点头，尽量不去给任何人积极的暗示。

可是，这之中有一位男士渐渐脱颖而出。她觉得他也许是在故意制造和她偶遇的机会，或是——根据她的猜测——故意打她身边走过。不论她在哪里吃饭，他似乎都会出现在现场。不管是在"三角形"餐厅、舍恩霍夫的餐厅、波因特的烧烤店，还是在伍尔沃斯的小餐馆，她坐下没多久——通常她都会一个人坐在吧台旁——他似乎就会出现，然后坐在离她有几张凳子远的地方。如果她瞥了他一眼,他就会将目光迎上去,对着她微笑,并点头致意。他是个身材瘦削的绅士,要比她年长一点儿,但很难说清楚到底比她大几岁。他的那张脸看上去很年轻,可那头剪得很短的头发已经渐渐变得花白了。他戴着一副眼镜,是小巧的金属圆框眼镜;胡子刮得干干净净,西服看起来很不错。某一次,她注意到了他的手,他的手很修长,看起来强而有力,但并不大。这双手是用来处理各种事务的,工人的手可不长这样。

终于有一天,她离开烧烤店的时候,他出现在她身后,说道:"不好意思,你是奇泽姆小姐吧?"

她吃了一惊。他怎么会知道她的名字?她问了他这个问题。

"还请你原谅我。"他说,"我问过菲普斯太太了。"他伸出自己的手来,"我叫戈登·雷。在公民银行[1]工作。我认识你父亲,得知他过世的消息,我深表遗憾。"

"谢谢你。"简说,"你跟我父亲有生意往来吗?"

"基本没什么往来。当时我只是个银行出纳,那时候一切还没有这么糟糕。我猜,我们还是挺走运的,毕竟还在做这一行。"

"嗯,好吧。我觉得,我父亲对银行没什么太大的热情,直到最后都是如此。"

---

[1]美国公民银行(Citizens Bank)隶属于其母公司公民财团(Citizens Financial Group),该财团最初发源于罗德岛州首府普罗维登斯,在1988年被苏格兰皇家银行集团(The Royal Bank of Scotland Group)收购。

"没人会对银行有太多热情的,奇泽姆小姐。"

他们尴尬地在那里站了一会儿。她大胆地、仔细地看了看他。他很英俊,英俊中又显露着干净、精确与保守。他的那双眼睛看起来充满了智慧,也很和蔼。他似乎对她感兴趣很久了,对此她很谨慎。她能感觉到,他是个会对女人很好的男人。可问题始终都存在:若是从长计议,他到底会有怎样的期待呢?

"嗯,很高兴见到你,雷先生。"

"还是叫我戈登吧。"

"好,那你也叫我简吧。对了,我以前也见你在这附近出现过。"

"是啊。"他笑了笑,有些尴尬,"我觉得市中心没太多能吃午饭的去处。我又没结婚,所以中午的时候经常在外面吃饭。"

"嗯。"

"那你呢?你住在镇上吗?"

"没有,我住在我家的农场上,不过最近这段时间佃农们把所有的农活都干了,我没什么事,就时不时地来镇上转一转。"

"你想留下来吃晚餐吗?我请客,还请务必赏光。"

她犹豫了。但后来,她全家人都有的那种直来直往的性格显现了出来。

"雷先生,我得告诉你,我这辈子还从来没跟任何男人约过会——没跟任何男人一起约会吃过饭,也没跟任何男人一起约会做过别的什么。"

他似乎笑了起来。

"迟做总比不做好。"然后他又说,"老实说,我也没有约会过太多次。"

简看着他。是的,他是那种很友好,也很笨拙的人。

"我住在乡下,所以得早些回家。"她说,"不管怎么说,我都不喜欢在天快黑或者已经黑了的时候才到家。"

"我晚饭吃得很早。"戈登·雷说。

好吧,接下来,她进一步显现出了她家人的那种直率的性子。

"雷先生,难道你没有听说过关于我的那些事吗?这个镇上一定还有很多很多的单身女士,你可以约她们出去吃饭。"

"没有你想象的那么多,奇泽姆小姐。"他一边说,一边露出了苦笑,"尤其是,如果一个男人像我这样,看起来没什么男子气概,那可真没什么人愿意跟他一起出去吃饭。我的老家在田纳西。我是个真爷们,真的,我可不像是马戏团里的摔跤手那样招摇过市的人——如果你能懂我的意思。我这个人很安静——请原谅我的心直口快——有时候,南方女人真不知道该拿像我这样的男人怎么办。有时候,她们又会产生错误的想法。但我向你保证,我非常喜欢女人。"

她盯着他看了一会儿,然后大笑起来。他也跟着笑了起来。

"哎呀,惹到你了,是不是?"她说,"可是你还没有回答我的问题呢。"

"对不起。"

"我问的是,难道你没有听说过关于我的那些事吗?既然你对别人妄加揣测你这种事很敏感,你应该不会介意我直接这么问吧。"

"我会回答你,但前提是你要让我在舍恩霍夫的餐馆里回答你。"

"你确定你是个银行经理,而不是个律师吗?"简问。可是,接下来,出于某种她在当时无法探求的原因——非常像是突然的心血来潮——她并没有明确地拒绝他,而是说她会尽量赴约,但她必须要在七点前回到家,而且下午的安排已经很满了。"我希望,如果我来不了,你也不会生气。"她说。

"不过我还是希望你能来,希望到时候能在那儿见到你。"他一边说,一边露出了灿烂的笑容。他跟她握了手,又轻轻碰了碰自己的帽檐,然后蹦蹦跳跳地大步走过一个街区,回到了自己上班的银行。

"嗯,"她想,"撇开别的不说,他还真是个乐观的家伙。"

她觉得自己刚刚就像是参加了一场令人激动的拳击比赛,感觉还不错,自己发挥得好像也挺好。可这也让她感到焦虑。她为早些时候自己禁了食而感到高兴,比以往任何时候都要高兴。

那个下午,她一直都在新修的卡耐基图书馆浏览书籍和杂志。大概四点半的时候,她抬头看了看,然后走出了图书馆。她惊讶地发现,自己早些时候感受到的那种焦虑已经消失了。她觉得,自己的血液中有一种奇怪的宁静。此刻,她很饿,还有点儿晕,但不至于有危险。她慢慢地走回镇子的中心区。她在思考着什么,但也只是有个模糊的概念。她一直走到前街,然后走进了位于对面拐角处、距离舍恩霍夫的餐馆有一个街区的药店。在那里,她可以在书报杂志架旁边看到窗外的风景,而且基本不用担心会被别人看到。过了一会儿,她看到他走了过来,站在舍恩霍夫的餐馆门前,反复打量着街道。他的双手插在他那套好看的西服的兜里。他并没有拿出烟来抽。不管怎么说,他看起来都不像是个坏人。

她仔细考虑着这个问题:到底会怎么样呢?当然,他们两人也可以只做朋友。男人和女人之间是可能做朋友的,不是吗?可他也说过,他是个"真爷们",这到底是在暗示什么?好吧,她其实非常清楚这在暗示些什么。更何况他还尾随过她,又主动对她做自我介绍,甚至还如此彬彬有礼地坚持要跟她"约会"。也许,他这个人只是想证明些什么吧。

那么,他会跟她说他听过的关于她的哪些传闻呢?他不是本地人,也没有很多朋友。除了她的家人和汤普森医生(她觉得,应该还包括埃玛莱尼以及海蒂一家),其他人对她又有多少了解呢?她的猜测是,他们只有一些大致的概念,只是大致知道她的情况和她的过往。

她让自己的目光停留在戈登·雷身上,他站在那里等着她,这会儿正看着自己的表。还没到五点半,但也快了。他把双手重新放进兜里,稍稍摇晃了一下自己的脚跟。他看起来很高兴,可能还有一点儿紧张。在那一刻,她为他感到难过。不过,一位男士即便知道或听人说起过关于她的一些事——上帝才知道他到底知道些什么——也还是想请她共进晚餐,她倒也不介意自己为此感到高兴。接着,她从进来时的那扇门走了出去,绕过拐角处,远离舍恩霍夫的餐馆,消失在戈登·雷先生的视野中。她走了很长一段路,才走到停放她那辆小巧的黄色福特车的地方,然后她上了车,开着车上了山,离开了镇上。她感到有些轻松,仿佛自己逃离了某种困境。在她看来,她也许真的是在逃离某种困境。

她想,自己得克制一下,暂时还是不要去镇上吃午餐了,以免撞见戈登·雷。比起残忍,她宁愿自己看起来神神秘秘。她对他感到抱歉,可她绝不会因为孤独而多愁善感。

回家的路上,她中途把车停在了汤普森医生家旁边,跟他讲了自己的遭遇。他变得严肃起来,身子前倾,看他听她说话的样子,仿佛她正在做关于某个主题的演讲。她说完后,他又坐了回去,此时他的表情放松了下来,仿佛他正在考虑这件事。

"我知道那个年轻人是谁。"他说,"我觉得,他不是这附近的人,家乡不在这附近。我想,他是从田纳西搬到这里来的。"

"他就是这么跟我说的。"

"你也应该知道,密西西比和亚拉巴马的人在和来自田纳西的人打交道的时候,会觉得自己高对方一等。"

"怎么会这样?"

"我也不知道具体原因。不过我猜,他们可能觉得田纳西不能完全算是十分典型的南方地区,也不完全属于阿巴拉契亚山脉范围内,这个州似乎给人一种'血统不明'的感觉。"

"那路易斯安那呢?"

"南边像法国似的，东北边跟得克萨斯东部差不多。"

"佐治亚呢？"

"噢，北边大概是低矮的高原地带[1]，南边是佛罗里达的那些'车把式'[2]。中间像是南方地区，我猜。"

"好吧，那佛罗里达呢？"

"佛罗里达？佛罗里达什么也算不上，只能算是人们想要避开的那种地方吧。那里只是人们不小心滑进去，却没办法爬起来的沼泽[3]。"

她笑出了声。他们像是生造了一种游戏。

"人们肯定会对各种各样的蠢事挑刺。"她说。

"你说得对。话说回来，我觉得，就算你跟那个年轻人共进晚餐，也不会有什么事。不过你应该是对的，他很可能有些孤独，还很有可能会逼着你认真对待这段关系。也许比你想的还要早，要知道，他肯定快满四十岁了，想成家了。"

"我也是这么想的。"

他说："你知道吗，希腊人认为，肉体之爱是最低级的爱。他们也认为，真正的爱近似于神圣之爱，或是类似的某种存在。他们还认为，两个人之间纯洁的爱存在于更高的层面。"

"他们这些观点都是什么意思？"

---

[1] 原文为 piedmont，特指美国东部的一个低矮的高原地带，其介于沿海平原和阿巴拉契亚山脉之间，此处无官方译名，故按字面意思，译为"低矮的高原地带"。
[2] "车把式"（cracker）是对几乎没受过教育的美国南方贫苦白人的轻蔑称谓。
[3] 佛罗里达有很多沼泽，甚至还有一大片天然沼泽地——现今已被改建为国家公园。

他看着自己的玻璃杯,摇晃了一下杯子里的冰块,又耸了耸肩。

"唔,当然了,他们觉得一切都跟上帝有关。我猜他们的意思是,出于这样或那样的原因,最高级的爱要凌驾于肉体之爱之上,要比后者更强大。我理解的意思是,如果你认真对待爱,那你就算爱过,你就算拥有过爱。总之,按照我的理解,或者说在我看来,如果你拥有过爱,你便会永远拥有它。所以说,我们没让你跟那个姓基的男孩在一起,没让你跟他结婚,这并不重要。事实上,你跟他经历过的那一切,那些依然在你脑海里、心里的回忆,要比很多人一辈子所拥有的东西还要多——那些人到最后发现自己被困在了爱情和婚姻的责任之中。你明白吗?"

"我确定我会明白的。"她说,"会有那么一天的。"

"你后半辈子,等到你真正独身一人的时候,你打算做些什么呢,珍妮?"

"我一直都在研究这个问题。"

"你这是什么意思?"

"我的意思是,我这辈子,一直都在研究这个问题。"

然后他们沉默了下来,坦诚地看着彼此,一点儿也不觉得别扭。后来,从林子边上传来的一只他养的孔雀的叫声,打破了他们之间的沉默。

到了这时候,正如医生所预测的那样,他有了很多孔雀,多到他都数不过来了。院子里满是雄孔雀和雌孔雀,仿佛这院子是诸如纽约以及法国巴黎那样的时尚之都里的某一座供人溜达的公园，而那些鸟儿则是周日午后漫步在公园里的有闲阶级。毫无疑问，它们的存在让他作为怪人的名声变得更加响亮了。

"为什么狐狸和郊狼不去抓它们呢？"她说。

"我猜，因为它们会飞吧，而且跑得也很快。好了，听着，现在你饿不饿？"

"说实话，我饿了。一想起在舍恩霍夫吃饭这件事，我就胃口很好。"

她留下来吃了晚饭。

晚饭过后，在临近傍晚的这段时间内，他们坐在屋后的院子里，他又喝了一杯波旁威士忌。她说，如果他能往威士忌里兑很多水，加很多冰，她就跟他一起喝一些。

"可别把我允许你带坏我这件事告诉海蒂。"她说。

"哦，"他说，"我知道，她也会时不时地喝上一小口我存着的那些威士忌。可她起码不会掩盖这个事实，不会兑水进去，让瓶里的水位复原。"

他有点儿一瘸一拐地走进屋子，然后又走了出来，递给她一杯酒。一只雄孔雀飞了过来，离他们特别近，吓得她差一点儿就把威士忌泼在自己的裙子上。

"天哪！"她说。

那只雄孔雀一跃跳上了院子边上的一棵树的枝头，大叫了一声。汤普森医生大笑起来，然后坐了下来。

"你知道吗？"他说，"看到你被这么吓了一跳，倒是让我想起一件事来。我还是个小男孩的时候——那会儿我真的很小，有一段时间，我很胆小怕事。我也不知道为什么会这样，但我几乎什么都怕。我也说不清楚具体怕些什么，总之就是什么都怕。我父母很担心，毕竟我是独子——我也可能是他们领养来的，但如果真是那么回事，他们可从来没告诉过我。我谈不上更喜欢父亲还是母亲，我从来就没有偏爱过谁。言归正传，我们当时住在亚拉巴马的伯明翰市的郊区，住在一所大房子里，附近有林子，就像这里的林子一样。我父亲是个外科医生，我觉得，他希望我能子承父业。总之，在某个时刻，我开始对那些林子产生了兴趣。有一次，我鼓起了勇气，独自一人走进了林子。起先，那里的小动物发出的每一个声响、做出的每一个小动作都令我害怕。我也害怕会有某只不知来自何处的鸟突然向我飞来，那可不像我们在院子里时突然飞来一只鸟的那种情况。不过，渐渐地，我克服了自己的恐惧，也能安静地坐在某一小片空地里，或是某一棵小树的弯曲处，或是小溪旁，甚至其他什么地方。这时候，我开始研究起动物——主要是松鼠、花栗鼠、犰狳，时不时出现的狐狸或是浣熊，以及鸟类。我的意思是，我会尽力去研究它们的习性。后来，我开始着迷于鸟类。我对它们是如此着迷，以至于我完全忘掉了自己的恐惧。那个夏天，我几乎忘掉了其他的一切。当时我应该是八岁或是九岁，我也记不清了，也许十岁吧。我想，那时候我已经在学校里学过一些基础的科学知识了。我父亲给了我一本奥杜邦[1]的书，还给了我一支BB枪[2]——我猜是黛西牌最早的那一批——又给了我一些旧的手术工具，还帮我做了一些解剖方面的粗略的尝试。我对鸟类的身体构造非常地着迷。它们的身体构造居然如此复杂。解剖之前，我会拔掉它们的羽毛，研究它们身体的不同的部位是怎么组合到一起的，然后我才会剥皮，进行后续操作。剥皮的时候我很小心，我不会连皮带肉地剥下来，也不会把剥下来的东西拿去填塞别的什么——我对那不感兴趣。我喜欢把它们画下来。"他自嘲地笑了笑，"我当时就下定决心，我要成为一个动物学家，这可是一门纯科学，我父亲对此大失所望。不过，他觉得我长大一些后就不会有这个想法了，我想，后来我还真的如他所愿了。"

"不管怎么说，"医生又说道，"当我渐渐长大，我对此的兴趣确实小了一些。再后来，我遇到了莱特，而学医似乎是个更实用的选择，她也希望在这里安定下来。"

他们的玻璃杯空了，这时他们沉默了下来，医生似乎陷入了沉思。

"你话还挺多的，埃德。"她说，"你又吃药了吗？"

他模仿着她的表情："也许我还真有点儿话痨。"

---

[1]奥杜邦（1785—1851），全名约翰·詹姆斯·奥杜邦（John James Audubon），是美国著名的画家、博物学家。他绘制的鸟类图鉴被称作"美国国宝"。
[2]BB枪（BB gun）是一种枪械外形的仿真玩具，一般通过弹簧压缩空气或预压缩气体，发射不具杀伤力的塑胶子弹（BB弹）。

"我该走了。"她说,"我不喜欢摸着黑开车。"

一只孔雀在树上大声地叫着,还有一只也叫了一声,随后其他的孔雀也争相想要加入进来。而喧闹过后,一切又变得安静,甚至连鸣禽都平静了下来。

"那些鸟准备去睡一会儿了。"医生说,"它们栖息在山下的树上。要不你就别回家了,今晚在这儿的客房里休息一下。"

她考虑了一下。

"也行吧。"

"太好了。"然后他说,"天还够亮,我给你看点儿东西。来吧。"

他们走到院子边上,绕过海蒂的小木屋,又沿着一条小径走进了林子。考虑到他行动有些不便,而她脚上穿的是去镇上的鞋,所以他们走得很慢。林子还很原始,从没被砍伐过。她真希望自己之前就已经跟他来过这里散步,难以想象自己之前为什么没去这么做。沿着小径一路向下,穿过一片茂密的灌木丛,眼前便豁然开朗起来,出现了一大片土地,其中大部分被松树、枫香树和桦树所覆盖。高大宽阔的树冠压制住了大部分生长在它们下面的灌木,因此,人们几乎可以一览这一小片狭窄森林的全貌。在一块相对空旷的区域中,有许多雌孔雀一动不动地站在那里,看着他们,仿佛他们打扰了一场聚会。有那么一会儿,她屏住了呼吸。几只雄孔雀朝他们走了过来,顿了顿,接着似乎全身战栗起来。树荫之下,光线所剩无几,这时,它们竖起长长的尾巴,抖动着、闪烁着。

"天哪！"她说，"它们发疯了吧。"

"它们从来就没被驯服过。"医生说，"没被真正驯服过。"

他小心地跪了下来，把叶子和松针扒到旁边，又用铲子铲起了一小抔土。

"我走了以后，你就这么处理我的骨灰吧。"说罢，他把那抔泥土抛到空中，向那些鸟儿抛去。这一举动似乎让它们从睡眠中苏醒了过来。一些鸟儿向更为茂密的林子飞去，发出的叫声类似于低沉的喇叭声和狗吠的声音，这声音和它们拍打翅膀时发出的巨大声响混在一起，听起来就像是野生火鸡发出的声音。还有一些鸟儿发出了响亮而刺耳的叫声，像是在小声地模仿发动一辆老爷车时转动曲柄的那种声音。

"关于鸟类，有一件事情特别有趣，你知道吗，珍妮？除开鸭子、鹅，还有少数其他鸣禽，大多数的鸟儿——"然后他停了下来，摇了摇头，"哎，酒喝多了，说话也有些不过脑子，而且，呃……这让我有点儿像是个笨拙的科学家。"

"别这么说嘛，快告诉我你本来想说的那些话。"

他有些怀疑地看着她。

"那好吧。我本来想说，它们没有显性的生殖器，大部分组织都是在内部。雄鸟和雌鸟的内部有一个叫泄殖腔的小褶皱。雄鸟和雌鸟准备交配的时候，泄殖腔就会膨胀，它们只需要把自己的小褶皱挤压到一起，雄鸟的精液就能找到雌鸟的卵子，然后你瞧[1]，雏鸟就出生了。你知道人们把鸟类的这种交配方式叫作什么吗？人们称之为'泄殖腔之吻'。好了，难道你不觉得这种说法有些可爱吗？"

在暗淡的灯光下，她看着他那张长长的脸——那张脸上眉毛浓密，显得很是和善。

"是挺可爱的。"她说，"或许我也算是半个鸟类。"

听到她这么说，医生轻声地笑了起来。

过了一会儿，她问："那孔雀呢？"

"它们也是一样的。"

她看见那些孔雀，随着视野里的光线变暗，渐渐变成了黑色的剪影，在栖息处安顿下来，随处可见。她回头看了看他们来时走的那条小径。

"天快黑了。"

医生说："你只需要装作你在黑暗中也能看得见，然后你就真的能看见了。"

她故意制造了一些声响。

"用不着这么做，真的。只需要放松眼睛。瞧，就像这样。看见你要看见的那些东西没？看到那条小径没？你找错方向了。现在看到没？"

"我觉得，我看到了。"

"很好。"他说，"这么做就够了。"

---

[1]原文为法文：voilà。

"好吧。"

他犹豫了一下，然后说："你有一次问过我，为什么我最初会弄来这些孔雀。"

"我记得。那时候你很寂寞吧。"

"是的。但其实我之所以弄来它们，只是因为它们很美，也很怪异。人们不知道该拿它们怎么办。我倒是很喜欢这一点。我猜，在大自然中，它们的职责是帮忙控制住它们吃的那些东西的数量。它们是称职的监管人员。它们还会成为偶尔出现的狐狸和郊狼的盘中餐，这一点也不用怀疑。不过，我常常想，实际上，它们之所以存在，是因为它们美得很怪异。它们会被杀死是因为受到妒忌。我常常想，它们知道我们觉得它们很美这个事实，并且乐在其中。我也常常想，它们很自负。我还常常想，它们觉得我们以为它们是神，还觉得我们之所以会如此惊讶地盯着它们看，是因为我们在膜拜它们。就这么看着它们，仿佛它们是影子，是精灵。"

他转过身来面对着她，毫不掩饰自己的愉悦，在黑暗的林子里，他的那张脸就像是一轮苍白的月亮。

"我常常这么想。"他说。

尾 声

到了最后,她并不害怕死神,哪怕它在汤普森医生七十四岁时带走了他,而当时的她才三十五岁。不管怎么说,最后,他也相当于帮了她一把——他把房子、林子和银行里的钱都留给了她。他还让她给他的管家海蒂一份差事,以便海蒂能够维持生计。他还在遗书中写道,如果简不想搬进他的房子,也没关系,她可以等到镇子拆建需要征收他的那块地时,再卖个好价钱。

她待在家里,很少去镇上,忙于种植番茄、棉豆、菜豆、西葫芦、洋葱、甜玉米,还有用来喂鸡的饲料玉米。菜园子里绿意盎然,一直持续到秋天。她的双手细长而有力,让菜园子有了肥沃的土壤。偶尔,她种的某个圆滚滚的牛排番茄[1]会长

---

[1] 牛排番茄(beefsteak tomato,又称beef tomato),是目前人工培育的番茄品种中个头儿最大的品种之一,其重量可达到,甚至超过450克。多数的牛排番茄是鲜红色或者粉红色,果实内部有很多小籽囊。

成某种带有模糊性暗示的样子,每当此时,她就在菜园子里或站或跪,饶有兴趣地研究起那只番茄。如果她发现藤蔓上的这只番茄已经成熟,她便会把它摘下来,饶有兴致地研究一会儿,之后,又在炎热的菜园子里吃掉它。她的脸被晒得通红,成熟果实的汁液顺着她的下巴流下,一直滴到她那瘦瘦的、汗津津的胸脯上。

时过境迁,她的那些收益分成的佃农们也渐渐消失了。田地休耕,被草覆盖,慢慢地变成了荆棘林——很久以前,这些田地就是荆棘林。

战争期间,墨丘利的妓院关了门,此后,格蕾丝搬到了新奥尔良。她在那里给简写过一封信,信中描述了她的新工作场地(她写道:很阔气,而且明妮特别有品位),可后来格蕾丝再也没给她写过信,甚至简给她写信过去,她都没有回。再到后来,简收到了一封信——是她写给格蕾丝的回信被退了回来,在信封的正面,就在她的回信地址下方,写着"此地址不再使用"几个字。

简猜,格蕾丝终于永远地摆脱了被她鄙视的那些家人,虽然她也很为姐姐居然没把她当作例外而感到受伤。

她偶尔会收到住在怀俄明的贝尔蒙特的妻子以及小西尔维斯特的妻子寄来的短信笺或明信片,但基本上她都看不懂——她从来没见过大山,也从来没见过茫茫无际、一棵树也没有的草原。

蝉在一天中最热的时候,以及临近傍晚时有节奏地鸣叫。

它们的叫声如此响亮，盖过了其他一切声音，伴随着它们疯狂的歌声，气压似乎也膨胀了。夏天的时候，几乎每天下午都会有风暴。春天、夏天以及秋天还会出现气旋。有一次，她站在过道上，看到天空暗得发绿，如胆汁一般，瓢泼大雨拍打着屋子。她很确定，听到的那一声声咆哮来自头顶上低矮的黑色天空中的某处气旋；可如果真是这样，那气旋却并没有降临到地面上。后来，天空放晴，月光照在院子里的水坑上，使水坑看起来像闪闪发光的宽阔浅塘。

有时候，她觉得非常悲伤，觉得自己独自生活在一个几乎空无一人的世界里。偶尔，她也会短暂地感到害怕，害怕有什么事情即将发生，但她没办法知道到底是什么事，也没办法理解这种情绪。她觉得那件事也许是死亡；这种情绪是出于对死亡的恐惧，对死亡的期待。这种恐惧感几乎让人生厌。在这样的时刻，她本可能会哭出来，可出于某种原因，眼泪并没有流下来，仿佛她已经不再有表达悲伤的意愿。而她表达悲伤的方式也只是让它深深地陷于自己的脑海、自己的心里。她曾试着平复心情，让自己的悲伤之情不断萎缩，直至消失，就像某种神奇的良性或缄默的肿瘤。可事实并非如此。

她坐在走廊上，看着周遭的世界：院子、棚屋、菜园子，以及远处空荡荡的猪圈；牧场、池塘、林子，父亲死后她种的一棵木兰，连同一排每年春天都会绽放的山茶花；还有鸣禽和松鼠，院子里的鸽子，初秋时从院子上空快速飞过的群鸟；以及盘旋在黑暗中，会在冬天猛冲向池塘的野鸭；还有鹌鹑——在她走到牧场栅栏处附近的时候，那些鹌鹑会突然成群飞起，发出巨大的声响。

五十八岁的时候，她想要放纵一下，也为了怀旧，便找出了她父亲的那台陈旧的卷烟机，又买来烟草，养成了在午后和晚餐后抽烟的习惯。她从来不在屋里抽——冬天除外，那时候她会在炉子旁边抽——而是在走廊上抽，她父亲以前就特别喜欢这么做。她还会喝一点儿从镇上买来的苹果白兰地，她觉得那不及她父亲过去酿的那些酒那么好喝。

人群和分割政策开始一起侵占医生的地产，此时，他的那些已经变野的孔雀脱离了束缚，离开了他的那片林子。它们迅速将自己的领土扩展到了乡下，最终安定在她家周围的林子里，仿佛它们感受到了某个有些熟悉的人的存在。它们常常离开林子，在她的院子里趾高气扬地走来走去，啄来啄去。

有时候，从远处山下的林子里传来它们"啊——啊——啊——"的叫声，声音很大；有时候，它们会发出一种让人毛骨悚然的"喔——喔——喔——"的叫声，她不太喜欢这种声音，那非常像猫的惨叫声混杂着孩童寻求安慰的哭声。

可有时候，在深夜时分，丛林里会传来近似喉音的奇怪叫声，是很有节奏感的"呜——啊——呜——啊——呜——啊——"，她很喜欢听这种声音，这能哄她入眠。她在原本的客厅里给自己做了一个卧室，大多数时间都待在那里。她睡得很早，也很沉；黎明时第一缕雾蒙蒙的光线射进房间时，她便会早早地醒过来。她四处走动的步伐变得越来越慢，也越来越吃力。她早就对食物失去了兴趣，这让她觉得虚弱，却并不饿。干活儿的时候，她常常喘不过气。胸部偶尔会奇怪地疼起来，然后疼痛会扩散至某只胳膊，双手也会有刺痛感。

1982年的一天，已经六十七岁的她收到了一封信，寄信人是来自约翰·霍普金斯医疗集团的一位医生。她很困惑，很好奇这世上到底有哪个人会在此时此刻给她写信。

写信的是一位名叫威尔克斯的外科医生，他说自己曾受杨医生等人的提携，尤其是埃利斯·亚当斯医生的提携，而亚当斯医生是她自己的医生——汤普森医生的密友。信中写道：简言之，奇泽姆小姐，我写这封信是为了告诉你，经过多年的研究与实验，我们终于在刚刚过去的那个月成功地完成了一次完整的手术。我很确定，手术对象的情况与你的情况相一致。我写这封信是想问你，你是否愿意趁此次机会来做手术。手术费用由我们全额承担，以此来表达我们对汤普森医生的敬意，也表示我们对你的谢意——感谢你在过去这些年为我们的研究做出的贡献。威尔克斯。

她觉得有一股怒火涌上了心头。她出了门去散步，冒险走到了自家林子的边上。泪水涌了上来，可她又愤愤地把它们憋了回去。但她也想得很明白：自己犯不着对那个男人和那个地方生气，他们只是做了自己应该做的。可天哪，为什么还要费心思让她知道呢？为什么又偏偏是这个时候呢？她回到家中，写了一封很短的信件。

亲爱的威尔克斯医生：

我很感谢你能写信告诉我最新的进展，并且主动提出要"修好"我——当然，这是个比喻的说法。我真的很感谢。但你肯定也明白，我现在已经是个老女人了，我独自一人住在我们家的农场上，没有兴趣做这样的手术。因为我觉得没这个必要，而且很明显，我也没有这种欲望。

简·奇泽姆

敬上

她封好信封，贴上邮票，步行至车道尽头，将信投入信箱，竖起小旗子[1]，"砰"的一声关上了信箱的门，一边喃喃自语地说有些人有时候简直就是白痴。

她的那些梦似乎变得越发生动起来，做梦的次数也变多了。总之，醒来后，她也能记起更多的梦：覆盖森林地表的蘑菇；一片陌生的森林，一片童话森林；让人畏惧的树木高耸入云，遮住了天空；她坐下来，把一些真菌摘下来吃掉，咀嚼着它们茎干底部的黑色泥垢，也咀嚼着它们的肉——她从来不知道它们也长了眼睛。

当她又从一个梦里醒来后，她走进了厨房。在餐桌旁边，

---

[1]在美国，有的信箱会带有一面小旗子，人们把信投入信箱后，把小旗子竖起来，以提醒邮递员信箱内有未取的信件。

她写了一封信，然后把信装入了一个未做标记的信封，封好信封，又把它塞进自己床下装纪念品的储物箱里。

亲爱的以利亚：

　　在梦里，我独自一人走在林子里属于我的那片草地上。我躺在野草中，让你凝视着我，看看我到底是副什么模样。我让阳光照射在我苍白的皮肤上，于是我的皮肤变得像牡蛎的皮肤一样透明——该怎么来形容呢——变成了半透明。你可以看到我的身体就像是一个美妙的奇迹。我在脑海里想象出了一个属于我们的世界，在这个世界里，无须完美的身体，便可以享受爱。我醒了过来，而我一醒来，就明白了这个道理。

J

已是深秋时节，天气越来越凉，世界再度"消失"。她穿着拖鞋和厚重的长袍徘徊在家中，在从前放壁炉的地方装了一个小型丙烷取暖器，它在安静的客厅里发出"嘶嘶"的声音，冒着蓝色的火焰。她很健忘，常常把自己的咖啡杯或是装有白兰地的果冻罐放在一个房间里，到去另一个房间的时候，却总是忘记把杯子或罐子也带上。她也常常摘下老花镜，放在某个地方，等到想要阅读某个标签或是周日的报纸上某条有趣的新闻时——她曾经每周都去送这份报纸——却总是不记得自己把眼镜放在了哪里。

她也几乎快要忘记,自己的生命处于危险之中,一直处于危险之中。这是个不争的事实。

她用眼角的余光看到了一抹模糊却明亮的颜色,就像一道彩虹在她家院子上空移动。那是孔雀,它们正从所栖息的一棵树上飞到另一棵树上。

整个下午以及日落后的黄昏时分,她都能听到它们的叫声。冬天快要来了,它们应该会消停一阵子了。深夜,她又听到了它们的叫声,她醒了过来,穿上长袍,拖着脚走到窗前,朝下看去,看向了菜园子和池塘之间那片长势过快的牧场。寒冷的夜空中一片云彩也没有,随着最近几个晚上过去,月亮渐圆,此刻几乎已是满月。蓝银色的月光洒在草地上。院子边上,一只孔雀独自立着,一边对月鸣叫,一边展示着自己华丽的尾巴,仿佛在向月亮求爱。

她重新回到床上。在林子深处的某个地方,一只雄孔雀发出了既让人难忘又让人放松的叫声,她喜欢那叫声,听着它入了眠。在梦里,她穿过一小片野花摇曳的草地,又沿着一条银色的小径上坡走进院子,在那里,她停下了脚步,仿佛那里的月色令她迷乱。她走进了一个秘密的鸟类大教堂,里面满是她从没见过的有着羽翼的物种。它们静静地站着,一言不发,明亮的黑眼睛紧盯着她,白色的喙张着,有种陌生的、警觉的期待。

致　谢

我花了很多年来理清该如何创作这部小说（这本构思不出来时，我也尽可能地写了一些别的东西），又花了三年时间来实际写作和修改这部小说。在此期间，以下诸位以及各机构待我很友好、很慷慨，也用他们的聪明才智启发了我，我非常感谢他们：西佛罗里达大学英文系；亚拉巴马大学伯明翰分校；美国国家艺术基金会；密西西比大学英文系及其创意写作硕士班，以及约翰·格里森姆[1]和勒妮·格里森姆夫妇，感谢他们让我有机会在密西西比大学[2]担任讲座教授[3]；兰南基金会；加州大学欧文分校英文系及其创意写作硕士班；泰勒一家，尤其是马文·泰

---

[1] 约翰·格里森姆（John Grisham, 1955—，又译"约翰·格里沙姆"），美国小说家、律师、政治家。其创作了一系列有关法庭、法律内容的畅销犯罪小说，享誉全世界。
[2] 此处原文为 Ole Miss，为密西西比大学的昵称，直译过来为"老小姐"。
[3] 约翰·格里森姆和勒妮·格里森姆夫妇在密西西比大学联合发起了格里森姆驻校作家计划（Grisham Writers in Residence，全称 John and Renée Grisham Writers in Residence），驻校作家每学期会开设一门课程。作者曾于2004—2005年在该校担任驻校作家。

勒医生；古根海姆基金会；费尔霍普作家群体；阿斯彭作家基金会以及阿斯彭研究所[1]；怀俄明大学英文系及其创意写作硕士班。感谢以上所有同仁与朋友。

感谢加里·路德温医生，他为我提供了一些重要的医学常识及相关的宝贵信息、事实与见解（如有任何遗留错误，一概由我负责，与路德温医生无关）；感谢安杰拉·贝西，她跟我聊了很多关于狗的事情，也给了我鼓励；感谢克莱家我的同辈表亲，他们跟我分享了许多宝贵的回忆；感谢吉米·怀特，他跟我做了很久的朋友，还跟我讲了很多荒诞的故事；感谢我的继母维维安·沃森，她拯救了我的父亲，还阅读了本书的某一稿，给了我一些见解与建议。

我还想感谢下列各位：内尔特耶，她和我的友谊如同一份礼物，她还给我提供了最美丽的场所，让我在创作本书的关键时刻能够有地方度个假，和这部作品搏斗一番；还有她的员工大卫和辛迪；里克·戴斯，除了作者本人，他是阅读原稿次数最多的人，给了我很棒的建议和很多鼓励；贾森·汤普森，在过去的几年里，他曾多次拜访我的办公室，打听这本书的情况，并鼓励着我；凯莉·利恩盖，她在紧要关头给了我一个建议，它意义重大；邓肯和安妮·乔克，他们跟我做了很久的朋友，待我十分友好，可谓无人可比；拉塔伍特·拉普查罗恩萨普，他允许我

---

[1]阿斯彭研究所（Aspen Institute）是国际知名的非营利组织，于1949年成立，总部设于美国华盛顿。其致力于研究如何提高领导力，以宣扬领导力和良好的公共政策为宗旨。

坐在他的书房里，想什么时候抱怨就什么时候抱怨；乔恩·赫尔希，虽然我没有拿这部作品去烦他，但在我放弃写作的时候，是他把我从地下室里拉了出来，所以我会永远感激他；我那位令人惊叹的经纪人，彼得·斯坦伯格，他很幽默，对我很耐心，给了我很多鼓励，而且目光敏锐，时机选择得很完美；戴夫·科尔，他对我的手稿进行了极好的处理；W.W.诺顿出版公司那群心地善良、很有耐心，且给了我很多支持的人，尤其是诺米·维克托、丹·克里斯蒂安斯、马里·潘托杨、埃琳·辛内斯基·洛维特、比尔·鲁辛。当然，还要感谢这些年来一直跟我合作的非常棒的编辑——阿兰·萨列尔诺·梅森。他对我的耐心几乎没有止境，而我的努力却远远难以回报他；他对这本书充满了信心，常常比我还要有信心得多；他用明智的建议和鼓励鞭策着我，显然给了我无穷无尽的支持，我实在没理由去期待他会如此长久地支持着我，再次表达我对他的谢意、爱，以及歉意。我也得向我的妻子内尔·汉莉表达我的爱意与感谢，她不仅读过许多版书稿，而且不知怎么回事，还找到了一种在我创作本书期间与我和平相处的办法。

谢谢你，我那美丽、有天赋、劲头十足的孙女玛吉，家里人用我外婆的名字给她起了名，她给我带来了很多好故事。有一次，我给她读了这本小说很早一版书稿中的一章，我刚读完，她便出于某种原因说道："爷爷应该把一只孔雀加进书里。"我照她说的做了。此举改变了一切。她头脑清晰，纯真却天赋异禀。谢谢你，小玛吉。

感谢我这一路走来所有的老朋友，他们既爱我，也支持我，给我提供食宿和陪伴，待我十分友好，可谓无人可比，尤其是霍恩、考森、佩蒂特；麦克勒莫尔；丹尼；戴斯；诺布尔-霍恩；博博-布罗克；豪沃斯、富兰克林-芬内利、利恩盖、多纳尔森、赫德森-福尔米凯拉；普里查德；温斯罗普；格斯纳-德·格拉蒙；索特；威尔；彼得森-沙科奇斯；瓦斯万尼-霍尔特；埃斯林格尔-桑德斯；博诺夫卡；赫尔希-布莱洛克；哈撒韦-威克尔豪斯；鲍施；卡林；威廉姆斯；哈金斯；帕里什；坎蒂；布朗；哈伍德；布鲁尔；歌德尔；基亚雷拉；巴特勒；辛格尔顿；兰德先生；还有很多其他人，可眼下，虽然我很不情愿，但我还是得说，我好像想不起来他们的名字了。我实在是太累了。

我试图基于搜集来的信息，（粗略地）对罕见、复杂以及严重的泌尿疾病做一些猜测，却发现前期搜寻信息是一项很困难的工作，因此我很想对以下资料的来源表示感谢：《生殖器畸形、两性畸形以及相关的肾上腺疾病》，作者是休·杨；《外科医生休·杨自传》；以及网站emedicine.medscape.com。我也很想对我所搜集来的南方乡村日常生活以及乡村医生的信息资料表示感谢：《医生故事》，作者是威廉·卡洛斯·威廉斯[1]，尤其感谢他写的那篇《老医生里弗斯》以及他吸食可卡因的习惯给

---

[1] 威廉·卡洛斯·威廉斯（William Carlos Williams, 1883—1963），美国著名诗人，同时也是一名医生。其文学创作与现代主义和意象主义都联系密切。

了我灵感；《天还没亮就起床》，编者是小詹姆斯·西伊·布朗，尤其感谢其中的一篇文章《一个平凡的乡村医生》，作者是劳伦斯·F.埃文斯（"妻子用铁铲敲丈夫的头"这一情节被化用到了文中）；《乡村医生手册》，作者是FC&A医学出版公司的编辑们；《从未完成：美式家务活的历史》，作者为苏珊·斯特拉瑟；《棉花佃农》，作者是詹姆斯·艾吉[1]；以及沃克·埃文斯的照片。

文中曾提到的一段歌词"请让我叫你甜心……"出自1910年发行的歌曲《请让我叫你甜心》，作曲者是利奥·弗里德曼，作词者是贝丝·斯莱特·惠特森。这首歌由"无与伦比四重奏组合"首次录制。

---

[1]詹姆斯·艾吉（James Agee，1909—1955，又译为"詹姆斯·阿吉"），美国小说家、电影评论家和诗人。逝世后才出版的自传体小说《家庭中的一次死亡事件》(*A Death in the Family*) 获1958年普利策小说奖。